Christian Karpfinger

Schachmatt

Bibliografische Information der Deutschen Nationalbibliothek:
Die Deutsche Nationalbibliothek verzeichnet diese Publikation in der Deutschen Nationalbibliografie; detaillierte bibliografische Daten sind im Internet über http://dnb.dnb.de abrufbar.

Herstellung und Verlag: BoD – Books on Demand, Norderstedt

*ISBN: 978-3-**7386-4945-1***

1. KAPITEL

Nachts, wenn sich die Lichter der Straßenlaternen in Pfützen spiegeln, wenn Autos über die glitzernde, feuchte Oberfläche des Asphalts schlittern, wenn Musik aus den zahlreichen Kneipen Altschwabings auf die Bürgersteige dringt, dann formiert sich aus dem Wesen eines Menschen eine neue Gestalt. Mit neuem Blick erkennt man, was lang verborgen war. Man läuft eine Straße entlang und merkt nicht, wie das Leben an einem vorbeizieht. Schief und verkantet, wie ein gebrochener Lichtstrahl, plump und träge, ein nasser Sack, schwer und unförmig, so fällt es auf den glitzernden Asphalt, stumm beobachtet, nicht nachgefragt, ohne Forderungen zu stellen. Aber an manchen Tagen schreit es, es schreit danach, gelebt zu werden und nicht immer nur fallen gelassen oder mit schiefem Blick betrachtet zu werden.

Es hat nicht nur einen Anfang und ein Ende mit einem Nichts dazwischen. Es ist nicht so, dass jeder Tag das Gleiche bringt. Es ist eine Frage des Empfindens, und das, was zählt, ist letztlich nicht das, was sich tatsächlich ereignet. Es ist die Frage: Wie empfindet man es?

Es ist das eine, sich mit den Alltäglichkeiten des Lebens zu beschäftigen, das andere ist es, die Verheißungen, die es verspricht, zu ignorieren. Enttäuschungen sind stille Empfindungen. Sie setzen sich in den Beinen fest, sie tragen einen auf die Straße. Abends, bei Regen, nachts, manchmal auch frühmorgens. Enttäuschungen, leere Versprechen, Lügen, das Leben, es findet auf den Straßen statt.

Frank K. ist einer dieser Menschen, die in Altschwabing leben. Marianna gehört auch zu ihnen, ebenso Lilly und Helga. Und oftmals haben Autos, die viel zu schnell durch die Pfützen an den Rändern der Straßen geschlittert sind, Dreckspritzer auf ihre Hosenbeine gezeichnet. Viel zu oft haben sie schon diese Musik aus den zahlreichen Kneipen gehört, die da in Reih und Glied aneinanderstehen, viel zu oft hat sich da etwas aus ihnen herausgestülpt. Nur wird es nach einer Weile zu einer Gewohnheit, viel zu leicht wird man davon abgelenkt. Vielleicht ein Hund, der an einen Hydranten pisst, vielleicht irgendein Penner, der einen um eine Mark anhaut, und alles Mühen, alles Stülpen verpufft, ein gebrochener Lichtstrahl, ein nasser Sack, es zieht wieder vorbei.

Im Laufe eines Lebens wird vieles mit einem müden Schulterzucken unter den Tisch gekehrt, der Anlass erscheint nicht groß genug, es ist die Frage, wie man es empfindet – man tötet tausend Menschen und kehrt sie mit einem Schulterzucken unter den Tisch.

Ein eisiger Ostwind trägt den Geruch von Schnee in die Stadt. Frank K. steigt in seine Stiefel, schlägt sich den Mantel um die weit ausholenden Arme und wirft einen stummen Blick aus dem Fenster. Er schaut nach dem klaren und blauen Himmel, über den zügig bauschige Wolken ziehen. Kälte zieht aus dem Osten in die Stadt, es ist eine klare, aber klirrend kalte Luft. In sich trägt sie etwas von dieser Gewissheit, dass sie die Menschen zu Hause halten wird. Frank K. sucht nach den Antennen auf den Dächern, sie schwanken unruhig umher, glitzernd und steif. Reif liegt auf den Dächern, weiß, an den Dachrinnen hängen Spuren von Eis. Es ist noch Zeit, es ist noch lange hell.

Frank stößt mit dem festen Stiefel auf den Boden, etwas scheint da in dem Schuh zu sein, ein Kieselstein vielleicht, der sich am Vortag eingeschlichen haben könnte.

Die Türklinke, ein geschwungenes Stück aus Messing, er drückt sie und verlässt seine Wohnung. Er springt die Treppen runter, er nimmt immer gleich mehrere Stufen auf einmal, es sind insgesamt zweiundzwanzig, er zählt sie jedes Mal.

Die Kälte, die draußen herrscht, bemerkt man schon in dem luftigen, wenn auch dunklen Treppenhaus. Frank K. streckt beide Hände tief in die Taschen und drückt die Fäuste fest gegen die Oberschenkel; man hört sein Poltern im ganzen Treppenhaus, es schlägt dumpf durch die träge Geräuschkulisse.

Auf den unteren Stufen begegnet ihm Frau Pretzl, sie steigt ihm müde entgegen, sie schleppt schwer an zwei riesigen Einkaufstüten.

„Es ist kalt, Herr K., Sie sollten zu Hause bleiben, man wird nur krank bei diesem Wetter, scheußlich aber auch, dieses Wetter!"

Ihre müden Augen heben sich nur etwas, während sie zu K. spricht. Dieser ist längst an ihr vorüber, sie merkt es kaum und dreht sich nach ihm um. Er hält noch einmal kurz inne. „Sie sind nur müde, Frau Pretzl, es liegt alles nur an Ihrer Müdigkeit."

Mit einem Male ist er verschwunden. Frau Pretzl nimmt sich kopfschüttelnd die letzten Stufen zu ihrer Wohnungstür vor. Sie ächzt unter der Last der schweren Tüten, die alten Dielen der Treppe jammern unter dem Gewicht, schleppend zwingt sie sich Schritt um Schritt ab, zwingt sie sich Stufe um Stufe hoch.

„Wo will er nur wieder hin? Dieser verrückte Kerl!" Sie spricht immer mit sich selbst, es ist zu einer Gewohnheit geworden. Eine Gewohnheit, die sich in ihr Leben geschlichen hat, nachdem ihr Mann gestorben war. Es war eine bösartige Geschwulst im Magen, es ging schnell, der Tumor war sehr aggressiv.

K. spürt die eisige Luft an seinen Wangen, die frisch rasierte Haut zieht sich zusammen und hält das Gesicht stramm und straff. So ganz anders als Frau Pretzl, die sich mit ihren Tüten in der Wohnung verbarrikadiert und das Frische und das Neue meiden will.

K. sucht sich den Weg in den Englischen Garten, er liegt nicht weit entfernt, nur ein paar Straßenzüge, ein oder zwei Ecken, dann mündet der geteerte Weg in die Grünanlage. Der Wind pfeift eisig durch die schmalen Gassen, er peitscht die blanken Äste, die sich schon längst von der Last ihres Laubes befreit haben. Gelegentlich überholt ein ganzer Schwarm des gefallenen und ausgetrockneten Laubes geräuschvoll Frank K. Er tritt danach, es hat keine Bedeutung, es verliert sich in Belanglosigkeit. Das eine ist belanglos, das andere ist schwer, das Schwere hat Frau Pretzl für sich reserviert, sie hat sich mit all dem Schweren umgeben, ob es nun Einkaufstüten sind oder sonst was, nur schwer muss es sein.

Frank vernimmt das Gekrächze der Krähen, die unsicher in dem starken Wind über den kleinen See gleiten, Wildenten schnattern. Der Wind streicht mit seinen kalten Fingern über seine Wangen, er zieht den Kopf in das Genick, schlägt sich die Arme um den Leib, es ist eisig kalt.

In der sonst stark besuchten Grünanlage sicht man kaum Menschen – nur ein paar wenige stehen da und lassen einen Drachen für ihre Kinder steigen, wenn sie auch vermutlich viel lieber zu Hause in einem geheizten Zimmer sitzen würden. Die Kinder schreien, die Alten frieren, aber alle starren in den Himmel und suchen die Plastikvögel unter den Krähen heraus. Frank geht den Weg zum See, der im nördlichen Teil des Englischen Gartens liegt.

Dieser kalte Boden, der Schotterweg, etwas Schnee liegt herum, Frank stößt ein paar Steine vor sich her. Eine Stimme schreckt ihn etwas auf, es ist Marianna.

„'n schönes Wetter, kalt zwar ... aber was macht das schon!"

Marianna ist ständig im Englischen Garten anzutreffen, sie scheint dort zu wohnen. In Wirklichkeit tut sie das tatsächlich ... na ja, fast. Marianna streunt herum, sie hat nichts zu tun, sie vertreibt sich die Zeit, indem sie sich an die Natur hält, wenngleich sie die Stadt nicht verlieren möchte. Der Englische Garten bietet ihr den richtigen Platz – zumindest für den Sommer. Was würde sie im Winter tun? Frank hat sich schon oft diese Frage gestellt. Er hat immer gemeint, die Antwort würde er schon erfahren, der Winter stehe direkt bevor.

Er hat sie eines Tages angesprochen, es ist noch gar nicht so lange her, erst vor ein paar Monaten, im Sommer. Es ließ ihn nicht mehr los, er begegnete ihr fast täglich, immer kreuzten sich ihre Wege, und fast täglich drängte es ihn, den Mund aufzutun, sie anzuhalten, nur um zu erfahren, was es denn sein könnte, was ihn an dieser Unbekannten so interessierte, was denn dran wäre, wenn man Interesse an einem völlig fremden Menschen hegte. Und weil er meinte, dass man meist nur die Dinge bereut, die man nicht getan hat, und fast nie die, denen man nachgegangen ist, tat er es dann eines Tages. Marianna stolperte gerade etwas unbeholfen über seinen Weg. Frank K. stammelte herum. Es entwickelte sich ein kleines Gespräch, es entwickelte sich im Laufe von Wochen eine kleine Freundschaft, eine herzliche, aber keineswegs sonderlich tiefe Freundschaft. Irgendwie hatte es etwas von kollegial. Der Kerl am Nebentisch im Büro – nett ist er schon, man kann auch mal einen trinken gehen, was weiter ist, weiß man nicht, und eigentlich muss man auch zugeben, dass es einen dann auch nicht so sehr interessieren würde.

Als sich K. umdreht, erblickt er Marianna. Sie trägt eine alte und abgetragene Hose, die immer gleichen Schuhe und den dicken Anorak, der offenbar schon mal von jemand anderem abgelegt worden ist.

„Ja, wir sind fast allein, kein Mensch will bei dieser Kälte vor die Tür, wir halt, na ja, wir schon."

„Gehen wir?" Sie setzt dabei schon mit dem Laufen an, es ist an Frank K. nachzukommen, sowohl mit der Antwort als auch mit dem Gehen. Der eisige Wind saust über die im Sonnenlicht glitzernde Oberfläche und schlägt ein paar leise Wellen gegen das steinige Ufer. Eine Ente bangt am Ufer, sie schafft es nicht, gegen das überschwappende Wasser anzukommen. Immer wieder hüpft sie rückwärts, aufgeschreckt von einer Welle.

Völlig unwissend hinsichtlich der Sorgen der Ente unterhalten sich Marianna und K. Sie schlendern am See entlang, weiter über verregnete Wege, in denen sich Pfützen zu kleinen Seen verwandeln. Kleine Seen, die in der Nacht vielleicht schon eine dünne Eisschicht tragen könnten, eine Eisschicht, die leise knistert, wenn sie dann am Morgen von einem kleinen Kind, das auf dem Weg zur Schule ist, zertreten wird.

Frank und Marianna vergessen die Kälte, sie vergessen auch den Sinn für die Zeit. Sie lassen sich auf einer der Parkbänke nieder. Marianna schlägt den Kragen des Anoraks hoch, und so sitzen die beiden lange nebeneinander und schwadronieren über dieses und jenes. Erst als sich die Abenddämmerung ankündigt, fährt Frank hoch.

Es ist diese Art von Verdunkelung, die etwas Unangenehmes in sich trägt. Unangenehm deshalb, weil sich das Ende eines Tages ankündigt, wo er doch erst seinen Anfang genommen zu haben schien.

Etwas überstürzt und wortkarg verabschiedet sich K. Enttäuschend für Marianna, sie reagiert trocken. „Bis dann!" Sie schaut kaum hoch, nur mürrisch gleiten die zwei Worte über ihre Lippen.

Frank zieht schnell ab, er lässt Marianna irgendwo in diesem großen Garten, auf einer Bank an einem Wegrand sitzend. Er lässt sie zurück; sie zieht betroffen den Kopf ein und versinkt in Gedanken. Es ist das ewig gleiche und unangenehme Gefühl. Man meint, irgendwie aus einem Trott herausgefunden zu haben, nur um dann festzustellen, dass sich doch wieder alles gleich abspielt, dass sich die Welt doch nur in einer Richtung dreht, und zwar immer in der Richtung, die sich von einem abwendet.

Marianna hängt schon lange orientierungslos herum. Sie ist ganz glücklich darüber gewesen, Frank kennen gelernt zu haben. Er ist auch so ein Kerl, der nachmittags immer Zeit hat und durch den Englischen Garten schlurft, sie hat ihn oft genug gesehen. Er mochte auch dann den Garten, wenn es windig war oder wenn leise ein paar Regentropfen fielen. Sie wusste damals noch nichts von seinem Job, sie wusste nicht, dass er auch dann arbeitete, wenn er spazieren ging, und meinte, dass Frank, ebenso wie sie, nur darauf aus gewesen sei, seine Zeit so gut wie möglich herumzubringen. Was hätte man sonst tun sollen? Wieso hätte man es sich schwerer machen sollen, als es unbedingt nötig war? Es sind da vielleicht noch etwa dreißig Jahre vor einem, sie sollten möglichst gut über die Runden gebracht werden. Es gibt viele Dinge, die einem dies ungemein schwermachen, eines dieser Dinge ist auf jeden Fall dieses Sichabwenden mancher Menschen. Wieder und wieder wird es erlebt, in verschiedenster Form. Marianna jedenfalls hat genug davon.

Frank hat sie eines Tages angesprochen, sie haben schnell eine gemeinsame Sprache gefunden. Er war auch da, fast immer. Eigentlich wollte er arbeiten, aber hatte dann doch immer Zeit. Frank wurde für Marianna zu einer Insel in einem weiten Meer voller Hoffnungslosigkeit. Es stellte sich eine eigenartige Harmonie zwischen den beiden ein, immer ergab sich eines aus dem anderen, es war ein angenehmer Fluss, nie ein Gedränge.

An diesem einen Nachmittag aber läuft etwas schief. Ein eisiger Wind zieht aus dem Osten über die Stadt. Frank bemerkt eine ihm fremde Laune bei Marianna. Er sieht, wie sie verstört um sich schaut, und schämt sich etwas. Dennoch geht er, er wendet sich ab, egal wie groß die Scham ist.

Schuld liegt dann vor, wenn man etwas hätte tun können, jedoch nichts getan hat. Man kann sich nicht dahin gehend herausreden, dass man vielleicht gar nicht in dieser Situation hätte sein können – die Schuld bleibt. Man ist verantwortlich, ob man will oder nicht. K. spürt diese Verantwortung. Sie ist der Grund, weshalb er den Kopf so tief in das Genick zieht, als er sich von Marianna wegdreht. Nur noch unbewusst nimmt er die Abschiedsfloskeln wahr, ähnlich einer Lautsprecherdurchsage in der U-Bahn dringen sie durch ihn hindurch – gerade hindurch, sie bleiben nicht hängen, sie verlieren sich auf ihrem weiteren Weg. K. sieht zu, dass er schnell wegkommt. Er will nicht viele Gedanken verschwenden. Eine kleine Scham, die ihn bezwungen hat. Dieses Gefühl, nun auch den ganzen Schritt tun zu müssen, den Anfang hat er ja auch gemacht.

Frank K. ist Schachspieler. Er lebt davon mehr schlecht als recht, aber er kommt über die Runden. Sein Einkommen erzielt er in Form von Prämien bei Turnieren, auch aus Trainertätigkeiten ergeben sich Einnahmen. Und manchmal ist da ein Schachverein, der sich mit ihm messen will. Seine Arbeit besteht im Nachvollziehen von

Partien. Zug um Zug stehen sie in Zeitschriften, nur kurz nachdem sie gespielt worden sind. Man kann es lesen – wenn man es kann. K. gehört zu diesen Menschen. Er liest es, für ihn ist es eine Sprache, die sich in Symbolen auf quadratischen Feldern, versehen mit Buchstaben und Zahlen, darstellt. Er gewinnt jedem Zug eine eigene Faszination ab, er zerbeißt sich die Fingernägel dabei, verschlingt Partie um Partie. Aber es ist nur eine Art von Konsum; Kreativität, das Einbringen der eigenen Persönlichkeit in die Struktur dieser Sprache – es gelingt ihm nicht, er bleibt wohl immer bei der oberen Mittelklasse der Profis. Das Geld reicht gerade noch, um sich einigermaßen die Tage um die Ohren schlagen zu können; eigentlich will er etwas mehr. Nicht mehr von dem Einkommen, das bei ihm so kläglich ausfällt, oder von dem Ruhm, den er gar nicht hat, sondern mehr von dem Können, von dem Geschick, das ihm aus den Zeitschriften sehr gut bekannt ist. Es ist das Einzige, das ihn reizt, wären es die anderen Dinge, dann würde er nicht Schach spielen, zumindest würde er nicht versuchen, davon leben zu können.

Verbissen arbeitet er daran – schon lange. Dass es alleine in der Natur eines Menschen gegeben ist, daran glaubt er nicht, daran hat er schon längst jeden Glauben verloren. Ein unermüdlicher Ehrgeiz, das stumme Hinnehmen von Rückschlägen – eine Art von Motivation und keineswegs ein Grund, alles hinschmeißen zu wollen. Verblüffung, es ist das, was er nur zu gerne hinterlässt.

Verblüffung – nicht das, mit dem jeder rechnet, es ist die Normalität, es ist das, was man sowieso kriegt und was man eigentlich gar nicht haben will.

Jeden Tag diese Normalität. Eigentlich ist sie nicht auszuhalten, man findet sich halt damit ab, weil es einem gar nicht gelingt, ihr zu entkommen. Kein Ausweg, selbst am frühen Morgen. Das Spiegelbild, das ewig gleiche verschlafene und müde Gesicht. Vielleicht zeigen sich ein paar Falten des Kissens, die sich in tiefen Spuren eingegraben haben, vielleicht streichen Finger über die Wangen, sehen tut man sein Gesicht nicht wirklich und spüren auch nicht. Man meidet den Spiegel. Man versucht nicht, einen Eindruck von sich zu erhalten. Man richtet den Blick nur auf die Bartstoppeln, die man abrasieren will, und nicht auf das Gesicht, nicht auf den Ausdruck in den Augen. Dieser ist müde, müde vom vielen Anschauen, müde von dieser verdammten Normalität, in der man sich jeden Tag wiederbegegnet, von dieser Gleichförmigkeit, die jeder Tag mit sich bringt. Wären da nicht die Bartstoppeln oder das scharfe Messer, mit dem man sich über das Gesicht fahren muss, man würde gar nicht hinschauen vor lauter Ekel. Ekel gegenüber dieser verdammten Normalität, Ekel gegenüber dieser Realität, die sich wieder leise einschleicht, wenn man einem neuen Tag mit dem gleichen Gesicht begegnet wie dem Tag zuvor und den Tausenden von Tagen zuvor. Wie soll sich da jemals etwas ändern? Das gleiche Gesicht, die gleiche Gleichgültigkeit allem gegenüber, der ganzen Welt gegenüber, am frühen Morgen. Also schmiert man sich Schaum in die kratzenden und grau werdenden Haare, schabt mit dem Messer über das Gesicht und beginnt damit, die Normalität für einen weiteren Tag zu leben.

K. ist Schachspieler, er hat sich täglich einen genauen Plan aufgestellt. Dieser Plan umfasst den Nachvollzug einer Partie von ihrem Anfang bis zu ihrem Ende, das Problem dreier Schachmattlösungsstrategien in wenigen Zügen und das Einüben von Eröffnungsvarianten.

Als er an diesem Tag seine Wohnung verlassen hat, da hatte er erst seine Partie erledigt. Er ahnte noch gar nichts von dem Gespräch mit Marianna, er wusste noch nichts davon, dass es spät werden würde, es hatte nur ein kurzer Spaziergang werden sollen – es war dieser Wind aus dem Osten, das Licht fällt dann so eigenartig schön auf den See, es schimmert das vom Wind aufgeworfene Wasser, er wollte es nicht versäumen, es sind so wenige Dinge, die wirklich schön sind.

Er verließ Marianna überstürzt, er wusste es, er wusste, dass Marianna in ihm auch so etwas wie einen Halt sucht, also so etwas, was der Mensch in irgendeiner Weise immer sucht. Und wenn er es nicht hat, dann hält er sich halt an eine Flasche, an ein Hurenhaus oder daran, dass er sich ein Feindbild schafft, an dem er sich aufrecht halten kann, bis es ihm aus den Ohren trieft und man wirklich meinen könnte, es handle sich um einen verdammten Egozentriker, und vergisst, dass in Wirklichkeit eine gnadenlos am Leben gescheiterte Existenz dahintersteckt.

Marianna ist gezeichnet, gezeichnet vom Leben, es hat seine Spuren hinterlassen, eine tiefe Spur, die sich über das hinzieht, was man vielleicht mit Seele bezeichnen könnte. Es ist nicht die Frage, was es letztendlich war, was sich da in einer Spur verewigt hat, es ist die Frage, wie es empfunden wurde, dass es diese Spur hinterlassen konnte.

Marianna ist eigentlich gar nicht aus München, sie ist aus dem Norden Deutschlands. Man hört es auch an ihrer klaren Sprache. Es ist jedes Wort, das über ihre Lippen kommt, wie geschrieben, gerade so, als würde man es mit einer Feder nachziehen, einer Feder, die man beständig und unter starkem Kauen auf der Unterlippe in ein Tintenfass eintaucht, nur um sie gleich wieder auf einem vergilbten und vom langen Lagern gelben Papier sausen zu lassen, wo sie den einen oder anderen Klecks hinterlässt, den man unter verstohlenem Schielen aus den Augenwinkeln versucht zu vertuschen – man wischt halt mit dem Ärmel darüber.

Marianna ist schon seit einigen Jahren in München, sie sucht sich mit Gelegenheitsjobs über Wasser zu halten – es gelingt ihr nicht im Geringsten. Das Wasser rinnt ihr in den Mund, in die Ohren, einfach überallhin. Sie scheitert an allem. Sie schafft es einfach nicht, sich an irgendwas zu halten. Kaum hat sie mal wieder einen Job, da verpatzt sie die Sache wieder. Sie fühlt sich eingeengt, bestimmt, sie schreit ihren Chef an, brüllt, dass er ein ganz blöder Wichser sei, woraufhin er dann die paar Scheine hinlegt, die ihr für die paar Stunden Arbeit zustehen, und sie aus seinem Zimmer, aus seinem Büro oder seiner Fabrik schmeißt. Wie oft hat es sich schon so abgespielt, wie oft ist es schon so verlaufen! Wenn es zwei Tage dauert, zwei Tage, die sie einen Job behält, dann ist es schon reichlich lange gut gegangen.

Marianna steht dann wieder auf der Straße, zählt die Scheine, überlegt, wie viel sie davon auf den Kopf hauen und wie viel sie für ihr Zimmer ausgeben will. Meist haut sie alles auf den Kopf.

Sie läuft durch den Englischen Garten, bis ihr die Füße wehtun, und ab und zu trifft sie dann einen Bekannten. Da quasselt sie dann in einem Fluss dahin, es quillt aus ihr heraus, diese klaren Worte, die in ihrem Klang eine so tiefe Reinheit haben, dass man wirklich verwundert ist. Verwundert, weil hier so viel Klarheit und so viel Undurchsichtigkeit zusammentreffen, so viel Unberechenbarkeit und dennoch Einfachheit.

Sie spricht nicht gerne über ihre Arbeit, K. hat sie mal danach gefragt. „Ach ja ... ach, lassen wir das, ich mag nicht, ist das okay?" Klar war es okay. Er wollte sie ja nicht aushorchen. Es interessierte ihn eigentlich auch gar nicht. Es war nur eine Frage, die gerade passte. Es stand sonst nichts an. Es gibt solche Situationen, man fragt und redet ohne nachzudenken. Es sind diese belanglosen Fragen, diese belanglosen Kommentare und Meinungen, die man dann preisgibt. Es interessiert niemanden. Es will keiner sie hören.

Marianna mag den Wind, im Sommer genauso wie im Winter. Der eisige Wind ist etwas Besonderes. Er ist selten. Es entgeht ihr keine Brise. Sie hat diese Vorliebe mit Frank K. gemeinsam.

Marianna hat sonst nicht viele Vorlieben. Sie kann sich einfach keine leisten. Sie hat nicht mal ein Telefon. Sie hat auch keine Möbel in ihrem Zimmer. Sie hat kein Geld, und wenn sie mal an ein paar Scheine rankommt, dann haut sie diese meist auf den Kopf. Alles andere würde unwiederbringlich im Schlund der Schuldner verloren sein.

Man kann sie nicht auf die Straße setzen, das weiß sie, und das nutzt sie aus, gnadenlos. Sie würde sich gerne das eine oder andere leisten. Man lernt aber anscheinend Verzicht. Marianna jedenfalls hat ihn gelernt. Es sind nur wenige wesentliche Dinge, auf die es letztendlich ankommt, und diese bestehen alle nicht darin, dass man ihnen mit einem fetten Bankkonto näher ist. Wer weiß, vielleicht liegt man ihnen dann sogar ferner. Und irgendwann sitzt man dann mit seinen gefühlten hundertzwanzig Jahren da auf einem fetten Konto, mit dem sich nichts mehr anfangen lässt. Und unweigerlich taucht die Frage auf, ob das jetzt alles sei, was das Leben bieten könne.

Marianna hat kein Geld. Sie kann damit nichts anfangen. Sie hat auch keine sonderlichen Vorlieben. Sie kann nicht viel mit sich selber anfangen. Sie mag Frank K., und der mag ihre klare Stimme. Er mag es auch, wie sie sich bewegt. Marianna ist ständig kurz vor dem Umfallen. Wenn sie einen Schritt tut, den Fuß auf den Asphalt setzt, dann scheint sie immer gleich so viel Schwung in dieses Aufsetzen zu bringen, dass sie auf die andere Seite zu kippen droht. Immer nur bei den ersten Schritten; wenn sie dann schon wieder eine ganze Zeit läuft, dann nimmt der Schwung ab, und sie eiert nur noch ordentlich hin und her, es hat irgendwie eine Harmonie, eine ganz eigene halt. Frank K. mag es.

Er mag auch sie. Sie als Mensch, einfach so. Marianna ist auch eine attraktive Frau, eigentlich sehr attraktiv, sie hat eine ausgezeichnete Figur, schöne Beine, sie ist reizvoll, verführerisch. Es ist niemals Franks Absicht gewesen, sie zu verführen. Es hätte so sein können. Es war aber Neugierde: Wer ist das?

Marianna und K. lernten sich kennen. Sie trafen sich oft im Englischen Garten. Sie sinnierten über dieses oder jenes nach. Sie sprachen manches Mal sogar über das Schachspiel. Aber sie mieden das Gespräch über Mariannas Arbeit.

Es nähert sich der Winter, und die Tage werden rasch kürzer. Es soll die Zeit des Eises, des Schnees, die Zeit des kurzen Tages sein. Für K. ist es die Zeit, in der er sich über seine Zeitschriften stützt, die Wohnung höchstens für kurze Spaziergänge verlässt oder an dem einen oder anderen Turnier teilnimmt. Für Marianna ist es die Zeit der Verbitterung. K. ahnt es, er weiß es aber nicht.

Und so ist es einer der letzten Tage gewesen, an dem sie sich getroffen haben. Es war da dieser eisige Ostwind. K. verließ sie überstürzt. Er ließ sie im Englischen Garten zurück und lief zurück zu seiner Wohnung, die nicht weit entfernt ist.

Als er die Treppen hochstürmt – er hat noch viel zu erledigen, und irgendwie glaubt er wohl, er würde schneller damit fertig werden, wenn er die Treppen hochspringen würde –, kommt ihm wieder Frau Pretzl entgegen. Sie schnaubt vor sich hin und nimmt langsam Treppe um Treppe.

„Sehen Sie! Jetzt können Sie es wieder nicht erwarten, nach Hause zu kommen!"

„Ja", fällt ihm im Vorbeilaufen aus dem Mund, und er dreht sich nicht mal um. Frau Pretzl hält an und schaut kopfschüttelnd hinterher.

Ihr Mann ist irgendein kleines Zahnrad in einem großen Verwaltungsapparat gewesen. Sie erzählte es mal Frank. Er stellte sich dabei vor, dass er von einem hohen Stapel eine Akte nahm, sich seufzend darüberlehnte und sie dann, nach einer gewissen Zeit der Bearbeitung, mit einigem Kopfschütteln auf einen anderen Stapel legte. Dreißig Jahre wäre er da unabkömmlich gewesen, seufzte Frau Pretzl. Und dann, als er krank geworden wäre, da hätte dann gleich ein anderer an seinem Tisch gesessen. Der Name an der Tür wäre weg gewesen. Ein Junger, ein ganz Junger hätte die Arbeit gemacht, die dreißig Jahre lang ihr Mann gemacht hätte. Sie holte ein

Taschentuch raus und schnäuzte ordentlich rein. Es lief die eine oder andere Träne in der Erinnerung an ihren Mann, in der Erinnerung, wie unersetzlich er war.

„Dabei war er nie krank! Dreißig Jahre nicht!"

Geehrt wurde er – fünfundzwanzig Jahre am gleichen Tisch, im gleichen Zimmer, in dem gleichen gottverdammten Gebäude. Er hatte die gleichen Akten von dem einen Stapel genommen, um sie mit dem immer gleichen Kopfschütteln auf den anderen zu legen. Man steckte ihm einen Orden an, überreichte ihm eine Urkunde, und die höchsten Chefs des Apparates streckten ihm die Hand hin, um sie ihm gleich wieder zu entreißen. Sie lächelten, auch wenn sie es wohl mit Widerwillen taten, es musste ja sein. Da war so ein Kerl, der tatsächlich fünfundzwanzig Jahre an diesem Tisch gesessen hatte und ohne Murren diese Arbeit erledigt hatte. Es war angebracht, ein Lächeln aufzusetzen, auch wenn sie es ihm am liebsten ins Gesicht gesagt hätten, dass es ihnen eigentlich völlig egal wäre, ob er dieses Zeug erledigen würde oder ob da eine Maschine sitzen würde. Sie kannten ihn nicht, und sie wollten ihn nie kennenlernen.

Frau Pretzl stand immer an der Seite ihres Mannes. Die Urkunde zum fünfundzwanzigjährigen Dienstjubiläum hängt noch immer im Gang ihrer kleinen Wohnung, gleich im Flur, da, wo keiner dran vorbeikommt, da, wo sie jeder sehen muss.

„Wie er dann krank geworden ist, da wurde er gleich operiert." Frau Pretzl drehte sich weg. Sie schämte sich wegen der Tränen. Sie schluchzte ein paarmal leise vor sich hin und fing sich wieder.

„Noch Kaffee?" Sie hatte die Kanne schon angesetzt, und das schwarze Zeug ergoss sich in die Tasse.

„Wie Sie das nur so schwarz runterkriegen!", sagte sie und: „Der Helmut, also mein Mann, der hatte immer Milch und Zucker, und von beidem viel, ganz viel, eine süße weiße Pampe war das!" Und wieder drang so ein kleiner Schluchzer durch, und K. dachte sich, dass er sie vielleicht besser doch nicht nach ihrem Mann hätte fragen sollen. Aber was hätte er sonst mit ihr anfangen sollen? Er trank den ganzen Kaffee, und schließlich fing sie wieder an, von ihrem Mann zu erzählen. Dabei drückte sie sich ständig die Finger, die Hände hatte sie in den Schoß gelegt, die Augen wanderten die Decke entlang und suchten nach einer Orientierung, die ihre Sprache nicht hatte.

„Auf und zu, man hat gar nichts mehr rausgeschnitten. Es war viel zu spät!" Der Krebs hatte ihn längst völlig durchsetzt. Sein Tisch war längst von einem Jungen besetzt worden, und er lag mit seiner dreißigjährigen Berufserfahrung im Krankenhaus, um sich von einer Operation zu erholen, die eigentlich gar keine richtige gewesen war. Man schickte ihn in eine Kur. Man gab ihm nur noch wenige Wochen. Er sollte sich beeilen. Ein paar Tage schwimmen, ein paar Massagen, gesunde Ernährung und umgeben von einem Haufen alter Krüppel – was könnte man sich für die letzten Tage Schöneres erwarten? Da sitzt man dann abends um acht Uhr in einem

Zimmer, und kein Mensch ist mehr wach, weil sie alle dabei sind zu gesunden, und kein Mensch kommt und bringt etwas zu trinken. Man liegt in einem Bett und denkt über diese dreißig Jahre nach und dann vielleicht auch mal über die zwanzig davor, und letztendlich bleibt immer nur die Frage hängen, ob das nun alles gewesen sein könnte. Dieses weiße und hygienisch saubere Bettzeug, umgeben von alten und dicken Krankenschwestern, so liegt man herum und schlägt die Arme unter den Kopf, zurücklehnend und sich fragend: Was bleibt?

Und nach vielen Überlegungen bleibt dann schließlich nur die Feststellung, dass nur eine verbitterte Frau und eine Urkunde bleibt. Eine Urkunde, die keiner übersehen kann.

Es ist schon geraume Zeit her, dass Frank K. Frau Pretzl besucht hat. Er traf sie immer wieder im Treppenhaus. Sie war stets freundlich, wenn auch auf ihre eigene Art und Weise. Sie freute sich halt, wenn sie mal vor sich hin quatschen konnte und wenigstens das Gefühl hatte, dass da jemand war, der ihr zuhörte.

Aber dieses Mal hat Frank K. wenig Zeit, er lässt Frau Pretzl stehen. Er ist lange mit Marianna im Englischen Garten gewesen, er will noch einiges arbeiten, er will auf gar keinen Fall mehr in ein Gespräch verwickelt werden, schnell in die Wohnung und dann Ruhe.

Frau Pretzl ist noch keine fünfzig Jahre alt. Sie wirkt zwar müde, lebensmüde, auch angespannt. Dennoch ist sie auch eine Frau, von der man nicht gerade meint, dass sie einen Strich ziehen würde, um eine Abrechnung durchzuführen. Nein, wirklich nicht!

Deshalb ist K. am nächsten Morgen auch so überrascht, als er all die Stimmen vor seinem Fenster hört. Er ist davon aufgewacht, der Hinterhof, zu dem sein Schlafzimmerfenster zeigt, ist ansonsten sehr ruhig.

Stimmen, die so viel Entsetzen in sich bergen. Stimmen von Leuten aus dem Haus. Sie kommen aus dem Hof und dringen zu ihm durch den Spalt des gekippten Fensters in den ersten Stock. Frau Pretzl wohnt drei Stockwerke über ihm. K. hört die Aufregung, als er noch im Bett liegt. Er geht ans Fenster und blickt schläfrig in den Hof runter. Eine ganze Menge von Menschen bildet da einen Halbkreis um die tote Frau Pretzl, die anscheinend aus ihrem Fenster gesprungen ist. Die Beine gespreizt, sie trägt noch die Kleider vom Tag zuvor, eine Blutlache, eingetrocknet, der Kopf liegt darin, die Augen hat sie geöffnet – sie liegt wohl schon eine ganze Zeit da unten. Als K. sie so von seinem Fenster aus sieht, da drängt es ihn, ihr zuzurufen, sie solle aufstehen, sie solle Schluss machen mit dem Schauspiel. Dann aber erkennt er in der Fassungslosigkeit der Gesichter der umstehenden Personen, dass es ernst ist. Er erkennt, dass die ganze Sache nicht inszeniert, sondern Realität ist. Und mit einem Male sticht es ihn in der Brust, und er meint, dass noch irgendwo ein Stück von diesem Leben sein muss, das da so elendig ausgelöscht scheint.

2. KAPITEL

Zwei Polizisten stehen an der Tür zu K.s Wohnung.

„Nur zwei oder drei Fragen, Routine, es ist wegen der Toten im Hof; Sie haben es ja sicherlich mitbekommen."

„War ja nicht zu umgehen!" K. bittet die beiden rein, fährt herum, und da drängt es sich über seine Lippen:

„War's Mord?"

„Offensichtlich Selbstmord, wie kommen Sie auf Mord?" K. wendet sich ab, er grübelt, scheint sich zu grämen.

„Ach, machen Sie es sich doch bequem, soweit es sich anbietet."

K. lebt in einem grenzenlosen Durcheinander. Er schiebt ein paar Stapel Papier, einen Stoß Zeitschriften und allerhand benutztes Geschirr über den blanken Kiefertisch, um für die beiden Polizisten Platz zu machen.

„Sind nur Routinefragen, sind gleich erledigt!", wehrt in einem monotonen Tonfall der eine Polizist ab. Sie wollen gar nicht näher treten, sie wollen gar nichts von K.s Leben wissen, sie wollen nur den Job erledigen und zusehen, dass sie wieder weiterkommen.

Nein, er habe nichts gehört, ihm sei auch nichts aufgefallen, er habe auch nichts bemerkt, was einen Selbstmord hätte ankündigen können. Der eine Polizist fragt, der andere notiert seine knappen Antworten in einem kleinen Notizblock, den er dann zuklappt, und beide ziehen sich mit einem übertriebenen Verbeugen zurück. Sie stehlen sich wieder aus der Wohnung, K. verschließt beklommen die Tür hinter ihnen.

Selbstmord! K. schüttelt den Kopf. Wieso hast du das getan, Frau Pretzl, wieso? Da kommst du auf die Welt, wirst groß und selbstständig. Man zieht dich auf, man zeigt dir, wie du den Löffel halten musst, man sagt dir, dass du am Tisch nicht furzen darfst, und vielleicht lernst du auch, dass du ein bisschen über Diogenes, den Existenzialismus oder auch über ökosoziale Revolution quatschen kannst. Wer weiß, vielleicht weißt du sogar so viel, dass du ein paar kluge Sätze zu jedem Thema, das sich anbietet, runterleiern kannst, Standards, Floskeln, die sich überall gut machen. Archäologie, Geschichte, Philosophie und da und dort noch ein bisschen. Und dann? Dann stehst du da und stellst fest, dass du mit deinem Leben nicht zurechtkommst. Du erkennst mit einem Mal, dass es wohl das Sinnvollste ist, auf dem kalten Asphalt im Hof aufzuprallen, wobei sich die Gehirnmasse in einem blutigen Schleim über dem nasskalten Teer ausbreitet. Dabei ist es völlig egal, was sich die Leute dabei denken, die sich dieses Zeug, das aus dir herausquillt, anschauen müssen.

Warum will man zum Schluss noch einmal diese große Öffentlichkeit auf sich ziehen? K. geht noch mal zum Fenster und schaut raus. Er nimmt den Vorhang etwas zur Seite. Die Tote ist längst weg, die schwarze Lache von eingetrocknetem Blut sieht man noch. Ein paar Passanten, die sich noch das Maul über dieses oder jenes zerreißen, sie verlieren sich in der Bedeutungslosigkeit. In einer Bedeutungslosigkeit, die mit dem kalten Ostwind davonzieht und sich selbst in alle Himmelsrichtungen zerstreut. Ähnlich wie trockenes Brot, das man zwischen Daumen und Zeigefinger zerbröselt, um es in die Luft zu schmeißen, und gar nicht mehr wahrnimmt, wenn sich da die Möwen am See darüber hermachen, weil man sich in der Weite des Ufers wähnt, in Dünen eines endlos langen Strandes an der Nordsee, der sich unter einem wolkenverhangenen Himmel und in einem steten und dauernden Regen verliert.

K. sucht nach Gründen. Man erkennt es an seiner Stirn. Zahllose Falten bilden sich. Schachzüge, Meisterpartien ziehen dahinter vorbei. Selbstmord!

Frau Pretzl hat nichts mehr zu verlieren gehabt. K. starrt aus dem Fenster. Er blickt auf die schwarze Lache im Hof. Es ist eigentlich ein mutiger Sprung gewesen. Er blickt der Flugbahn nach, die sie wohl genommen haben mag. Ein gewagter Sprung. Er ist geglückt, egal, was auch immer Glück heißen will. Er weiß nur, dass es nicht daran liegen kann, dass man sich eine Urkunde in den Hausflur hängt und der Vergangenheit nachtrauert. Man poliert sich die Schuhe auf Hochglanz, spuckt sich in die Hände, richtet sich das Haar damit und springt aus dem Fenster, wenn man nur erkannt hat, dass es doch nicht alles gewesen sein kann, wenn man erkennt oder glaubt zu erkennen, dass man zu viel versäumt hat, dass man sein Leben lang nur gelinkt worden ist, sein Leben lang immer nur zu kurz gekommen ist. Du kannst nichts mit dir anfangen. Das bisschen, das du getan hast, verschwindet wie dieser Strudel in der Wanne, nachdem man den Stöpsel gezogen hat. Du hast alles hineingelegt, aber niemals darauf geachtet, dass es sich in einem hallenden Gurgeln verlieren und verschwinden könnte – weiß und kalt stiert dir eine Leere entgegen.

K. glaubt nicht so recht an den Selbstmord, er hat alle Varianten, die ein Schachspiel bieten kann, durchgespielt.

K. macht sich an seine Arbeit, irritiert von den Erlebnissen des Morgens. Es gelingt ihm dennoch der konzentrierte Einstieg in seine Partie. Kaum hält er die Figur in der Hand – die Figur, die von G1 auf H3 die Partie eröffnet und somit dem Gegner allerhand zu denken gibt, weil sie ihn verblüfft –, da verschwindet der Gedanke an den Tag draußen; an den Tag, der für die Welt in einem Meer von Individualität verschwindet und sich höchstens am Ende des Jahres in einer Chronik wiederfindet. Einer Chronik, in der vielleicht von einem Besuch des amerikanischen Präsidenten im Nahen Osten die Rede ist, in der man vielleicht ein Bild von ihm wiederfindet, wo er einem anderen Staatsoberhaupt die Hand schüttelt, in einer Chronik, in der man in völliger Belanglosigkeit verschwindet.

K. schlägt eine Fliege platt, die über die Zeitschrift wandert. Er verschmiert ihren Saft über den Zeilen und zieht den Läufer in Richtung Südwest, soweit es geht – auf dem Schachbrett.

Frank ist etwas untersetzt, er ist jung, knapp über dreißig, genauer vierunddreißig, wirkt aber viel älter; es liegt wohl an seiner Lebensweise. K. sitzt auf dem weichen Teppich vor einem niederen Tisch, er hat sich in Sesseln nie zurechtgefunden, sie haben nie das Bequeme eines Teppichs gehabt.

Er spielt die Partie zu Ende, und dann geht es wieder in den Englischen Garten. Er zieht sich die Mütze über den Kopf, stiert für einen Augenblick aus dem Fenster in den Himmel rauf, er blickt dabei den Wolken nach, die über das Blau ziehen. Es ist wieder ein sonniger Tag gewesen, es ist auch wieder windig gewesen, wenn auch nicht so sehr wie am Tage zuvor. Es hat sich alles etwas gelegt – seit dem Vormittag. K. springt die zweiundzwanzig Stufen runter, und dabei denkt er auch mal an Frau Pretzl, die ihm bei dieser Gelegenheit am vorigen Tage über den Weg gelaufen ist. Er denkt auch an sie, als er an der dunklen Lache vorüberläuft, die sich da auf dem grauen Asphalt vor dem Haus abzeichnet und die von dem Blut herrührt, das nur kurze Zeit vorher durch ihren Körper geflossen ist. Durch diesen Körper, der die Urkunde in den Flur gehängt hat, durch den Körper, dem er gegenübergesessen ist und der ihm immer wieder die Tasse mit dem schwarzen Zeugs aufgefüllt hat, um wieder und wieder darüber den Kopf zu schütteln, weil es anscheinend zu den unfassbarsten Dingen dieser Welt gehört, dass jemand den Kaffee in dieser Form bewältigen kann.

K. hat eigentlich nur seine Partie im Kopf, als ihm Marianna über den Weg läuft. Und für einen Augenblick ist er tatsächlich erschrocken. Denn für einen Augenblick hat er die ganze Geschichte mit Frau Pretzl vergessen.

„Was gibt's Neues?", beginnt Marianna die Unterhaltung, und K. fällt es erst nach einer Weile mit einem Mal wieder ein. Er greift Marianna unter den Arm und zerrt sie mit sich. Marianna zieht eine besorgte Miene, sie rechnet mit etwas Unangenehmem. K. berichtet von Frau Pretzl, als sei es eine Geschichte über einen Lastwagenfahrer, der sein Leben damit verbringt, die Ostküste der Vereinigten Staaten rauf- und runterzufahren, ohne eine Kneipe auszulassen, um sich ein Sandwich mit einem Bier zu genehmigen, sein Ding in irgendeine Frau zu stecken, die sich ihm an dem Tresen anbietet und ihm verspricht, dass es ein unvergleichliches Erlebnis für ihn werden würde. Irgendwann würde er sich darüber klar werden, dass es eigentlich völlig egal ist, was er treibt, und er lässt seinen Truck gegen eine Wand laufen, weil er selbst den letzten Fick, der erst wenige Minuten zurückliegt, schon längst vergessen hat.

Marianna versteht K. nicht, sie versteht auch nicht, dass er an dem Selbstmord zweifeln kann, es sei ja offensichtlich, alles andere erschiene grenzenlos absurd.

K. bleibt stur, und Marianna will sich nicht wegen dieser Belanglosigkeiten streiten – wie sie meint.

„Du meinst auch, dass der Lastwagenfahrer ermordet worden ist?"

„Irgendwie schon, die Nutte hat ihm ja versprochen, dass es sich lohnen würde."

„Ja, aber letztendlich ist es immer noch die Frage des Einzelnen, was er daraus macht."

„Scheiße! Dann landet man eine miese Show und muss sich dann einreden, dass es schön gewesen ist! Ist das gerecht?"

„Wer spricht von Gerechtigkeit? Es ist die Frage, ob es sich rentiert, ob es sich rentiert, dass man ständig in den Arsch getreten wird und sich dann Häppchen suchen muss, die vielleicht eine aufgesetzte Schönheit haben."

„Hast du was zu rauchen?"

Marianna reicht ihm eine Filterzigarette, er steckt sie sich an und bläst den blauen Rauch in die kalte Luft.

„Ja, das schon, das hat nichts mit Gerechtigkeit zu tun. Was sollte man auch sonst machen? Dann, wenn man an nichts mehr etwas finden kann, dann kannst du einmal den Kopf in den Sand stecken, oder du musst einfach die Backen zusammenklemmen und suchen."

„Ja."

Marianna schlägt beide Arme um den Oberkörper, es ist kalt, wie sie beide da so am See entlanglaufen. Der warme Hauch schlägt eine Wolke in die klirrend kalte Luft.

„Da steht man dann da, hat diesen oder jenen Mist mitgemacht, und immer wieder fragt man sich, ob es sich rentiert hat. Das ist keine Frage der Gerechtigkeit. Die

Gerechtigkeit kommt erst dann ins Spiel, wenn man sich diese Frage nicht stellen kann. Wenn man tatsächlich gar nicht so weit kommt, dass man abwägen muss, ob es sich rentiert hat."

„Kommt man aber nicht automatisch dahin? Stellt sich nicht jeder diese Frage?"

Marianna schaut zu Frank, der sich auf seine Schuhspitzen konzentriert. Er schlägt ununterbrochen an einen größeren Stein, damit er vor ihm herrollt.

„Ach Scheiße! Lassen wir das Gequatsche, mir reicht es für heute!"

K. dreht sich zu Marianna, sie schaut weg.

Sie laufen geraume Zeit stumm nebeneinanderher. Es ist so, als wenn man gewaltsam von einem Thema ablenken wollte, man kann an nichts anderes mehr denken.

Es dauert Minuten, bis einer wieder den Mund auftut. Es ist Marianna.

„Hei, trinken wir was, ich habe 'ne Menge Wein zu Hause. Hast du Zeit?"

Eine Anspielung auf den vorherigen Tag. Frank nickt, er schämt sich noch immer etwas, er hat daraus gelernt. Und so laufen sie beide zur Wohnung von Marianna.

Marianna wohnt gleich in der Nähe des Englischen Gartens; es ist eine kleine, sehr dürftig eingerichtete Wohnung, gleich unter dem Dach. Es ist das Billigste gewesen, was sich hatte finden können. Der Vermieter, ein unangenehmer Zeitgenosse – er übergab ihr die verdreckte Wohnung und meinte, dass er mit der ersten Monatsmiete etwas nachsichtiger wäre, wenn sie mal nicht so sein würde. Dabei fasste er ihr an die Brust und zeigte seine dreckigen Zähne. Eigentlich wollte ihm Marianna eine schmieren. Sie tat es nicht, weil sie die Wohnung brauchte. Sie war pleite, dennoch wollte sie auch den ersten Monat zahlen, sie wollte diesen Drecskerl nicht anfassen müssen – jedenfalls sagte sie es so zu K.

Marianna holt eine Flasche Wein aus einem Karton raus, der da in einem Eck liegt. Darüber hängt ein Bild von Picasso, das, auf dem er den Hut aufhat und sich den Kragen eines Mantels vor den Mund hält. Er stiert einen aus den Augenwinkeln an, und man kann einfach nicht anders, als sich beobachtet zu fühlen. Beobachtet bei allem. Ob man nun dasitzt und Wein trinkt, ob man dasteht und Marianna auf den Hintern starrt oder ob man sich an den Eiern kratzt, immer ist dieser durchdringende Blick auf dich gerichtet, immer hat man das Gefühl, dass man sich rechtfertigen muss.

„Is 'n tolles Bild, ich könnt' es bloß nicht verkraften, wenn mir da einer ständig auf den Teller schauen würde."

„Was? Ach so, Pablo! Man gewöhnt sich dran, irgendwann merkt man es gar nicht mehr, irgendwann würde man es sogar vermissen."

„Ja?"

„Ja. Wie viele Leute sitzen nur noch beieinander, weil sie sich zu sehr aneinander gewöhnt haben? Sie würden es anders gar nicht mehr können. Sie würden sich anders gar nicht mehr zurechtfinden."

K. ist zum ersten Mal bei Marianna, er schaut sich bei ihr um, sie macht die Flasche auf. Es ist Nachmittag, es wird aber schon dunkel. Marianna zieht die Vorhänge zu, die Nachbarn würden sonst reinglotzen, meint sie. K. schlürft den Wein, er schmeckt ihm; Marianna setzt sich ihm gegenüber.

„Hast du schon mal Heroin gesnifft?"

K. schüttelt den Kopf. „Nee, hast du so was?"

„Ja." Sie greift in eine Schublade im Tisch und zieht ein zusammengefaltetes Cellophanblättchen hervor. Sie wischt einmal über den Tisch, ein paar Brösel fallen auf den trockenen Holzboden, man hört sie leise aufschlagen. Dann richtet sie zwei weiße und parallele Spuren von dem weißen Pulver geschickt mit dem auseinandergefalteten Blättchen aus und deutet K. stumm an, dass er zu ihr rüberrücken solle. Dieser rutscht von seinem Stuhl runter und schleift sich auf Knien auf ihre Seite. Er stößt dabei seine Jacke zur Seite und kniet neben ihr vor den parallelen Spuren. Sie dreht das Blättchen zu einem Röhrchen, auf einer Seite spitz, auf der anderen Seite mit größerem Durchmesser, und steckt es sich in die Nase.

„Schau! Du machst es einfach genauso wie ich. Es ist nur Sniffen, ist nicht gefährlich, ist nicht so wie Spritzen, klar?"

Sie zeigt es Frank, damit er es ihr richtig nachmache, und zieht sich die ganze Spur in die Nase. Frank schaut genau zu, und Marianna reibt sich die Nase, während sie den Kopf zurücklegt. Sie hat die Augen geschlossen, es scheint etwas in ihr vorzugehen. Frank nimmt ihr das gedrehte Röhrchen aus der unbewegten Hand und setzt es sich in die Nase. Neugierig und achtsam zieht er sich die Spur rein und spürt ein Kitzeln in der Nase. Er legt sich auf den Rücken, neben Marianna, sie liegt stumm da und hat die Augen geschlossen.

Irgendwas rumort in K., er bleibt stumm, aber bewegt – wie Marianna. Beide liegen sie da auf dem Rücken, beide in einer Traumwelt. Einer Welt, in der Farben regieren, in einer Welt, die sich mit ihrer Flachheit über ihr Bewusstsein senkt. In einer Welt, in der man sich sucht, was die Realität anscheinend nicht bieten kann.

Erst nach geraumer Zeit kehrt wieder Leben in Marianna zurück. Sie stützt sich auf die Ellbogen und schaut zu Frank, der nahe neben ihr liegt. Sie stößt ihn an – „Es muss schon mitten in der Nacht sein", denkt sie – und schaut aus dem Fenster. Frank stößt einen ächzenden Laut aus und dreht sich zur Seite.

Marianna steht auf und beschließt, Frank vorerst liegen zu lassen. Sie schwankt in das äußerst knapp bemessene Bad und nimmt eine Dusche.

Wie sie unter dem Wasserstrahl steht und das warme Nass spürt, da beschleicht sie eine Angst. Eine Angst, dass sie irgendwas im Leben verkehrt gemacht haben könnte, dass sie am Leben gescheitert sein könnte. Das Wasser fließt über die geschlossenen Augenlider, es prasselt auf das Gesicht nieder, das sie dem Strahl entgegenstreckt. Sie verfällt für einen Augenblick in einen fremdartigen Zustand. Ein wackeliges Bild eröffnet sich vor ihren Augen, es ist das Bild ihres Lebens, es hat den Geruch von Vergangenheit, es stößt ihr in die Nase.

Das warme Wasser schleicht sich durch ihre Haare. Sie spürt es wie eine zärtliche Berührung. Sie spürt es wie eine Berührung, die sie aus einem tiefen Schlaf erweckt. Es ist längst Vergangenheit, es erwacht für einen Augenblick, es kehrt in wackeliger Erinnerung wieder und wird erst nach und nach erkannt. Es ist da nur der Geruch, es ist vielmehr ein Gefühl, man glaubt, es auf der Zunge zu spüren, man glaubt, es hinter dem Nasenbein ertasten zu können, wie einen Kloß, der eine Form und eine Gestalt hat.

Das Wasser fällt von ihr ab und klatscht auf den Boden, es hämmert beständig in ihrem Kopf, es ist wie ein früherer Herzschlag, es ist, als wäre man gelenkt, als hätte man keine Kontrolle über sich, als wäre man jemandem ausgeliefert. Marianna hält sich die Hände vor das Gesicht, sie stiert darunter aus offenen Augen vor sich hin, das Bild verwackelt; sie irrt und stolpert. Es stolpert Gedanke um Gedanke, unkontrolliert, auf wackeligen Beinen. Ein Halt! Sie sucht in den Falten ihrer Hand nach einem Halt, die Wassertropfen klatschen auf die Handrücken, sie fühlt es, wie das Hämmern starker Rammböcke gegen ein verbarrikadiertes Tor. Das Hämmern wird stärker und stärker. Es stößt in dumpfen und lauter werdenden Tönen an ihr Ohr. Sie reißt die Augen weit auf. Sie sieht das Tor aufbrechen. Es bricht der Balken, der als Verriegelung dient, und es erbrechen sich die Flügel, und wie ein Schwall droht es hereinzubrechen. Alles, alles Feindliche, alles, was am Leben zehren kann, alles, was wehtun kann. Marianna holt mit einem tiefen Schluck aus und schreit nach allen Leibeskräften. Sie reißt die Hände vor dem Gesicht weg und brüllt. Sie brüllt sich die Seele aus dem Leib. Sie schreit mit einer Urgewalt, es scheinen die Scheiben zerspringen zu wollen. Sie holt Luft aus den tiefsten Höhlen ihres Leibes, Speichel schlägt vor ihrem Mund hin und her, er spritzt unter der Gewalt der ausgestoßenen Luft gegen die Fliesen. Sie schreit und geht dabei in die Knie. Sie hat die Augen zu, fest zugepresst, sie will nicht sehen, sie schluchzt auf. Und wieder stößt sie einen Schrei aus, einen grauenerregenden Schrei, der sich im kahlen Bad an den altmodischen Fliesen bricht und in sich tönern verzerrt klingt. Sie reißt die Augen auf und starrt auf diese Falten in ihren Handflächen, sie schreit, und Speichel fängt sich in den offenen Händen, wird umspült von dem warmen Wasser der Dusche und klatscht auf den Boden, diesen dumpf klingenden Boden, dieser gellende Schrei von Marianna.

Es tut einen Schlag, es ist Frank, der von dem Schrei aufgewacht und über den Sessel gestolpert ist. Er ist völlig irritiert. Er hört den Schrei, er sucht sich zu orientieren. Er stiert auf den Boden, wo er gelegen hat. Er fragt sich, wie er dahin gekommen ist. Wieder hört er den Schrei, wie er wieder ausholt. Er bekommt Angst, Angst, dass da etwas passiert, mit dem er nicht zurechtkommt. Er versucht, sich zu erinnern. Er kommt nicht auf den Gedanken, dass es Marianna sein könnte. Er kennt nicht einmal die Wohnung. Er weiß nicht, wo er ist. Wieder der Schrei, er dringt ihm durch und durch, es prickelt auf seinen Unterarmen und auf seinem Rücken. Er spürt, wie sich die Haare aufstellen, er will sich die Ohren zuhalten, mit einem Mal aber greift er sich seine Jacke, die neben ihm liegt, und stürmt damit zur Wohnungstür. Er will weg, er hat Angst.

K. stürmt die Treppe runter, selbst im Treppenhaus ist der Schrei noch laut hörbar. Es ist ein kahles Treppenhaus, es ist hell, weiß gekalkte Wände, Treppen aus Stein, die Kanten sind mit einem schwarzen Plastik überzogen. Es fällt etwas Licht durch die veralteten und verdreckten Fenster, an denen der ausgetrocknete Lack abspringt. K. weiß nicht, wo er ist. Auf einer der unteren Stufen sitzt ein Hund und scheißt.

Erst als er vor dem Haus steht und von dem Schrei nichts mehr hört, da merkt er, dass er gar nicht weit von zu Hause ist. Er wundert sich, wie er in diese Gegend gekommen ist. Er ist noch nie in diesem Schwabinger Hinterhof gewesen. Es ist ihm völlig unerklärlich, was da vorgefallen ist. Er sucht in seinen Jackentaschen nach Zigaretten, findet keine und geht die Straße hoch. Was ist passiert? Er denkt darüber nach, es will ihm nicht einfallen, es will ihm nichts einfallen; das Letzte, woran er sich erinnern kann, ist die rote, oder vielmehr schwarze, Blutlache, die er gesehen hat, als er nachmittags seine Wohnung verlassen hat. Das Letzte, woran er sich erinnert, ist

Frau Pretzl, die aus dem Fenster gesprungen ist, und dann noch an die Partie, die er mit dem Zug von G1 auf H3 eröffnet hat. Ob er sie gewonnen hat, das weiß er nicht mehr, er überlegt, es fällt ihm nicht mehr ein.

3. KAPITEL

K. wacht auf. Es ist ein neuer Morgen. Er bringt dasselbe wie jeder andere Morgen, Frank ahnt es. Er steigt aus dem Bett. Er ist spät dran, jedenfalls später als sonst. Er macht sich Kaffee, nippt beständig daran und glotzt dabei stur aus dem Fenster. Er sieht den grauen Morgenhimmel. Er sieht, wie sich ein paar Vögel in Richtung Süden aufmachen. Er sieht ein paar Wolken, die leise und grau vorüberziehen. Er sieht, dass sich auch an diesem Tag nicht mehr ereignen wird als sonst – eher weniger.

Frau Pretzl geht ihm durch den Kopf. Er steht mal kurz auf, um nachzusehen, ob da noch dieser dunkle Fleck auf dem Teer klebt. Er ist noch immer da, nur sieht man ihn nicht mehr so gut. Der Morgentau hält den Boden des Hinterhofs in einem dunklen, gleichförmigen Grau. K. lehnt an dem Rahmen seines Fensters zum Hof. Er hält die Tasse mit der schwarzen Brühe in der Hand und wundert sich, warum er eigentlich Schach spielen kann. Er wundert sich, warum er überhaupt etwas kann und was er eigentlich mit dem Zeug anfangen soll, mit dem Zeug, das er kann.

Er schaut auf den dunklen Fleck im Hof und fragt sich, was Frau Pretzl eigentlich gekonnt hat. Er fragt sich, wieso sie eigentlich gesprungen ist. Irgendwie ist sie doch der glücklichste Mensch gewesen. Und er fragt sich, ob er ihr nicht das Schachspielen hätte beibringen sollen. Sie hätten gelegentlich eine Partie gespielt, schwarzen Kaffee getrunken, und Frau Pretzl hätte verständnislos den Kopf geschüttelt und von der süßen weißen Pampe ihres Mannes erzählt.

Dann fällt ihm aber wieder ein, dass es doch nicht funktioniert hätte. Wieso soll man sich den Kopf über Dinge zerbrechen, die an der Realität scheitern? Es ist so eine Angewohnheit, man räsoniert immer über die Dinge, die man hätte tun können und nicht getan hat, man fragt, wieso und warum. Frank nimmt einen großen Schluck. Er schüttet den Rest der Tasse in den Rachen und schluckt hart an dem bitteren Stoff. Widerwillig verzieht er sein Gesicht und schlüpft in seine Kleidung, die noch vom Vortage auf dem Boden vor seinem Bett liegt.

„Und es war vielleicht doch kein Selbstmord!", spricht er zu sich selbst. Dabei fällt ihm ein, dass er tags zuvor Marianna getroffen hat und auch, dass er da noch eine Lücke in seinem Gedächtnis hat. Diese Lücke, für die vielleicht Marianna den Schlüssel hat, wie er meint. Er trifft sie sicherlich am Nachmittag im Englischen Garten. „Sie ist ja nur schwerlich zu verfehlen", denkt er sich und schrubbt sich die Zähne mit einer abgenutzten Zahnbürste.

Frank nimmt sich eine Zeitschrift zur Hand und beginnt eine neue Partie. Die Eröffnung ist Standard, die Englische Eröffnung. Er erwägt alle sinnvollen Vorgehensweisen, entscheidet sich dann und vergleicht sich schließlich mit dem Vorgehen des Kollegen, dessen Züge für immer festgehalten sind.

Das Telefon läutet, und K. nimmt ab.

„Hast du Zeit?" Es ist ein Bekannter, er hat ihm schon öfter einen Job verschafft.

„Ja klar!"

Es geht um eine Simultanpartie, ein Schachverein will sich mit einem Profi messen, erfährt K. Er lässt sich darauf ein, ein kleiner Geldsegen, ein Job, es ist ihm willkommen. „Heute noch?" Frank ist verwundert. „Nein, nein, es ist doch eigentlich egal, aber irgendwie bin ich etwas überrumpelt – aber klar geht es. Wann und wo?" Eine kleine Wirtschaft in Freimann, es ist nicht weit, K. muss dort erst am Nachmittag erscheinen. Er schreibt sich die Adresse auf, liest es noch mal vor und legt schließlich auf.

Wie er sich wieder über die Zeitung lehnt, da fällt ihm ein, dass er Marianna nicht sehen wird.

Egal! Vielleicht klärt sich die Lücke von selbst. K. ist wieder tief in das Spiel konzentriert, das für ihn kein Spiel ist. Nicht weil es für seinen Lebensunterhalt sorgt, sondern weil es das Einzige ist, wovon er überzeugt ist, dass es ihn nie enttäuschen wird. Wenn du dir einen kleinen Hund anschaffst, dann läuft er dir irgendwann weg, und besorgst du dir eine Frau, dann willst du sie bald wieder los sein. Freunde enttäuschen allemal, sie besorgen sich einen kleinen Hund oder eine Frau oder werden von einem Auto überrollt. Sein Spiel aber, das stellt er in die Ecke und holt es dann wieder raus. Dann, wann er es wieder will.

Frank kennt das Spiel schon lange, ein Jugendfreund hat es ihm vermittelt. K. hat gebannt zugeschaut, wie dieser die Figuren aufgestellt hat, er hat auf seiner Unterlippe gekaut und versucht, sich alles genau zu merken. „Schau hin, es ist sehr wichtig!", sagte er und hob einen Zeigefinger. Das tat er auch, er schaute ganz genau hin, und es dauerte lange, bis er die Raffinesse des Spieles richtig zu schätzen lernte. Irgendwann, es war in irgendeiner Kneipe, da sprang es ihm ins Gesicht: Wenn der Turm uneingeschränkt horizontal und vertikal über das Brett fahren dürfte und der König nur sehr eingeschränkt auf dem Feld herumrücken dürfte, dann ... Tausend Kombinationen, tausend Möglichkeiten, sie rasten durch seine Gehirnwindungen, verkeilten sich zu einem unendlich feinen Netz, das sich über die vierundsechzig quadratischen Felder legte, und in seinen Fingerspitzen spürte er ein leises Brennen, ein Brennen, wie man es vielleicht hat, wenn man noch nie einen Ton Klavier gespielt hat, unvermittelt aber spürt, dass man den weißen und schwarzen Tasten jede erdenkliche Melodie abgewinnen könnte. Er trank das Bier aus, und seitdem beschäftigt er sich mit dem Schachspiel. Er vergisst oft zu essen, er will manchmal nicht schlafen, und wenn man ihn fragt, warum er sich so versteift, dann lacht er und versteht nicht, warum es nicht jeder tut.

Auch dieses Mal hat er vergessen zu essen. Er merkt es, als er pünktlich um fünfzehn Uhr das kleine Wirtshaus in Freimann betritt. Von der Kellnerin erfährt er, dass sich die Leute des Schachvereins in einem Nebenraum treffen würden. Sie deutet mit dem Finger zu der Tür, die in den Nebenraum führt, und schreibt sich gleich die Bestellung von Frank K. auf einen kleinen Block, den sie aus der Schürze gezogen hat.

„Sind Sie etwa der berühmte Schachspieler, auf den die versammelte Mannschaft wartet?"

K. nickt, es freut ihn irgendwie, dass sie glaubt, dass er berühmt sei, versichert ihr aber gleich, dass es mit seiner Berühmtheit nicht so weit her sei. Er dreht sich um und betritt das Nebenzimmer. Da warten in stickiger Luft fünfzehn Menschen, die in rechteckiger Formation vor Schachbrettern sitzen und anscheinend schon lange über den ersten Zug nachgrübeln. K. braucht sich nicht vorzustellen. Sein Auftraggeber ist da. Dieser übernimmt gleich alles Geschäftliche und übergibt K. das Honorar, noch bevor er überhaupt mit dem Spiel begonnen hat.

Die Kellnerin bringt seinen Kaffee, und K. beginnt, an einem beliebigen Schachbrett einen Zug zu tun. Er schaut sich den Gegner nur kurz an und eröffnet schließlich die

Partie nach spontaner Eingebung. Fünfzehn Mal hinterlässt er einen nachdenklichen Menschen, über ein Brett gebeugt. Nur ein Zug, fünfzehn Mal, eigentlich aus reiner Laune heraus, ohne tieferen Hintergedanken. Fünfzehn Menschen, die nach einem Sinn darin suchen. Und sie sind fest davon überzeugt, dass es diesen Sinn gibt. Wieso sonst dieser Blick? Wieso sonst diese unterschiedlichen Eröffnungen? Es hat alle fünfzehn verwirrt. Frank nimmt einen Schluck Kaffee.

Draußen wird es langsam dunkel, es ist den ganzen Tag über recht trüb gewesen, der Raum wird nur schlecht vom Tageslicht erfüllt, ein paar Lampen erhellen den Raum, blauer Rauch fängt sich in verworrenen Windungen unter den Lampenschirmen.

K. macht den zweiten Zug, fünfzehn Mal, seine Strategie bleibt die gleiche – vorläufig, er wird sie noch ändern, eigentlich macht er es immer so.

Wieder hinterlässt er grübelnde Köpfe. K. zündet sich eine Zigarette an und starrt für einen Augenblick aus dem Fenster. Seine Gegner sind ihm egal, er kümmert sich nicht um sie.

Bei der dritten Runde ist er etwas nachdenklicher, er verschafft sich einen genauen Überblick über das Brett, er betrachtet die Konstellation an sich, nicht die zahllosen Möglichkeiten, die sich ergeben. Jahrelange Erfahrung schärft das Gefühl für die Konstellation. Der Anfänger muss sich jeden Zug einzeln überlegen. Ein Netz aus schwarzen und weißen Figuren, ein Netz mit einer Form, die Form an sich, die Verteilung der Farben und der Gestalten der Figuren, sie motivieren seine Züge. Fünfzehn Bilder, fünfzehn Konstellationen, die sich in seinem Kopf verankern. Er zieht mit seinen Figuren über das Brett, er bedrängt die Figuren der Gegner, er bedrängt die Gegner.

Der Raum ist mittlerweile in Stille getränkt. Höchstens ein schweres Atmen durchdringt die Luft – und der blaue Rauch der Zigaretten, der sich windet und schlängelt. Eine aufkommende Nervosität. Man spürt sie an den hastigen Bewegungen der Spieler, wenn sie die Figuren rücken wollen, es dann aber doch wieder unterlassen und die schon ausgestreckte Hand zurückziehen, schnell, damit es niemand sieht.

K. geht ein weiteres Mal herum, und die erste Figur fliegt. Alle Spieler schauen gespannt zu, wie K. die Figur in seinen Händen hält und sie dann ganz sacht neben das Brett stellt, gerade, als wolle er jeden Ton vermeiden, jeden Ton, der das Staunen aus den Gesichtern verpuffen lassen könnte, den Gesichtern, in denen diese Spannung liegt, diese Spannung und zarte Nervosität, mit der sie seiner Hand nachblicken, die so still und sanft die Figur hält und neben das Brett stellt, sie gleitet durch seine Finger. Ein schneller und seitlicher Blick auf den Besiegten – besiegt, auch wenn es nur eine Figur ist, ein Bauer, eigentlich unwesentlich, er ist besiegt, es beginnt.

Und wieder und wieder dreht Frank K. seine Runde, und mehr und mehr Figuren wandern durch seine Finger, er stellt sie alle behutsam neben die Bretter, er schaut dabei den Spielern in das Gesicht, meist verfolgen sie gespannt das langsame Aufsetzen der Figuren, sie machen sich klar, und sie gewöhnen sich daran, dass sie dabei sind zu verlieren.

Und verlieren müssen alle, außer Frank. Er gewinnt, er ist aber auch ein Profi, er ist auch bekannt dafür. Frank hätte auch verlieren können. Er weiß es, er hat auch Angst davor, sein Job wäre nicht mehr der gleiche. Einen Verlierer will niemand mehr. Ein Verlierer ist jedermann egal.

K. trinkt seinen Kaffee aus, es ist dunkel draußen. Er bezahlt bei der Kellnerin und hinterlässt eine Runde verblüffter Hobbyspieler. Wie er aus der Tür tritt, pfeift ihm ein eisiger Wind um die Ohren. Er tut ein paar Schritte, und da hat er diesen trockenen Geruch von Schnee in der Nase. Er bedauert, dass es schon so spät ist, und nimmt den Bus, der ihn nach Schwabing bringt.

Er hat es tun müssen. Auch wenn er solche Partien nicht so gerne spielt, letztendlich lebt er davon. Es ist sein Job, jemand anderes seufzt über Akten, die er von einem Stapel auf einen anderen legt.

Als K. im Bus sitzt und die Lichter der Stadt an ihm vorbeiziehen, da schaut er aus dem Fenster und denkt an Frau Pretzl. Er sieht sich in der spiegelnden Scheibe des schwach beleuchteten Busses und merkt, dass er nicht rasiert ist. An ihm ziehen Leuchtreklamen, Straßenlampen und aufflackernde Lichter in Schaufenstern vorbei. Er hört das Aufbrausen des trägen Motors, wenn der Bus beschleunigt, er spürt es an dem kalten Plastik seines Sitzes. Er reibt sich mit einer Hand die Stirn und denkt, dass alles irgendwie trostlos ist.

Der Bus hält, und Frank geht die Straße runter. Er kommt an der Bar vorbei, in der er häufig verkehrt. Er beschließt kurzerhand, noch reinzuschauen, vielleicht, so denkt er, lässt sich etwas von der Bitterkeit des Tages runterschlucken.

Eine Treppe führt in einen Kellerraum, einen düsteren, aber weitläufigen Kellerraum, der in schummriges orangefarbenes Licht getaucht ist. Es sind nur wenige Gäste da, in einer Ecke spielt eine Band leise Musik vor sich hin. Hinter der Theke ist Lilly, eine reizvolle Frau, die auch oft und viel von ihren Brüsten zeigt, sie geradezu auf den Tresen legt, aber anscheinend stumm ist. K. setzt sich an die Bar, Lilly bringt ihm seinen Drink. Es ist immer das Gleiche, eine Mischung verschiedener Schnapssorten, die Flüssigkeit hat etwas von dunklem Gelb an sich. Frank setzt sich das Glas an die Lippen und schluckt gierig daran. Er schaut sich um, entdeckt aber niemanden, den er kennt. Gelangweilt dreht er das Glas in seiner Hand, leise scheppern die Eiswürfel. Man hört es, obwohl die Band im Hintergrund spielt. Es ist ein Instrumentalstück, etwas gewagt, woanders würde man sie wegen Langeweile rausschmeißen. Nicht aber in dieser Bar, in dieser Bar kann man alles spielen, sie zeichnet sich dadurch aus, dass sie alles bietet, ohne Zensur, ohne Make-up.

Frank schluckt den Rest, legt einen Schein auf den Tresen und deutet Lilly an, dass es schon in Ordnung wäre, sie solle den Rest behalten. Er steht auf und kehrt der Bar den Rücken. Lilly schiebt sich den Schein in die Tasche und spült sein Glas aus. Sie hat nicht viel Arbeit. Die meiste Zeit verbringt sie, indem sie gelangweilt die Gläser trocknet, stumm, wie sie ist. Sie kennt Frank ein bisschen. Es ist nicht zu vermeiden gewesen. Schließlich ist Frank oft in der Kneipe. Er hat sich schon oft an sie herangemacht. Sie hat ihn schon oft auflaufen lassen – genauso oft eigentlich. „Vielleicht hat er's mittlerweile kapiert!", denkt sie, als sie Frank nachsieht, wie er sich durch die Tür stiehlt. Sie nimmt das Glas und reibt es mit einem Tuch trocken, während sie sich mit einem Unterarm unter der linken Brust reibt.

Die Band hat einen neuen Song angestimmt. Sie singen von der Stadt. Sie singen von den Lichtern der Stadt, den Lichtern der bunten Reklamezüge, der Straßenlampen und auch von den aufflackernden Lichtern in den Schaufenstern.

Frank steht auf der Straße und weiß nicht, wohin er soll. Vom Schachspiel hat er für diesen Tag genug. Es ist auch spät, aber müde fühlt er sich keineswegs. „Wo könnte Marianna stecken?", fragt er sich und schaut die Straße rauf und runter, weil er überlegt, in welcher der Bars eine Frau wie Marianna verkehren könnte. Dabei fällt ihm ein, dass er sich darüber noch nie mit ihr unterhalten hat. Wieso eigentlich? Ist es nicht natürlich, dass man auch mal über das Trinken spricht oder darüber, womit man sich sonst noch am Abend beschäftigt? Er hat keine Ahnung, wo Marianna stecken könnte. Er geht wieder zur Busstation und fährt rüber nach Haidhausen. Er hat sich für eine Tanzbar entschieden, eine Tanzbar, in der er auch des Öfteren verkehrt. Meist trifft er dort einen Bekannten. „Und wenn nicht, dann ist es auch egal", denkt er und läuft zum Bus vor.

Es ist typisch. Wenn er Geld hat, dann treibt er es so lange, bis es weg ist. Es ist diese gnadenlose Angst, dass man irgendwann auf dem Geld sitzen bleibt und sich vorwirft, dass man sich damit nicht amüsiert hat. Diese Angst, dass man sich vorwirft, einen Spaß versäumt zu haben, Angst, dem Leben zu wenig abgekauft zu haben. Bereuen tut man meist nicht die Dinge, die man getan hat, sondern fast immer das, was man nicht getan hat. Und angespartes Geld stinkt geradezu nach verfaultem Leben, stinkt nach Versäumnis, stinkt derartig, dass sich eine ganze faulende Gemeinde darum versammelt. Eine ganze Gemeinde, die sich nie Gedanken gemacht hat, weil sie sich aus Bequemlichkeit anderen Dingen als dem Denken zugewandt hat, eine ganze Gemeinde, die dem Leben nichts abverlangen will und auch gar nichts abverlangen kann.

Frank hat die Arme hinter dem Kopf verschränkt, es ist bald Mitternacht. Eine Melodie geht ihm durch den Kopf, es ist etwas Französisches, so etwas, wo zehn oder zwölf Frauen in einer Reihe nebeneinanderstehen und sich die Arme gegenseitig um die Schultern legen und diese wahnsinnig langen Beine in diesen schwarzen Netzstrümpfen weit nach vorne schlagen, alle gleichzeitig, zuerst das linke, dann das rechte, etwas seitwärts verschlagen, dann ein kleiner Knicks in den Knien und das Ganze wieder von vorne – etwas Französisches halt, ein unheimlich ausdauerndes Grinsen, das sich über die Gesichter der Frauen zieht. Er hat sich die Melodie gemerkt, die Band aus der Bar hat sie gespielt, sie lässt ihn nicht mehr los. Meistens kommt so etwas beim Busfahren oder auch, wenn man im Waschsalon sitzt und zusieht, wie sich die Trommel gegen den Uhrzeigersinn dreht. Man sitzt und sitzt, und das Ding dreht sich, bis einem speiübel wird. Also fängt man zu singen an, und dann fallen einem nur so eigenartige Melodien ein. Melodien, bei denen man an lange Beine denken muss, Melodien, bei denen man für einen Augenblick vergisst, dass man sich eigentlich übergeben muss.

Der Bus hält am Ostbahnhof, und Frank steigt aus. Es ist ein längerer Marsch und dabei eiskalt. „Scheiße, wäre ich doch bloß mit der U-Bahn gefahren!", brummt er vor sich hin und rennt die Weißenburger Straße runter. Von irgendwo hört er das Mitternachtsläuten einer Kirche. Was für ein Tag ist eigentlich? Es ist Samstag, aber eigentlich ist es egal. K. kommt nicht drauf, er rechnet immer verkehrt. Was soll es auch? Wenn man anfängt, immer über alles Bescheid wissen zu wollen, dann hat man bloß Angst, dass man nicht genug gelten könnte. Man ist also einfach gnadenlos gewöhnlich. Man gehört zu dem

Teil der Menschheit, der sich für den Klügeren hält, also zu dem weitaus größeren Teil.

Frank erreicht den Schuppen, zahlt an der Kasse den Eintritt und sucht sich im Dunkel des Raumes den Weg zur Theke. Laut dröhnt die Musik, es ist anders als in der Bar, hier ist es laut. Aufflackernde Scheinwerfer beleuchten eine Tanzfläche, auf der sich zahllose junge Leute drängen und jeder für sich allein seinen Körper zur Musik hin und her wirft. Mit einer Handbewegung macht sich K. bei dem Mädchen hinter der Theke bemerkbar, sie versteht und bringt ihm ein Bier, wobei sie ganz ordentlich mit dem Hintern schlenkert, als wolle sie jemanden aus der Bahn werfen.

Mit dem Bier in der Hand sucht sich K. den Weg durch das dichte Gedränge und bleibt am Rande der Tanzfläche stehen – etwas erhöht, er hat den Überblick. Er sieht die Kerle und die Mädchen auf der Tanzfläche, er sieht auch die am Rand der Fläche, mit gierigem Blick und mit den Händen in den Hosentaschen hängen sie herum. Und dabei ist alles ganz normal, er ist auch nicht anders gewesen, keiner ist anders gewesen.

Und K. denkt darüber nach. Es ist schon lange her, es ist aber präsent, als sei es gestern gewesen. Die ganze Umgebung versetzt ihn in seine Jugend. Die jungen Leute, die sich von Zigaretten und Bier ernähren, auch die am Rande der Tanzfläche, die lässig in den Knien wippen. Es muss so sein. Wenn es nicht wäre, dann wäre es mit der Welt wohl vorbei. Es wäre nicht mehr die Jugend. Die Scheinwerfer, die sich orientierungslos durch den dunklen Raum schwenken und ihre farbigen Kleckse an eine Wand schmeißen. Vor allem aber die Musik, die aus den riesigen Lautsprechern dröhnt. Es ist zwar nicht die gleiche Musik wie aus seiner Zeit, das ist klar, die gleiche Musik wäre viel zu langweilig, die Menschen brauchen etwas anderes, etwas Individuelles, die Jugend sowieso, aber sie hat denselben Zweck, der Zweck ist der gleiche, und sie erfüllt ihn so gnadenlos wie eh und je.

Auf der Tanzfläche ist ein buntes Treiben, und K. schlürft an seinem Bier. Kein bekanntes Gesicht in der Menge. Er hat auch ganz vergessen, dass jemand Bekanntes um ihn herum sein könnte, und stiert unbeirrt vor sich hin, mal in die Umgebung, mal auf die Tanzfläche. Da steht einer mit einer Zigarette, er hält sie leger zwischen zwei Fingern und stößt den Rauch in die Lampe über ihm. Er sieht ein Mädchen, das mit dem Fuß vor sich hin wippt.

Die Musik ist laut, es muss so sein. Man will sich nicht unterhalten, man will Abstand gewinnen. Die Musik schlägt unweigerlich direkt in die Knie, direkt in die Fußgelenke, man kann gar nicht anders, als beständig unter dem Tisch den Takt mitzuschlagen.

Das Lied wird von einer Frau gesungen, es scheint eine blonde Frau zu sein, hager von Gestalt, aber tief in der Stimme. Sie lässt ihre Stimme überschlagen, es kommt gut, es geht in die Ohren, dringt vor ins Hirn. Wieder so eine Melodie, die einen nicht loslässt, wieder eine Melodie, die sich unweigerlich an irgendeiner Stelle im Hirn niederschlägt und die Herzen weich werden lässt – außer bei denen, die sich weigern, bei denen, die sich durch Normen und Vorschriften jeder Freude berauben, bei denen, die sagen: Hei, Freude, du kannst gar keine Freude sein, weil du nicht meinen Normen entsprichst! Und sie sind so unglücklich, weil sie all ihr Unglück verloren haben.

Frank schaut zur Tanzfläche, er beobachtet die Mädchen. Er beobachtet, wie sie den Kopf in den Nacken legen und diesen flimmernden Glanz in den gläsern wirkenden Augen haben. Er strahlt im Scheinwerferlicht auf, ebenso wie das feuchte Schimmern auf den Lippen der Mädchen, die sich zum Text mitbewegen, die den Text mit einem derartigen Enthusiasmus singen und dem Ganzen Nachdruck durch diese Schlenker in den Hüften verleihen, dass man tatsächlich davon überzeugt ist, dass alles Wahre, alles Reine dieser Welt in diesen Zeilen liegen muss. Und in diesem Augenblick tut es das auch. Es ist nichts anderes auf dieser Welt, was eine ähnliche Bedeutung haben könnte wie diese Zeilen, wie dieser Tonfall der Wörter, die sich aneinanderreihen und von dieser blonden Stimme einer hageren Frau vorgetragen werden.

Sie haben auch ganz recht. Was sollen sie sich auch um all den Mist dieser Welt kümmern, wenn sie für eine Weile die Gelegenheit haben, es zu vergessen?

Eine Hand legt sich auf Franks Schulter. Es ist Ute. Er kennt sie schon länger, sie hat schrecklich lange Beine und ist Lehrerin für kleine Kinder.

Ute hat sich mal an Frank rangemacht, es ist sogar in dieser Tanzbar gewesen. Frank war allein unterwegs, und irgendwie musste er wohl dieser Ute aufgefallen sein. Er stand herum, trank Bier und guckte sich einfach nur um. Es dauerte auch nicht lange, bis ein Kerl auf ihn zukam und ihm einen schlampig abgerissenen Zettel reichte. K. war verdutzt. „Was soll das jetzt?", fragte er den Kerl, und dieser meinte, dass K. dort mal anrufen sollte – er deutete auf den Zettel in K.s Hand –, es sei die Nummer einer Frau. K. schaute sich den Fetzen an und erkannte eine unsichere Frauenhandschrift, die eine endlos lange Liste von Zahlen aufgeschrieben hatte. Da verstand er und winkte dem Kerl freundlich zu.

Am nächsten Tag rief K. an, und Ute war am Telefon. Sie sei blond, lachte sie. „Auch okay!", meinte Frank. Er konnte sich aber nicht im Geringsten vorstellen, wer sie denn nun war. Er verabredete sich mit ihr auf einer dieser Parkbänke rund um den See im nördlichen Teil des Englischen Gartens. Es kamen viele Frauen dahergelaufen, K. beachtete sie aber gar nicht. Keine hatte eine Ähnlichkeit mit einem der Mädchen aus der Disco. Erst als ihn eine anstieß und meinte: „Hey, ich bin's!", schaute K. genauer hin, erkannte sie aber trotzdem nicht. K. hatte sie noch nie in seinem Leben gesehen. Es wurde ein netter Tag, Ute und K. sind seitdem Freunde, nichts weiter, einfach nur Freunde.

Ute hält ein Bier in der Hand. „Was macht die Spielerei?"

K. dreht sich um und erkennt sie, er hat sie schon länger nicht mehr gesehen. „Hey, was treiben die Kleinen?"

„Rauchen und Trinken, sie haben nichts anderes im Kopf."

„Was machst du mit den Kids? Verführst du sie zum Rauchen und Trinken?"

„Ach, ich red mir den Mund fusselig und sage: Hei, Kids, wenn ihr da draußen in der Welt überleben wollt, dann müsst ihr wissen, was man unter einer Schnittmenge und einer Teilmenge versteht."

„Ja? Und sie wollen es nicht verstehen, oder wie?"

„Nicht im Geringsten, es ist ihnen scheißegal! Sie schauen mich dann immer an, als wäre ich ein Kamel, das sprechen könnte."

„Recht haben sie. Scheiße, wenn ich ein sprechendes Kamel sehen würde, dann wäre ich auch verdutzt!"

Ute stößt ihr Glas gegen das von Frank und setzt es sich an die Lippen, um einen großen Schluck zu nehmen.

„Eigentlich haben sie auch wirklich recht! Was sollen sie sich erwarten? All die Schnittmengen oder Teilmengen werden ihnen letztendlich auch keinen Weg in ein glückliches Leben ebnen – das haben wir ihnen schon längst verbaut. Sie haben gar keine Chance, was wir treiben, ist nur Befriedigung unseres eigenen Gewissens."

„Ja. Es geht nur darum, dass wir Kinder in die Welt setzen können und dann anschließend sagen können: Hei, wir haben doch alles getan!"

Ute geht in die Knie, es ist die Musik, sie kann nicht anders, sie muss auf die Tanzfläche, Frank schiebt sie an. Er besorgt sich noch ein Bier, dann noch eines, quatscht ein bisschen mit Ute, und irgendwann gehen die Lichter an, sie scheinen hell und grausam.

Ute bringt Frank nach Schwabing, es liegt fast auf ihrem Weg, sie hätte es auch getan, wenn es ein Umweg gewesen wäre. Es ist da immer noch dieses Gefühl in ihr, dass da mehr sein könnte, mehr, als wozu Frank bereit ist. Es ist auch noch immer ein Wunsch von ihr. Sie hat es bloß schon längst aufgegeben, näher an diesen Kerl heranzukommen. Es scheint da eine unüberwindbare Mauer zu geben.

Frank dreht sich den Beifahrersitz etwas zurück und schlägt die Arme unter den Kopf. Ute schiebt eine CD in den schmalen Schlitz des Autoradios. Sie fährt einen kleinen Wagen. Was sollte sie sich schon leisten können? Sie braucht ihn auch nur, um zu ihrem Arbeitsplatz zu kommen, zu ihren Kids. Sie hängt schon schwer an ihnen, sie macht sich viele Gedanken um sie.

Frank schaut mal aus dem Fenster, mal hört er einfach nur der Musik zu. Ute sucht sich den Weg nach Schwabing und schimpft dabei auf die anderen Autofahrer. In Schwabing steigt K. aus dem Wagen, verabschiedet sich von Ute und wackelt zu seiner Haustür. Es ist früher Morgen, K. weiß nichts davon, was sollte er auch davon haben? Er legt sich hin, nachdem er sich nur die Wäsche vom Leib gerissen hat, und meint, dass Ute schon auch ein ganz netter Mensch sei und er es irgendwie gar nicht verstehe, dass sie nicht schon längst fest gebunden sei und einen Haufen Kinder habe.

Es dauert nicht lange, und K. verfällt in einen tiefen und festen Schlaf.

4. KAPITEL

Frank K. ist kein außergewöhnlicher Mensch. Er ist Standard, es gibt nichts, was ihn in irgendeiner Weise auszeichnet. Er ist nicht ausgesprochen intelligent, aber auch nicht abgrundtief dumm. Wenn er über die Straße läuft, dann kreischen keine Frauen vor lauter Aufregung, genauso wenig, wie sie sich abwenden, weil sie noch nie einen so hässlichen Kerl gesehen hätten. Mit dem Geld schlägt er sich gerade so über die Runden. Hätte er mehr, er hätte bloß mehr zum Ausgeben, wär's weniger, er müsste sich knapper halten. Er ist Heterosexueller und auch nicht so sehr in sein Schachspiel vertieft, dass er nicht schon die eine oder andere Frau umgelegt hätte – es ist da mal eine Sonja, eine Iris, eine Sabine, auch eine Helga gewesen, dann ... vermutlich waren da noch ein paar. Egal! Darum soll es nicht gehen.

Was braucht man noch, um einen Menschen zu charakterisieren? Genau! Seine Moral. Er pisst niemandem in das Bierglas und fällt für gewöhnlich auch über niemanden her – für gewöhnlich! Es ist alles normal, es ist, wie es sein soll, alles, wie wir es gelernt haben.

Ich kenne Frank eigentlich gar nicht – vom Hörensagen vielleicht, so könnte man es nennen, vielleicht auch daher, weil er so normal ist. Frank ist das, was ich unter „Normalität" verstehe. Gut, ich bin etwas verblüfft gewesen, als ich hörte, dass er sein Leben mit dem Schachspiel verbringt. Dann aber habe ich gedacht, dass andere in einem Büro sitzen und Akten begutachten. Und was soll ich sagen? Na ja, dann kann man auch Schach spielen – wenn es reicht, um sich den Magen vollzuschlagen. Wieso denn nicht?

Wie ich auf Frank gekommen bin? Ich sah ihn mal vor einer Tür sitzen. Er lehnte sich mit dem Rücken an, er fühlte sich sicher, unbeobachtet. Es war ein längerer Gang, es war in einem Wohnblock in Altschwabing. Eigentlich war es eigenartig. Wieso saß ein Kerl mit einem orangefarbenen Hemd und einer Melone auf dem Kopf vor einer verschlossenen Tür und klopfte dabei gelegentlich rücklings an? Ich schaute zu, lange Zeit. Er saß einfach nur da, klopfte mal rücklings an und blickte dann wieder mit einer endlosen Gleichgültigkeit vor sich hin, mit einer Gleichgültigkeit gegenüber allem. Er verschränkte die Hände wieder über dem angewinkelten Knie und ließ den Kopf wieder rückwärts an die Tür fallen. Anscheinend schwebte er wieder in eine Traumwelt. Eine Welt, die er sich vielleicht hinter dieser verschlossenen Tür erhoffte. Seine Ausdauer, seine Geduld, mit der er ausharrte, schienen jedenfalls von einer großen Erwartung geprägt. Es musste ein großes Stück Glück da drinnen auf ihn warten.

Ich schaute dem noch eine ganze Weile zu. Es erstaunte mich, ich wusste da noch nichts über ihn, erst so nach und nach sollte ich mit ihm bekannt werden – wenngleich ich ihn eigentlich nie richtig kennengelernt habe, ich habe jedenfalls nie mit ihm gesprochen, nicht richtig gesprochen, ich habe ihn nur beobachtet.

Begonnen hat es alles an diesem Tag: Er stand auf. Irgendwie quälte er sich. Er wollte rein. Er wollte in das Zimmer. Er hatte sich anscheinend ziemlich viel erwartet. Es verpuffte alles. Also stöhnte er beim Aufstehen. Er stöhnte, als wäre er ein alter Mann. Dabei erschien er kaum älter als dreißig Jahre, ungeachtet der Blässe – und die war enorm.

Er ging den Gang entlang, direkt in meine Richtung, und sah mich mit einem Mal. Er war etwas erschrocken. „Wie lange wurde ich schon beobachtet?", schien es ihn zu durchfahren, und er wurde irgendwie unsicher – wer wird schon gerne beobachtet?

„Komm mit!" Er sagte es nicht einmal, er schlenkerte bloß mit dem Kopf, es hatte dieselbe Bedeutung. In der Richtung, die er einschlug, war eine Tür, ich kannte sie nicht, ich war fremd in diesem Haus, ich hatte keinerlei Orientierung. Was sollte ich denn tun? Ich ging natürlich mit. Ich folgte ihm, er hielt eine Tür auf, dahinter war eine Treppe. Es drang Musik über die Stufen rauf, es war stille Barmusik. Frank lief vor mir die Stufen runter, die Musik wurde immer lauter. Ich merkte mir die Melodie. Sie hatte etwas eigenartig Charakteristisches an sich. Sie machte mich neugierig. Ich glaube, ich war in meinem ganzen Leben noch nie so neugierig wie in diesem Augenblick. Teufel noch mal! Da lockte mich ein wildfremder Kerl, der nicht einmal den Mund aufgemacht hatte, in einen Keller, und dann lauerte da auch noch eine dieser verdammten Melodien, die man nicht mehr aus dem Kopf kriegt. Ich konnte es nicht mehr erwarten, bis ich endlich um die Ecke kam und den Raum erreichte. Es war eine Bar, es war eine gottverdammte Bar. Sie war in ein orangefarbenes Licht getaucht, es war da überhaupt nichts Besonderes.

In der einen Ecke die Bühne, auf der eine Band stand und diese Musik spielte, gegenüber eine Bar. Die Bar war fast leer, es waren da nur ein paar Leute, die sich an ein Glas hielten und ein paar Ungereimtheiten von sich gaben. Hinter dem Tresen hantierte ein reizvolles Mädchen mit verschiedenen Flaschen. Wie sie Frank erblickte, da fing sie gleich an, eine ordentliche Mischung zu fabrizieren. Letztendlich sah es gelb aus, eigentlich erstaunlich, wie sich aus diesem Durcheinander diese Farbe ergeben konnte.

Frank setzte sich auf einen der Barhocker, die herumstanden, das Barmädchen brachte seinen Drink, Frank blickte ihr ein bisschen nach, sie hatte fantastische Formen.

Hinten in der Ecke spielte die Band, es war eigenartig, die Jungs schienen sich überhaupt nichts daraus zu machen, dass sie auf einer Bühne standen. Wieso aber auch?

Die paar Schlucker, die sich da versammelten, die würden es gar nicht merken, wenn sie mit einem Mal mit dem Spiel aufhören würden. Sie spielten für sich selbst, sie waren Musiker. Ich hörte mir die Musik an. Sie klang interessant. Sie klang irgendwie nach etwas Geheimnisvollem. Sie klang danach, was man alles hätte erreichen können, aber nicht erreicht hat. Sie klang danach, dass man vielleicht besser den Kopf in den Schlamm schlägt, als dass man sich abmüht und abplagt. Sie hörte sich auch ein bisschen danach an, dass man eigentlich eine traurige Existenz ist. Man stellt sich irgendwie die Frage, was man eigentlich will und wieso man es denn nicht hat. Und darüber hinaus schrie sie dir auch noch in das Gesicht, wieso du es nicht hast.

Frank saß gelangweilt auf seinem Barhocker, ihn kümmerte die Musik gar nicht. Er kannte sie. Er hatte alles wohl schon so oft gehört, es war mir mit einem Mal klar. Aber ich, ich war neu in dieser Welt, neu in dieser Umgebung. Ich schaute mich um, ich hörte mir alles an, einmal, zweimal – weil ich es nicht glauben konnte –, dreimal – weil es verblüffend war –, viermal – weil ich so etwas noch nie gesehen hatte. Wo war ich?

Ich blickte zu Frank und sah zu, wie er den Qualm seiner Zigarette in die Luft stieß. Er fing sich im Schirm der Lampe, die über ihm hing, und drehte und wandte sich qualvoll.

Ich dachte darüber nach, was wohl hinter der geheimnisvollen Tür war, und stellte mir vor, wie es wohl gewesen wäre, wenn in diesem trüben Licht des Flures ein heller Schein durch einen Spalt in dieser einen Tür geschienen hätte. Wenn da ein schmaler Strahl Licht auf den Boden gefallen wäre und dem Dunkel etwas von seiner Macht genommen hätte. Und wie ich so darüber nachdachte, da sah ich den Strahl, und ich sah auch, wie mit einem Mal die Tür heftig wieder in das Schloss fiel – was sollte ich mich auch einmischen, es war Franks Tür, es war sein Gang, es war sein Leben, er musste damit zurechtkommen.

Frank saß auf seinem Barhocker und stierte Löcher in die Luft. Er rauchte, er trank, das Mädchen hinter der Theke trocknete ihre Gläser, und die Band spielte diesen verdammten Song, der sich tiefer und tiefer in das Hirn bohrte. So verrann die Zeit, und ich saß daneben. Ich saß einfach nur da und merkte, wie Frank anfing, sich nervös auf seinem Hintern hin und her zu wälzen. „Was ist mit ihm los?", dachte ich und schaute ihm eine Zeit lang zu. Da glotzte er mir mit einem Mal in das Gesicht und schwafelte mir was von einem Tom vor. Es war so etwas wie: „Tom ist sonst jeden Tag da!" Ich schaute ihn an, ich sagte nichts, was sollte diese Sache mit diesem Tom auf einmal? Er war wohl etwas aus der Bahn geworfen. Irgendwie stammelte er vor sich hin: „Okay, okay, okay, fast jeden Tag!"

Er glotzte mir ins Gesicht und sprach mich an. „Sehen Sie!" Mir kam es vor, als würde ich in einer Flasche leben, und jemand würde von außen mit einem blechernen Löffel dagegenschlagen. „Sehen Sie! Sehen Sie! Sehen Sie!"

Er glotzte mich an, und es war mir klar, dass er mir etwas sagen wollte, ich verstand bloß nicht die seltsame Aufmachung, in die er alles steckte, es hatte bei ihm alles etwas von einer gewissen „Außerordentlichkeit".

„Er ist ein Verrückter", dachte ich. Er schaute wenigstens wie ein Verrückter aus. Ich sagte noch:

„He! Wenn du mir jetzt deine Lebensgeschichte erzählen willst, dann lass das mal!"

Er schaute mich verdutzt an.

„Ich will mich nicht einmischen. Egal, was es ist, es geht mich nichts an, so viel ist sicher." Er drehte sich etwas zur Seite. Hatte ich ihn verärgert? Er machte nicht den Eindruck.

„Schau! Wenn du hier einen trinken willst, dann ist das okay, da bin ich dabei. Wenn du mir aber irgendeine schwerfällige Geschichte andrehen willst, dann lass das lieber!"

Irgendwie konnte ich quatschen, wie ich wollte, es schien ihn überhaupt nicht zu interessieren. Er paffte vor sich hin und beobachtete den Rauch, wie er sich an die Decke schmierte. Er machte sich einen Spaß daraus, mit dem Rand seiner Melone ein Muster in den blauen Dunst zu schlagen.

„Ich meine ... wenn du da oben irgendeinen Stress hast, wenn dir da jemand an die Eier will, dann mach das allein mit denen aus, lass mich da raus, das ist doch nicht zu viel verlangt, oder?"

Aber er nippte nur an seinem Glas, er beugte sich runter, er hob es gar nicht, das Glas auf seinen unteren Rand aufgestellt, so schlürfte er an dem gelben Zeug. Wie bringt man so etwas nur runter?

„He! Jetzt hast du mich hierhergeschleppt, jetzt will ich auch wissen, wo hier der Hammer hängt! Scheiße! Ich schau mich um und stelle fest, dass nichts los ist. Nichts, nichts, nichts! Gut, die Band spielt, auch die Kleine hinter dem Tresen lässt einen ganz spitz werden ... aber irgendwie erwartet man sich doch mehr, oder?"

Da schaute er mich an, er schaute mir mit all seiner fahlen Blässe ins Gesicht, zog an seiner Zigarette und schwafelte irgendwelches schweres Zeugs vor sich hin. Ich verstand kein Wort. Irgendwie redete er durch mich hindurch. Es klang gut. Ich wollte mich noch umdrehen, um zu verfolgen, wo die ganze Soße, die er von sich ließ, hinlaufen würde, weil es mir vorkam, als wären es sprudelnde Wasserblasen, die alles durchdringen könnten.

Aber ich war schon längst wieder auf die Musik fixiert. Die Band spielte ein neues Lied, es ging in die Kniekehlen. Ich hörte eigentlich schon mit beiden Ohren hin. Es gefiel mir. Das Gesicht vor mir verlor sich irgendwie im Schatten der Musik. Ich sah es. Ich sah auch, wie sich der Mund orgiastisch bewegte. Ich hörte aber nichts mehr. Ich konnte nichts mehr von diesem Zeug hören, das da über seine Lippen kam, von dem, was ihm da aus dem Mund fiel.

Ich sah noch, wie er sich das Glas an den Mund setzte, er trank. Es lief ihm links und rechts aus den Mundwinkeln raus. Er schüttete es sich in den Mund, er kam mit dem Schlucken nicht mehr nach. „Wenigstens hat er mit dem Reden aufgehört", dachte ich und hörte mir wieder ein paar Takte an. Es war gut. Ich hatte meinen Drink, hinter der Theke stand eine tolle Frau, die Gläser trocknete und sich auch mal dann und wann an einer Brust rieb, und es lief gute Musik. Wieso sollte ich mir mehr erwarten? Gut, ein Verrückter, der vor mir saß, aber was soll's?

Wenn ich mir vorstelle, was der Tag sonst so bringt ...

Ich hörte noch eine ganze Weile der Band zu, und irgendwann sah ich mich um und stellte fest, dass der Verrückte längst fort war. Er war verschwunden, es stand da bloß noch sein leeres Glas. Das Barmädchen griff danach und stellte es hinter die Theke. Wo war er hin? Ach was, eigentlich sollte es mich nicht kümmern, eigentlich tat es das auch nicht. Er war weg, was sollte es mir ausmachen? Er hatte mich hierhergeführt, und mir gefiel die Gegend. Es war ruhig. Es spielte eine gute Musik.

„Wo ist der Kerl hin, der gerade noch hier saß?" Ich deutete auf den leeren Hocker neben mir. Aber das Mädchen hob nur unschlüssig die Schultern und trocknete eines dieser verdammten Gläser. Ich schaute noch mal über die leeren Reihen. Er war nicht mehr da. Zumindest war er nicht mehr in der Bar. Ich bestellte mir noch einen Drink bei dem Mädchen und fragte auch noch einmal:

„Hei, wer war denn eigentlich der Kerl, der da neben mir saß?"

Sie stellte mir das Glas auf den Tresen und zuckte mit den Schultern.

„Wer will das wissen?", hörte ich auf einmal von hinten. Es war die Stimme einer Frau.

Ich drehte mich um und erblickte hinter mir eine Blonde in abgetragenen Klamotten.

„Und wer überfällt mich da rücklings und fragt mir Löcher in meinen Buckel?"

„Eine Freundin von Frank. Du interessierst dich für ihn?"

„Schau an! Ich brauche also bloß zu fragen, und schon gehen mir alle Türen auf?"

„Ja, du musst nur das Maul aufmachen. Lädst du mich auf einen Drink ein?"

Ich lud sie natürlich ein, sie sprang auf den freien Barhocker neben mir.

„Du interessierst dich für Frank?"

„Für was hältst du mich? Seh ich wie eine Tunte aus? Ich interessiere mich nicht für diesen Frank ... oder wie er auch immer heißen mag."

„Wieso stellst du dann Fragen über ihn an?"

„Hei, ich saß neben ihm, ich laberte ihm eine halbe Lebensgeschichte vor, und er glotzte mich nur an."

„Und?"

„Ja und? Irgendwann gab ich es auf. Er glotzte und glotzte, und irgendwann fing er mit seinem Geschwafel an."

„Und?"

„Ja und ... ach Scheiße, ich weiß nicht, was er alles erzählte, ich habe nicht aufgepasst ... ich dachte, wir wollten einen trinken?"

„Äh, wie heißt du überhaupt?"

„Spielt das eine Rolle?"

Marianna war eine recht aufgeweckte Frau. Sie sah recht heruntergekommen aus. Ich fragte mich, wieso ein so junges und anscheinend cleveres Ding so mehr oder weniger auf der Straße lebte. Ich fragte sie, ob sie einen Job hätte. Sie wehrte mit einer laxen Handbewegung ab.

„Hei, Mann, bin ich hier bei einem Verhör?"

„Klar! Verhört werden wir alle, jeden Tag, jeder Satz, den man uns abzwingt, ist Ergebnis eines Verhörs, wir reden und quatschen nur, weil wir verhören wollen, weil wir ausgehorcht werden wollen."

„Ich fühl mich auch wohl, wenn du die Klappe hältst."

„Gut, dann werde ich ruhig sein."

Wir wippten beide ordentlich mit den Füßen, die Band spielte recht eingängige Musik.

„Bist du oft hier?"

„Du wolltest doch die Klappe halten."

„Ich kann das halt nicht – so einfach ist das."

„Ich gehe nur rein, wenn ich jemanden finde, der mir einen ausgibt."

„Und bei dem bleibst du dann hängen?"

„Manchmal ja, dann wieder nicht. Kommt drauf an, wie der Kerl so drauf ist."

„Wie meinst du das? Wie soll er denn drauf sein?"

„Na ja ... ich weiß nicht ... irgendwie locker halt, tja ..."

„Ich bin locker ... verdammt! Und wie locker ich bin, ich bin so locker, ich würd' glatt in mich zusammenfallen, wenn ich nicht auf diesem Hocker sitzen würde!"

„Lockere Typen quatschen nicht so viel wie du."

„Tu ich auch nicht, ich quatsche nicht, keinen Augenblick quatsche ich, ich sitze da und bin locker. Quatschen würde mich völlig unlocker machen, siehst du? Deshalb quatsche ich nicht."

„Ja."

Und ich saß völlig locker da, schaute mal in diese und dann in eine andere Richtung. Ich schnaufte mal tief, drehte mal das Glas vor mir, schaute auf den Boden des Glases, und schließlich trommelte ich mit den zwei ausgestreckten Zeigefingern viel zu schnell vor mir auf dem Tresen.

„Okay, okay, was außer Lockersein geht noch? Ich meine ... du hattest dich ja nicht auf Lockersein festgelegt."

„Versuch's mal mit ... mit ... Scheiße, wieso machst du das?"

„Das ist doch klar! Zuerst brauchst du was zum Beißen. Wenn du nichts zum Beißen hast, dann schaust du ganz schön blöd, dann willst du irgendwie untergebracht sein – irgendwie, man verlangt anfangs nicht viel, und dann kommt es eh schon, noch vor all dem anderen Zeugs. Und deshalb mache ich das."

„Dann versuch es halt mal damit, dass du dir einen runterholst!"

Marianna griff zu ihrem Glas, leerte es in einem Zug und deutete dem Mädchen hinter der Bar an, dass ich zahlen würde. Als sie sich umdrehte und in einem eigenartig eiernden Gang verschwand, da schaute ich ihr nach und dachte, dass ich irgendwie von Verrückten umgeben war.

Da war dieser Frank, der vor der Tür saß, dann dieses stumme Mädchen hinter der Theke, die auf jede Frage mit den Schultern zuckte, als würde man sie nach ihrer Sozialversicherungsnummer fragen, und dann noch Marianna. „Was soll mir dieser Tag noch bringen?", dachte ich und drehte mich nach der Band um. Sie spielte für die wenigen Gäste, die sich irgendwie in der Weite verloren, und das, obwohl der Raum eigentlich gar nicht so weit war. Manchmal öffnet sich dir alles, wenn du nur deinen Mund aufmachst, und ein anderes Mal, da schlägt es dir ins Gesicht. Ich beschloss, dass ich mich nicht mehr überraschen lassen wollte, und ging auch.

Ich zahlte bei der schulterzuckenden Lady. Sie wollte mir das Kleingeld rausgeben, ich hielt die Hand hoch – „Verschone mich!" – und streckte mich erst mal. Es tat mir leid um die Band, sie spielten wirklich gute Musik. Blöd, dass es ein so eigenartiger Schuppen war, ein Schuppen, wo offenbar nur Verrückte verkehrten.

Zuckte die Kleine eigentlich mit ihren Schultern? Ich weiß es nicht mehr. Egal, ich wollte raus. Eigentlich hatte ich mich eh bloß verlaufen. Morgen wäre wieder Alltag, dachte ich, morgen hätte ich mich wieder eingelebt. Alles würde seinen geplanten Lauf nehmen, so wie ich es mag, ich als Mensch. Ich könnte wieder beobachten, von einem Sessel aus, ich strecke dann die Beine unter einen niederen Couchtisch aus Kirschbaumholz und lasse mir erzählen, was in der Welt los ist, was die Welt überhaupt bringt. Und wenn mich friert, dann hole ich mir die Decke und kuschele mich darunter, und dazu trinke ich dann einen Weinbrand, dann kann man nämlich ganz klug über all die wesentlichen Dinge des Lebens reden.

So ging ich endlich raus, und als ich dann draußen auf der dunklen Straße stand und einen Blick den Gehsteig entlang warf, da merkte ich, dass es kalt war. Es war grausam kalt, es war wohl Winter. „Es ist höchste Zeit, dass ich nach Hause komme, man holt sich ja den Tod in dieser Kälte!" Ich dachte es, und ich machte mich auf. Aus den zahlreichen Kneipen drang Musik. Ich hörte nur mit einem Ohr hin. Ich fragte mich, wie ich überhaupt in diese Gegend gekommen war, und fror. Und frieren tat ich schrecklich, bis ich endlich in meine Wohnung kam.

So hatte ich Frank kennengelernt, auch Marianna – beide als Verrückte. Was heißt schon „kennen"? Sie waren mir halt bekannt von da an, wenn ich auch eigentlich nicht mehr viel mit ihnen zu tun hatte. Ich sah sie öfters – gut, ich gebe es zu, ich lauerte ihnen ein bisschen auf. Ich spionierte ihnen nach. Aber was soll ich mich rechtfertigen? Es ist doch immerhin menschlich. Ich wurde halt neugierig, das war alles. Und deshalb lernte ich auch schnell Frau Pretzl kennen, deshalb wusste ich immer über alles Bescheid, über Marianna, über Frank, über Frau Pretzl und auch über alle Meinungen, über alle Empfindungen zu den verschiedenen Begebenheiten. Kaum, dass sich eine Figur über das Brett bewegte, sah ich nicht nur ihre Ausgangs- und Endstellung, ich sah auch, ob der Zug klug oder naiv war. Ich sah, ob er Täuschung war oder aus reiner Irritation entstand. Ich sah alles in ihm, ich sah die Absicht, ich sah das Gewollte in ihm und auch das Ungewollte. Ich konnte mich nicht täuschen, Zug um Zug entstand eine Partie, ich kannte sie wie mein eigenes Leben. Und irgendwann war es mir dann auch klar, dass Frank gar nicht so verrückt war, dass er eigentlich ganz normal war, vielleicht etwas seltsam, etwas individuell. Und wer meint von sich nicht, dass er das auch ist?

5. KAPITEL

Rot und lila kündigt sich im Osten die Sonne an. Schmale Schleier ziehen vor dem Farbenspiel vorüber. Es ist die Feuchtigkeit der Nacht, die sich in den Strahlen der aufgehenden Sonne zusammenballt und verflüchtigt.

K. liegt im Bett, er hat die Augen offen und schaut aus seinem Fenster, das Richtung Osten geht. Er hat einen Arm ausgestreckt, er ragt weit über den Rand des Bettes hinaus. „Irgendwie scheint es eine Einladungskarte der Welt zu sein", denkt er sich, wie er sich das malerische Bild vor seinem Fenster anschaut. Sein Arm zuckt leicht, es war die Ablehnung der Einladung. Er weiß, dass er nur das Fenster zu öffnen braucht, und ihn würde ein eisiger Lufthauch in das Bett zurückjagen. Er streckt sich, um an das Radio ranzukommen, und erreicht dann auch mit der Fingerspitze den Schalter. Eine versoffene Stimme singt unmelodisch etwas von warmem Bier vor sich hin. Frank zündet sich eine Zigarette an, der Rauch reibt im Hals, er hustet stark, und man hört eine ganze Ladung von diesem gelben Schleim, der sich da in der Lunge abgesetzt hat und darauf wartet, ausgeworfen zu werden. Wie eine glibberige Säule schlenkert die Ladung in der Luftröhre rauf und runter und rumort laut.

Ein Moderator unterbricht das Lied, irgendeine Verkehrsdurchsage, nachdem eine alberne Melodie angespielt worden ist. Es war etwas Brisantes. Frank schaut aus dem Fenster, und es wird zunehmend heller am Horizont. Fast meint man, man könnte zusehen, wie sich die Kugel über die Häuserreihen schiebt, so nach und nach scheint etwas nachzurücken, stoßweise. Das aufgesetzte Lila in der Ferne geht mehr und mehr in ein tiefes Blau über, und Frank überlegt, wo er gestern gewesen ist. Er kriegt nicht mehr alles zusammen, und schließlich steht er auf. Im Radio quasselt eine ganze versammelte Mannschaft wirres Zeugs vor sich hin.

Trocken stiert er vor sich hin und gießt sich von dem frisch aufgebrühten Kaffee in die Tasse. Ihm ist kalt, die Heizkörper werden erst langsam warm. Im Wohnhaus nebenan ist ein Fenster hell erleuchtet. Frank sieht in das Zimmer. Es ist ein junges Paar, sie leben noch nicht lange da drüben. Noch vor einem Jahr hat da eine alte Frau gewohnt, anscheinend ist sie mittlerweile verstorben, oder sie lebt in einem Altersheim oder wer weiß wo. Die jungen Leute sind okay, sie haben Frank mal eingeladen. Er blieb bis spät in die Nacht, wahrscheinlich länger, als sie es wollten. Wahrscheinlich trank er auch mehr, als sie es wollten, er ließ ihnen keinen Tropfen Wein zurück. Sie sind nach wie vor sehr freundlich zu K., eingeladen haben sie ihn nicht mehr. Er drängte sich auch nicht auf.

Jetzt sieht er in ihr Zimmer, sie sind beim Frühstück, sie betreiben es mit einem großen Aufwand. Es gibt da Kaffee und Brot, wahrscheinlich auch Marmelade, Honig oder gar Käse und Wurst. K. nippt an seinem Kaffee, er hat sich daran gewöhnt, am frühen Morgen nichts weiter zu sich zu nehmen. Er sitzt da und stiert aus dem Fenster. Früher hat er die Alte gesehen, jetzt sieht er das junge Paar. Manchmal sieht er nichts vor lauter Regen, und an einem Tag wie diesem sieht er, wie der Himmel in seinem tiefen Blau wächst. Es ist ihm aber egal. Er schlürft an dem heißen Getränk und wärmt sich zugleich die Hände an der Tasse. „Die beiden Jungen haben so viel Elan, wo nehmen sie das bloß her?", denkt sich Frank, und gleichzeitig fragt er sich, wieso er sie eigentlich immer die „Jungen" nennt, es geht ihm immer so von den Lippen, sie haben doch mindestens sein Alter.

Die Sonne kommt hoch, er sieht sie, wie sie über den Rand eines Hauses lugt. Was macht er eigentlich? Er sitzt da und schaut zu, wie die Sonne steigt. Dann wird er dasitzen und ein paar Partien durchspielen, die schon so alt und abgefahren sind, dass sie eigentlich keinen Menschen mehr interessieren sollten. Es ist alles längst gespielt, es ist alles schon tausend Mal durchdacht worden. Es steckt da nichts Neues darin. Wie die Sache mit dem Sonnenaufgang. Er ist auch jeden Morgen der gleiche, alles schon gehabt, alles schon gesehen. Die Welt scheint sich in ihren Wiederholungen zu ertränken. Sie will doch gar nichts Neues. Sie verspricht und verspricht. Sie verspricht dir das Blaue vom Himmel, und du und du und ich und du, wir fallen darauf herein, wieder und wieder und wieder.

Und was macht er dann? Dann geht er mal kurz raus, und dann fängt er wieder an. Er übt sich in Eröffnungen stur vor sich hin, er frisst es in sich hinein. Manchmal meint man, er könnte zerplatzen. Er schluckt es gierig runter. Er schiebt es sich rein, mit aller Gewalt. Es hat etwas Ekliges an sich. Es hängt ihm wie Fleischfetzen aus dem Mund. Fleischfetzen, an denen das Fett trieft. Und kaum, dass er das eine oder andere Stück runtergewürgt hat, da schiebt er schon wieder an. Da kommt wieder eine Ladung, die sich da mit einem schweren Löffel nachschiebt. Eine Ladung mit einem fetten Knochen, an dem die weißen Sehnen zu sehen sind, die die Gelenke zusammenhalten, glänzend verschmiert sich das Fett im Gesicht.

Und dann? Dann geht er in die Bar und kippt sich alkoholgeschwängertes Zeug in die Birne. Er versucht sich mal wieder an der stummen Lilly oder an irgendeiner anderen Frau, die sich verirrt hat. Manchmal schleppt er eine Frau ab, manchmal bleibt ihm ein dummer und schwerer Schädel. Letztendlich aber ist es der Tag, letztendlich ist es alles, was bleibt. Und wenn er es sich jeden Abend aufschreiben würde, dann wüsste er schon am frühen Morgen, was er sich am Abend notieren würde.

Mittag ist längst vorbei, als sich Frank K. aufmacht, um an diesem Tag noch rauszukommen. Die vierundzwanzig Stunden sind in den Wintermonaten viel zu kurz, sie rasen an einem vorbei. Frank läuft wieder die Treppen runter, er kommt wieder an der Blutlache von Frau Pretzl vorbei. Man sieht sie schon fast nicht mehr. Der Hausmeister hat ordentlich an dem Fleck geschrubbt. Er machte sich mit verschiedenen chemischen Lösungen darüber her. Es ist gar nicht so leicht, die Spuren der Menschen auszutilgen – man braucht enorm viel Chemie, um den verbliebenen Rest von Hirn und Blut zu beseitigen.

K. geht in den Englischen Garten. Es ist selbstverständlich. Es ist sein täglicher Weg. Kaum hat er die Brücke am Zugang zum Park überquert, da erblickt er schon Marianna. Sie lehnt da an einem behelfsmäßig aufgerichteten Zaun und starrt vor sich hin. Es ist eigenartig, wozu der Mensch in der Lage ist. Er scheint es auch noch zu genießen, dass er einfach nur dasteht und schaut. Was denkt er sich eigentlich dabei?

K. nähert sich Marianna von hinten. Sie ahnt nichts. Ihr Blick fällt genau in die andere Richtung. Er ist auf das Grün und auf den See gerichtet – es wirkt in der Tat eigenartig, es kommt vom Licht, von diesem seltsamen

Licht, das von diesem strahlend blauen Himmel fällt. Wenn man nur den Himmel mit seinem tiefen und gleichmäßigen Blau und die sonnenbeschienenen Mauern der Häuser sieht, dann meint man gleich den Duft von frisch geschnittenen Kräutern zu schmecken. Es ist aber Winter, und deshalb ist es eigenartig. Marianna schaut vor sich hin, als K. sich endlich nähert und meint:

„Man könnte manchmal meinen, die Welt spielt verrückt."

Marianna dreht sich erschrocken um, der Schreck fährt ihr anscheinend durch und durch, bis in die untersten Gliedmaßen. Sie zwingt sich zu einem Lächeln, es ist ihr nicht danach. Irgendwie meint sie, dass sie sich rechtfertigen muss, rechtfertigen für diese Szene kürzlich in ihrer Wohnung.

„Hab ich dich erschreckt? Tut mir leid, das wollte ich nicht."

„Ist schon gut, ich war in Gedanken versunken."

„Ich habe noch mal über die Geschichte von Frau Pretzl nachgedacht."

„Ja? Lass uns ein paar Meter laufen, ich hänge schon zu lange rum."

Sie laufen drauflos, es sind jede Menge Leute unterwegs, es ist dieses strahlende Wetter, das die Menschen hinaustreibt.

„Willst du wissen, was ich mir gedacht habe?"

„Nein." Marianna kaut auf einem Fingernagel rum.

„Gut, dann quatschen wir halt über was anderes."

Marianna und Frank gehen über die weite Fläche zwischen den Baumreihen, die Wege sind schon mit zahllosen Spaziergängern gefüllt. Ein ganzer Strang aus Menschenfleisch schleppt und würgt sich über das Grün, es ist viel zu warm, als dass Schnee liegen könnte. Marianna und Frank verlieren sich ins Gespräch, sie gehen kreuz und quer über die Wiese.

„Manchmal, wenn ich so am Rande stehe und den Menschen zusehe, dann überkommt mich ein eigenartiger Ekel. Ein Ekel gegenüber dem Leben, ein Ekel, ein Mensch zu sein."

„He! Dann schau halt nicht mehr hin!"

„Hast du schon mal von dieser Pest gehört?"

„Hm!?"

„Weißt du, dieser Camus schreibt von Ratten. Er schreibt, dass sie die Pest bringen und dass keiner, absolut gar keiner frei von diesem Schwarzen Tod ist."

„Und darüber schreibt er ein ganzes Buch?"

„Ja. Weißt du, die Menschen brauchen lange, bis sie etwas verstehen, und sie glauben es erst, wenn man es ihnen wieder und wieder erklärt."

„Wenn es aber jeder weiß, warum tut denn dann keiner was gegen diese Ratten?"

„Ja ... vielleicht, weil sie sich lieber in einem Strang über die Wiese schleppen und sich lieber einen Hund an der Leine halten, als dass sie sich mit sich selber auseinandersetzen."

Marianna kramt in ihren Taschen. Sie sucht Feuer, um die Zigarette anzuzünden, die ihr im Mundwinkel hängt. Frank zündet ein Streichholz an und meint:

„Dieser Ekel da ... woher kommt er?"

Marianna stößt eine blaue Wolke in die Luft.

„Ich weiß nicht, es kommt manchmal, es ist wie ein Gewitter, es kommt, es kündigt sich an, die Luft ist drückend heiß und nass ... Du stehst morgens auf und erkennst, dass du eigentlich nur kotzen willst und dann am liebsten wieder einschlafen möchtest. Einschlafen und vergangene Woche wieder aufwachen."

„Ja?"

„Ja. Und dann beugst du dich über die Kloschüssel, kotzt ordentlich rein und erkennst, dass du gar keine Chance hast, wieder einzuschlafen, und schon gar keine, letzte Woche wieder aufzuwachen."

„Und dann?"

„Dann schaust du, ob du noch irgendwo eine Spur Schnee findest, und ziehst dir das Zeug in die Nase – anders lässt sich so ein Tag gar nicht angehen."

Marianna stützt eine Hand tief in ihre Tasche, sie dreht sich mal rum und fährt fort:

„Weißt du, ich habe mal an einen Gott geglaubt. Es ist schon lange her, ich glaube, dass er mittlerweile gestorben ist. Wer weiß, vielleicht hat es ihn auch gar nicht gegeben. Ich war jedoch damals so felsenfest von ihm überzeugt, dass ich auch diese ganze Geschichte mit dem Paradies geglaubt habe."

Mariannas Stimme senkt sich etwas, sie betont jede Silbe.

„Ja. Ich war zwölf Jahre alt und dachte mir dann, dass der Mensch eigentlich ganz schön blöd ist. Da quält er sich bis ins hohe Alter, um erst dann in das Paradies einzugehen."

Frank schaut sie von der Seite an, er hört sie zum ersten Mal über so etwas sprechen.

„Und deshalb wollte ich mich aufhängen, bloß, dass der beschissene Nagel nicht gehalten hat. Ich weiß nicht mehr, warum ich es nicht noch einmal probiert habe."

Frank schluckt hörbar, eine Ente watschelt an ihm vorüber.

„Und dann hast du deinen Gott aufgegeben?"

„Das war erst später. Das war eine ganz andere Geschichte."

„Und? Leg los!"

„Nein. Weißt du, ich habe mich für heute schon genug geekelt, ich will jetzt nicht mehr. Ist das okay?"

K. zündet sich eine Zigarette an, Marianna läuft stumm neben ihm her, sie schaut auf ihre Füße. Was, verdammt noch mal, macht diese Welt mit ihren Menschen?

Sie stellt sie an die Wand, ja, sie kann es sich ja auch erlauben, sie kann keiner anklagen, jeder Einzelne schiebt es auf die Welt, sie hat das Böse getan, sie ganz allein. Sie sticht ihnen ein Messer in den Hals, ein großes, ein scharfes. Schwarz schlagen Blasen des sprudelnden Blutes auf. Dann schneidet es, hin und her sägt es sich durch die Knochen. Blutverschmiert ist die Welt, die Welt, aber sonst niemand.

Knochen zerschmettern, Blut und Hirn spritzt an die Wand, Schädel werden zerdrückt, weiß, rot, gelb und grün rinnt der Saft aus allen Ritzen, aus allen klaffenden Wunden, Schläuche, Beutel, Taschen – was alles in einem steckt.

Und dann schlägt sie dir mit einer Axt in den Kopf und haut dir ein Rohr in das Hirn. Und an diesem Rohr wird gedreht und gedreht und gedreht.

„Klar ist das okay." Er stößt den Rauch aus.

Marianna starrt immer noch auf ihre Fußspitzen. Mit bebender Stimme setzt sie an.

„Macht es dir was aus, wenn du ... ich meine ... ich möchte allein sein. Ist das okay?"

„Äh, klar ist das okay. Wir sehen uns, ja?"

Frank dreht sich um und zieht ab, Marianna schaut ihm eine Weile nach, dann geht sie alleine weiter. Sie schlendert vor sich hin, raucht noch eine Zigarette und meint, dass es eigentlich eigenartig ist, dass das ganze Leben eigentlich eigenartig ist.

Frank ist auf dem Weg nach Hause. Es wird langsam dunkel, er ist schon wieder viel zu lange weggeblieben, er muss noch arbeiten.

Wie er den Hinterhof betritt, sieht er, dass der Hausmeister die Mülltonnen umgestellt hat. Sie stehen jetzt alle näher an der Hausmauer unter seinem Fenster. K. ist schon im Treppenhaus, als ihm einfällt, dass die Tonnen wohl den Blutfleck verdecken sollen.

Er holt eine Zeitschrift raus und schaut sich ein paar Schachmattstrategien an. Eigentlich interessiert es ihn nicht, deshalb legt er die Zeitung auch bald wieder zur Seite.

Es ist dunkel draußen, der volle Mond schickt etwas Licht durch das gekippte Fenster. Frank schaut rüber in das Zimmer des jungen Paares. Sie sitzen im Wohnzimmer und glotzen in den Fernseher. Ein paar Wolken ziehen am Mond vorüber, ein Schleier Dunkelheit fällt auf die beleuchteten Mauern. Endlos viele Lichter, die aus den Fenstern leuchten, endlos viele Menschen, die sich gegenseitig im Genick sitzen. Hinter einem dieser Fenster sitzt Marianna, hinter einem dieser Fenster hat Frau Pretzl gesessen. K. starrt in das Dunkel. Er beobachtet den Mond und fragt sich, ob Marianna vielleicht auch aus einem dieser zahllosen Fenster starrt. Er fragt sich auch, ob es sinnvoll ist, Träume zu haben. Er fragt sich, ob es nicht langsam Zeit wäre, sie aufzugeben.

Durch die weiche Musik, die leise aus seinen Lautsprechern ertönt, dringt das Gurren einer Taube, sie scheint auf dem Fensterbrett zu sitzen. Frank hört das Gurren und ist froh darum. Die Musik füllt den Raum, der Mond steht am Himmel, und Frank öffnet sacht das Fenster, er will vermeiden, dass die Taube davonfliegt. Leise hört man das Klicken des Fenstergriffes, als er einrastet. Die Taube aber bleibt auf dem Fenstersims. Frank ist ihr ganz nah. Eine Wolke zieht gerade am Mond vorbei – als sie vorüber ist und die Taube im hellen Licht des Vollmondes steht, da erkennt Frank, dass ihr eine winzig kleine Träne aus einem Auge kullert.

Ende des ersten Teils

ZWEITER TEIL

1. KAPITEL

Es ist mittlerweile eine ganze Zeit vergangen. Aber es ist noch immer Winter. Schnee hat München in ein gleichmäßiges Weiß getaucht. Es ist kalt, nasskalt, die Tage werden aber wieder länger.

Frank hat Marianna schon lange nicht mehr gesehen. Das letzte Treffen war an diesem einen Nachmittag im Englischen Garten. Er erinnert sich noch genau. Wo ist sie? Er macht sich Gedanken, aber letztendlich könnte es auch daran liegen, dass er nicht mehr oft aus der Wohnung gekommen ist, denkt er. Es war immer kalt, es war unangenehm nass auf den Straßen.

Die Spuren von Frau Pretzl sind endgültig ausgelöscht, die Mülltonnen unter seinem Fenster wieder an den alten Standort zurückversetzt. Die Wohnung wird mittlerweile von einem jungen Mädchen bewohnt, sie pfeift immer vor sich hin, wenn sie die Treppen runterhüpft. Sie ist so ganz anders als Frau Pretzl.

Eben rennt sie wieder die Stufen runter. Frank hört sie pfeifen. Er beugt sich gerade über sein Schachbrett. Er zieht einen Turm von B1 nach B4. Die Dame ist bedroht gewesen. Er hat sie vor jeder Gefahr geschützt.

Draußen ist es grau in grau, Schneematsch am Straßenrand. Tut man einen Schritt, dann dringt das Wasser durch die Nähte der Schuhe, man bleibt am liebsten zu Hause.

K. schaut aus dem Fenster, die Partie interessiert ihn nicht mehr. Sein imaginärer Gegner hat ihm doch die Dame genommen. Was soll er jetzt noch retten? Es gibt da keine Möglichkeit mehr. Soll er noch rausgehen? Er denkt an die nassen Socken. Er denkt an die eben verlorene Partie, an die eben aufgegebene Partie. Den Kopf ins Genick gezogen, klassische Musik, die einen das Graue des Tages vergessen lässt, und ein Schachbrett aus feinem Ebenholz, die Figuren aus schwerem Stein und eine wohlige Wärme. Frank liegt auf dem Rücken. Er streckt sich über den kleinen, weichen Teppich und fragt sich, was er da draußen sollte. Es ist ein blöder Tag, es ist beschissenes Wetter, alles ist so trist, die Stimmung mies.

„Vielleicht treffe ich Marianna", denkt er sich und zieht sich die Stiefel an. Er knallt die Tür hinter sich zu und versucht sich im Pfeifen. Auf den unteren Stufen denkt er dann an Frau Pretzl. Er erinnert sich, wie sie die schweren Tüten raufgeschleppt und K. geraten hat, dass er doch zu Hause bleiben solle, man würde da draußen doch nur krank werden. „Ja", sagt er sich, „unrecht hatte sie eigentlich nicht."

Als er die Haustür öffnet, pfeift ein kalter Wind in das Treppenhaus. Und irgendwie ist ihm klar, dass er Marianna nicht treffen würde, bei diesem Wetter würde kein vernünftiger Mensch freiwillig vor die Tür gehen. Er geht auch nur deswegen weiter, weil er darüber nachdenkt, wie vernünftig eigentlich Marianna sei, und erkennt, dass es mit der Vernunft vielleicht gar nicht so weit her sei. Wenn er nur wüsste, wo sie wohnt, er würde sie besuchen. Der Wind peitscht ihm ins Gesicht, und wie er da unten an diesem Schwabinger Hinterhof vorbeikommt, da fällt ihm wieder seine Lücke ein. Diese Lücke im Gedächtnis, als er plötzlich völlig irritiert aus einer Wohnung gestürmt ist. Diese Wohnung war in diesem Hinterhof. Schüchtern tut er ein paar Schritte in die Einfahrt, er erkennt das Haus wieder. Und wenn es Marianna ist? Ihre Wohnung? Wieso aber hat sie das letzte Mal nichts davon gesagt? Ist sie deshalb so zerrüttet? Ist da etwas vorgefallen, was sie so tief in den Graben fallen ließ ... ist er schuld? Schuld, schuld, schuld? Es tönt dumpf nach. Marianna hinter einem dieser Fenster? Er schaut hoch, es ist im vierten Stock gewesen, wie er sich zu erinnern glaubt. Schneeregen peitscht an die Fenster. Was ist da vorgefallen? Er hat keine Vorstellung mehr. Zu was ist er fähig, wenn er nicht bei Sinnen ist? Ist er schuld an dem Verschwinden von Marianna? Er schluckt, ein riesiger Kloß kämpft sich durch seinen Hals, er streckt sein Gesicht noch immer zu dem Fenster im vierten Stock und überfliegt schließlich die Namensschilder an der Eingangstür zu dem Wohnblock. Es steht da nichts von „Marianna", es sind nur die Familiennamen angegeben. Was hat er getan? Es ist das Haus, er ist sich sicher, aus diesem Haus ist er damals gekommen. Er versucht sich zu erinnern, er will diese Lücke schließen. Es scheint ihm auf der Zunge zu liegen, es will sich nicht lösen, nicht um alles in der Welt.

So steht er noch eine ganze Weile vor der Haustür, und irgendwann rempelt ihn ein älterer Mann an, der aus dem Haus gekommen ist. Er fragt K., was er denn hier suchen würde, während er sich an der Hutkrempe zieht. Frank ignoriert ihn. Er stößt ihn aber noch einmal in die Seite. „Was wollen Sie hier? Sie gehören doch nicht zum Haus?" Frank schaut noch einmal auf die Namensschilder, er scheint den Kerl nicht einmal bemerkt zu haben. „He! Jetzt wird es mir aber zu bunt! Verschwinden Sie hier, Sie haben hier nichts verloren!" K. schaut noch einmal die Fenster hoch, es ist der vierte Stock gewesen und das dritte Fenster nach vorne raus. Er vergleicht es mit der Anordnung der Namensschilder, schaut den Alten an, meint, dass er ihn am Arsch lecken könne, und drückt auf einen Knopf. Der Alte steht mit weit aufgerissenen Augen da, und der Türöffner surrt. K. tritt in das Haus, er erinnert sich an den Hund auf den unteren Stufen.

Es liegt ein eigenartiger Geruch in der Luft, es riecht modrig, es riecht nach Verfall. Das Treppenhaus ist eigenartig hell, es ist alles in ein fahles Weiß getüncht, selbst die Linoleumböden sind hell, wenn auch stark abgetreten. Die Fenster sind dreckig, sie sind schon ewig nicht mehr gereinigt worden, der Dreck von Jahren liegt auf den Scheiben.

Frank geht langsam die Stufen hoch und hofft, dass es Marianna ist, die da gleich in einer offenen Tür stehen würde. Er hofft, dass sie sich über seinen Besuch freuen wird, zugleich aber ist er aufgeregt. Was will er eigentlich von ihr, wie soll er sein plötzliches Auftreten rechtfertigen?

Er erreicht den vierten Stock, und in einer offenen Tür steht eine ihm unbekannte Frau.

„Haben Sie hier geläutet?"

„Ja, aber ich dachte, dass ich hier bei einer Bekannten bin. Ich habe mich wohl geirrt."

„Tja, man irrt sich häufig."

„Aber sagen Sie mal ganz ehrlich: Kennen tun Sie mich nicht? Oder?"

Sie schaut ihn verdutzt an.

„Verstehen Sie mich nicht falsch, ich will eine Lücke in meinem Gedächtnis schließen, und diese Lücke endet hier bei dieser Tür, hier, wo Sie jetzt vor mir stehen."

„Da kann ich Ihnen nicht helfen." Sie dreht sich schon um, sie will wieder in die Wohnung zurück. Da bleibt sie noch einmal stehen und richtet sich an K.

„Wann soll denn das gewesen sein?"

„Ende November etwa." K. sagt es, wie er schon die ersten Stufen runtersteigt.

„Dann kann es nicht bei mir gewesen sein, ich wohne erst seit Dezember hier."

„Ja? Und vor Ihnen? Ich meine: Wer wohnte vor Ihnen hier, und wo ist sie ... wenn es eine Sie war?"

„Sorry, darüber weiß ich nichts, ich kam in diese leere Wohnung."

„Ja dann ..." Er dreht sich wieder um und steigt die Stufen runter. „Fragen Sie doch mal beim Hausmeister nach!", ruft sie ihm hinterher.

„Hat der einen grauen Hut auf und ist ein älterer Mann?"

„Ja genau. Man läuft ihm eigentlich immer über den Weg."

„Ich frag ihn lieber nicht." K. läuft die Treppen runter.

Vor der Tür trifft er den Hausmeister.

„Wohnte hier mal eine Marianna?"

Der Hausmeister schaut ihn ernst an und wendet stumm und beleidigt sein Gesicht wieder ab.

Frank geht in den Englischen Garten. Der Schneeregen hat etwas nachgelassen. Dennoch findet sich fast kein Mensch in der sonst so überfüllten Grünanlage, die sich voll und ganz unter einer Decke aus Schnee versteckt. Gelegentlich zeugt ein frisch aufgeschütteter schwarzer Erdhaufen von dem Leben, das im Untergrund geführt wird, gelegentlich sieht man die einen oder anderen Vögel, die sich über die ergrauende Pracht schleppen, um ein paar Grashalme abzureißen, die von den Maulwürfen freigelegt worden sind.

K. wandert quer über die Schneewiese. Er denkt an Marianna. Er denkt an den Ekel, mit dem ihr die Welt begegnet. Es wird langsam Abend, und er denkt auch daran, was wohl wäre, wenn sie vielleicht irgendwann aus dem Fenster im vierten Stock gesprungen wäre. Vielleicht an dem einen Tag, an dem er sie zuletzt gesehen hat.

Frank schlingt sich die Arme über die Brust, der Gedanke, dass sie gesprungen sein könnte, tut ihm weh. Er sticht ihm wie ein langer, kalter Metallstab durch den Halsansatz; er durchbohrt den ganzen Brustkorb und durchstößt das Fleisch wieder in der Höhe der Nieren.

Frank starrt auf seine Fußspitzen, er schlägt den Schnee mit den Schuhen vor sich her.

Kein Mensch, nein, kein Mensch ist frei davon! Jeder trägt diese Pest in sich! K. ist sich plötzlich ganz sicher, er geht in die Stadt zurück, er will in die Bar, wenn es auch noch nicht einmal richtig finster ist.

Da steht man dann da und kann nur mit den Schultern zucken, weil man es nicht versteht, weil man es gar nicht verstehen kann. Alles verschwindet, alles geht unter, es wird wie von einem Strudel angezogen und entwischt durch einen Ausguss, für immer und ewig in einer Kanalisation verschollen. Still und heimlich vor sich hin siechend, vor sich hin faulend liegt alles, was man mit Träumen, mit Ideen verbunden hat, im Dreck und im Dunkel, für immer verborgen von der Möglichkeit, gelebt zu werden.

Frank lehnt sich für einen Augenblick an eine Mauer, eine Hausmauer in seiner Straße. Er will sehen, ob die Straße anders ist, wenn man sie in aller Ruhe überblickt, anstatt ihr entlangzulaufen. Woher kommt es, dass man sich unvermittelt in dem Grau wiederfindet, das einen keinen klaren Gedanken fassen lässt, sondern Empfindungen und Bilder verschmiert und anscheinend beschmutzt? Woher kommt es nur, dieses Gefühl, dass man von fremden Dingen eingekreist ist, dass all die gewohnte Umgebung, in die man sich eingelebt hat, um mit dem Gefühl der Vertrautheit umgeben zu sein, dass all dieses Vertrauen mit einem Mal aus der Ferne winkt und entschwindet, während man sich der lechzenden Trostlosigkeit einer gefühllosen Existenz gegenübergestellt sieht?

Der bittere Geschmack von schwarzem Kaffee hängt ihm in der Kehle. Er schlägt die Augen nieder und beginnt daran zu zweifeln, dass es die Straße ist, in der er lebt. Der Tag ist ihm mit all seinem Ekel gegenübergetreten – er weiß es, und er wendet sich ab. Ihm ist kalt, er verschränkt die Arme fest um seine Brust und geht noch die paar Schritte zur Bar. „Vielleicht ist ja Lilly da", denkt er.

Sie ist da, und seit Langem lächelt sie sogar einmal. Sie mixt ihm einen Drink und spricht sogar.

„So früh habe ich dich hier noch nie gesehen!"

„Draußen is 'n mieses Wetter, vom Arbeiten hatte ich die Schnauze voll, was bleibt einem da noch anderes?" Frank setzt sich das Glas an den Mund und schlürft am Spiegel der Flüssigkeit. Er muss lachen, ihm fällt gerade ein, dass er an diesem Tag noch nichts gegessen hat.

„Und wenn schon ..."

„Was ist los?"

„Oh nein, sorry, ich glaube, ich werde langsam verrückt, ich führe schon Selbstgespräche."

„Hei, das hat nichts mit Verrücktwerden zu tun, ich tu es auch immer, und bin ich etwa verrückt?"

„Was ist mit Lilly los?", denkt K. und schaut zu, wie sie sich vor ihm aufstellt, um ihm zu zeigen, dass sie nicht verrückt ist. Sie hat einen fabelhaften Körperbau, und Frank schaut ihn sich eine Zeit lang an. Ihre Brüste schlingern hin und her, wenn sie die Gläser spült. Und wenn sie zu den Schnapsflaschen auf dem Regal ganz oben greift, dann schiebt sich ihr Rock etwas hoch, und man kann die Spuren ihres Slips deutlich erkennen, weil die Schürze nach vorne fällt. Schmale Stränge deuten den dreieckigen Verlauf ihres Höschens an. Frank hofft, dass sich irgendjemand in der Bar etwas aus den oberen Regalen bestellt, er könnte den ganzen Abend so dasitzen.

„Nein, nein, du bist nicht verrückt, aber du könntest einen verrückt machen."

„Fängst du schon wieder damit an?"

„Hei, ich fange mit gar nichts an ... gib mir doch mal was aus dieser Flasche da ganz oben!" Frank deutet auf die oberste Reihe.

Lilly streckt sich wieder, und Frank schaut zu.

„Von diesem Zeug hast du noch nie getrunken, was ist los?"

„Ich probiere einfach mal alles durch und fange mit der oberen Reihe an."

„Das ist klug, du musst ein System haben."

„Ja, ein System. Du musst rechnen, was könnte passieren, du musst einfach gewappnet sein."

„Es dringt der Schachspieler durch, hei, du stehst auch im Leben, vergiss das nicht!"

„Ja. Deshalb spiele ich auch Schach, verstehst du das?"

„Nein. Erklär mal!"

„Ach, lieber nicht, es ist doch bloß langweilig, was soll es auch für einen Sinn haben?"

„Zweifelst du an einem Sinn für das Leben?"

„Hei, ich mach jetzt die obere Reihe durch, und dann reden wir über diesen Sinn, okay? Jetzt gib mir mal was aus dieser blauen Flasche!" Frank deutet wieder auf die obere Reihe, und Lilly streckt sich wieder. Es fällt wieder die Schürze nach vorne, und Frank sieht ihren anregenden Hintern, auch die schmalen Spuren ihres Slips.

Lilly gießt eine blaue Flüssigkeit in ein Glas, wirft ein paar Eiswürfel dazu und stellt es Frank vor die Nase.

„Wetten, dass du mir nur auf den Arsch sehen willst?"

Frank ist verdutzt.

„Ja. Ich bin mir sicher, dass ich deine Blicke auf meinem Arsch fühle, wenn ich mich da in das obere Regal strecke."

„Klar! Wenn man das einmal gesehen hat, dann wünscht man sich nur noch die Dinge aus der oberen Reihe ... Hei, ich freue mich schon auf die grüne Flasche da oben." Er zeigt mit einem Finger auf sie.

„Wenn es dir Spaß macht, ich bin dabei, mir tut es nicht weh."

„Dann passt ja alles."

„Ich wollt' es auch bloß wissen, ob ich richtig lag."

„Du liegst immer richtig. Sag mal, was ist mit der Band heute los?"

„Was soll mit der schon los sein? Mit der war doch noch nie viel los."

„Doch, heute sind sie anders, sie sind so frisch, so kenne ich sie gar nicht, dabei ist es noch so früh am Abend, sie müssen doch erst aus dem Bett gekommen sein."

„Ich weiß nicht, sie erscheinen mir nicht anders als sonst auch, es sind dieselben laschen Kerle wie immer, ständig übermüdet, mit hängenden Augenlidern. Ich möchte mal wissen, was die Jungs in den Nächten alles anstellen. Geschlafen haben die schon ewig nicht mehr."

Was ist mit dieser Lilly auf einmal los? Sonst schweigt sie immer vor sich hin, zuckt höchstens mal mit der Schulter und hat nie Zeit, weil sie immer ein Glas in Arbeit hat; sie spült es entweder aus oder trocknet es ab.

„Gönn doch den Jungs ihren Spaß! Was treibst du immer nach der Arbeit?"

„Bis ich den Laden hier ordentlich aufgeräumt habe, fallen mir eh schon die Augen zu, ich falle um und schlafe."

„Okay, dann helfe ich dir einfach mal aufräumen, und wir könnten dann vielleicht noch etwas anstellen?"

„Ja, warum nicht? Wenn du unbedingt mal ein bisschen aufräumen willst ..."

„Okay. Dann schenk mir jetzt mal was aus der grünen Flasche ein, und heute Nacht schauen wir dann mal, was die Welt so alles treibt."

Der Betrieb in der Bar hält sich in Grenzen, es sind nur wenige Gäste, die es in dieses Kellerloch verschlägt. Immer wieder mal kehrt ein bekanntes Gesicht ein, setzt sich auf einen Barhocker und schlürft stumm am Rand seines Glases. Lilly kennt alle. Sie kennt auch all ihre Drinks. Es ist ein Automatismus, der da abläuft, es hat nichts mit Leben zu tun. Das Leben muss woanders stecken. Man meint, dass man so weit weg von zu Hause ist. Man meint, dass man nichts tun kann. Man schlägt die Beine übereinander, hört die Musik, wie sie vor sich hin plätschert, und starrt auf den Arsch von Lilly. Das Einzige, was man sich erhofft, ist, dass ein Kerl in die Bar kommt und sich einen Drink aus einer der Flaschen aus der oberen Reihe bestellt.

Frank dreht sein Glas in einer Hand und betrachtet durch den Boden des Glases das Muster des Holzes, aus dem der Tresen besteht. Marianna wird halt umgezogen sein, das ist alles. Wer weiß, vielleicht ist es gar nicht die Wohnung von Marianna gewesen. Wem gehörte die Wohnung aber dann? Egal! Solange mit Marianna nichts ist ... Mit einer Lücke lässt sich leicht leben. Es gibt viele Lücken in seinem Leben. Was macht da diese eine schon noch aus? Manchmal wünscht er sich, die ganze Realität sei gar nicht real, sondern Bestandteil einer riesengroßen Lücke. So wie er sich auch wünscht, irgendjemand würde ihm auf die Schulter klopfen und sagen, er solle endlich aufwachen. Unter Blinzeln würde er die Augen öffnen und erkennen, dass er sechs Jahre alt sei und gerade in der ersten Unterrichtsstunde seines Lebens eingeschlafen, irgendwo in Idaho, im Gelobten Land. Die Lehrerin würde ihm vielleicht auf die Finger klatschen, vor Freude würde er sie aber dafür küssen und versprechen, nie wieder im Unterricht einzuschlafen, ehrlich!

Aber es sieht nicht danach aus. Anscheinend ist es unabwendbar, alles Wunschdenken hilft nicht. Lilly mixt einen Drink, gibt ein paar Eiswürfel in das Glas, und Marianna scheint für immer verschwunden zu sein. Frank ist bereits bei der vierten Flasche der oberen Reihe angelangt und die Band bei einem stimmungsvollen und eindringlichen Song. Der Frontmann erzählt irgendeine Geschichte von einem Lastwagenfahrer oder so, es hat einen französischen Charakter zum Ende hin. Er kennt es. Sie haben es schon öfters gespielt. „Was wird sich eigentlich jemals ändern?", fragt er sich. Er setzt das Glas an und leert es aus. Er merkt den ganzen Schnaps. Auch wenn er ihn eigentlich gewohnt ist. Es scheint an dem Durcheinander zu liegen. Frank ist froh, wenigstens den Alkohol mal wieder zu spüren. Es lässt so viel nach, so wahnsinnig viel wird nicht mehr gespürt, gar nicht mehr wahrgenommen. Du trinkst und trinkst, und wenn du am nächsten Morgen aufwachst, dann spürst du nichts. Alles, was du findest, ist vielleicht eine Lücke. Aber die interessiert dich nicht, weil du weißt, dass es schon nicht so entscheidend gewesen sein wird, sonst wüsstest du noch über jede Einzelheit genauestens Bescheid.

Endlich ist es so weit, Lilly verscheucht gerade die letzten Gäste aus den dunklen Ecken der Bar, schläfrig zwingen sie sich raus. Ein paar Lichter gehen an, und Lilly drückt Frank einen Eimer in die Hand. Er soll die Aschenbecher einsammeln und leeren, sie schließlich abwaschen und sich dann über die Theke hermachen. Er tut das alles, und irgendwie meint er, dass es auch ein eigenartiges Leben sei, wenn man es jeden Tag mache. Aber irgendwie gehört er auch zu den Leuten, die jeden Tag in eine Bar gehen wollen. Also muss es auch Leute geben, die jeden Tag diesen Job machen. Was liegt für ein Unterschied darin? Ob du nun jeden Tag am Tresen sitzt und die obere Reihe Schnapsflaschen durchsäufst oder ob du nach ein Uhr morgens die Aschenbecher leerst und über die Theke wischst, es ist doch alles das Gleiche. Es geht nur darum, die Zeit totzuschlagen, nur darum, etwas zu tun zu haben. Alles ist nämlich immer ein Kampf. Und wenn du diesen Kampf verlierst, dann wird sich die Zeit über dich hermachen. Und die Zeit ist erbarmungslos. Sie erdrückt dich und saugt dich aus. Sie haut dir ein Rohr in den Schädel und hängt dich daran auf.

Frank wischt über den Tresen, Lilly wischt am Boden rum, es dauert nicht lange, und das Lokal ist wieder tipptopp.

„Hei, da kannst du den Schuppen gleich wieder aufmachen."

„Jetzt ist erst mal Schluss, bis morgen. Morgen geht das Ganze wieder von vorne los."

„Und was stellen wir jetzt an?"

„Ich dachte mir, du wolltest los?"

„Mensch! Ich kenne mich doch kaum aus, ich weiß nicht, wo hier etwas los ist."

„Versuchen wir es halt mal drüben im Cairo!"

„Okay, schauen wir mal ins Cairo!"

Lilly schaltet die paar Lichter ab, holt einen schweren Schlüsselbund aus einer Schublade, und beide treten in die Kälte raus. Lilly sperrt zu.

Im Cairo ist nicht mehr viel los, es ist viel zu spät, und es ist der Vorschlag von Lilly, noch bei ihr zu Hause etwas zu trinken. Sie wohne gleich vorne ums Eck.

Eigentlich ist Frank schon viel zu betrunken, aber er will sich dieses einmalige Angebot keinesfalls entgehen lassen. Also schlendern sie beide im kalten Wind, der durch die Straßen pfeift, zu Lillys Wohnung. Sie ist nur zwei Straßenzüge von Franks Wohnung entfernt.

Lilly wohnt im dritten Stock. Gleich im Flur ist ein großes Bild von Zappa an der Wand. Er sitzt auf einer Kloschüssel, mit runtergelassenen Hosen. Das nächste Zimmer ist Schlafzimmer und Wohnzimmer in einem. Sie hat einen kleinen Tisch mit vielen Flaschen drauf im Eck stehen.

„Also, was willst du?"

„Ich schließe mich dir an: Es ist eine tolle Bude, die du da hast!"

„Es dürfte halt etwas größer sein, aber eigentlich bin ich ja eh kaum da."

Sie setzt sich in einen Sessel und schlägt die Beine übereinander, während sie Frank ein Glas reicht – er steht neben ihr.

„Hei, setz dich doch irgendwo hin! Mach aber mal irgendeine Musik an!"

Frank drückt an ein paar Knöpfen rum, und tatsächlich kommt Musik aus den Lautsprechern, eine rauchige Stimme singt von einem Mädchen, das ihr Leben auf der Straße fristet. Eigentlich ist es egal.

„Schieß mal los, weshalb du mich hierhergelotst hast. Du bist doch sonst eher ... reserviert."

„Muss ich alles erklären? Kann ich nicht einfach mal das Bedürfnis haben, jemanden um mich zu haben, ohne dass ich es rechtfertigen muss?"

„Klar darfst du das! Du musst dich auch nicht rechtfertigen, ich wollte bloß wissen, ob du etwas Spezielles von mir erwartest."

„Nein, etwas Spezielles erwarte ich nicht von dir, ich will bloß nicht allein sein, das ist alles. Ist das okay?"

„Klar ist das okay. Ich bin nur überrascht."

„Kannst du die Nacht über hierbleiben? Versteh es nicht falsch: Ich will nicht bumsen, danach ist mir auf keinen Fall. Ich habe bloß Angst, alleine zu sein."

„Ich kann über Nacht bleiben, ich sehe da kein Problem, aber würdest du mir bitte dann erklären, wovor du Angst hast?"

„Du kannst ohne Erklärung nicht auskommen, oder?"

„Ich fühl mich wohler, wenn ich weiß, worauf ich mich einlasse."

Die Musik wird stiller, das Lied ist zu Ende, man hört ein bisschen, wie sich im Hintergrund Leute unterhalten, es war vielleicht keine Absicht, es aufzunehmen.

„Weißt du, es gibt so Tage ... oder sollte ich vielleicht ... Situationen sagen, da will man jemanden in der Nähe haben."

„Ja. Die gibt es, keine Frage."

Irgendwie war die Bemerkung lächerlich. Lilly senkt den Kopf, er spricht über sie hinweg. Wieso erzählt er nur so einen Unsinn? Er weiß es nicht, er will es aber wissen, und deshalb drängt er mehr in Lilly.

„Und?"

Lilly reibt an ihrem Glas, sie dreht es gedankensuchend in ihren Händen und ringt mit sich.

„Ich weiß schon. Die meisten halten mich für ziemlich verschroben – an mich kommt man nicht ran. Man hat es oft gesagt, und irgendwie mag es auch stimmen. Meine Vergangenheit war nicht leicht, aber was soll ich groß von meiner Vergangenheit erzählen?"

Sie schiebt sich das dunkle Haar hinter ein Ohr, es ist ihr vor den Mund gefallen. Sie kreist mit einem Zeigefinger über den schmalen Rand des Glases und fährt fort:

„Die Vergangenheit hat damit wenig zu tun, ich mein, ich könnte es auch kurz machen und vielleicht ist es auch sinnvoller. Irgendwie will ich vielleicht nur einen Grund geben, einen Grund dafür, dass ich einfach mal nicht allein sein will. Weißt du, ich hatte eine Schwester, sie war jünger als ich, sie hat sich heute umgebracht, sie ist gesprungen, vielleicht kennst du sie auch aus der Bar, sie war gelegentlich drinnen, sie hieß Marianna."

Frank wacht nach nur wenigen Stunden Schlaf auf. Er liegt auf einem Sofa. Für einen Augenblick muss er nachdenken, wo er eigentlich ist. Er blickt in die eine Ecke des Zimmers. Es ist dort das Bett von Lilly, sie schläft noch. Was soll er tun? Er weiß es nicht. Also bleibt er erst mal liegen. Er schaut zu Lilly rüber. Er überfliegt tausend Mal die Wohnung. Die Sonne durchdringt die dünnen Vorhänge. Man kann alles erkennen. Frank sieht auf einem Regal ein Bild von Marianna, Marianna und Lilly. Es ist eine ältere Aufnahme, man erkennt, dass es Schwestern sind, Frank wäre nie drauf gekommen.

Er liegt eine ganze Zeit so rum. Er scheint tatsächlich das Schachspiel vergessen zu haben. Was soll er nur mit Lilly anfangen, denkt er.

Nach einer Weile steht er auf und versucht sich in der kleinen Küche an der Kaffeemaschine. Er bringt sie zum Laufen. Von dem gurgelndem Geräusch wird Lilly wach, zumindest wälzt sie sich etwas im Bett hin und her.

Frank spürt den Alkohol des Vortages. Sein Schädel rumort, er hat einen ordentlichen Brummschädel, seit Langem wieder einmal. Das Gefühl ist ihm mittlerweile fast fremd. Er schafft die leeren Flaschen des Vorabends schnell aus seinem Blickfeld. Er will nicht erinnert werden. Er will an den ganzen Abend nicht erinnert werden. Es ist etwas passiert!

Lilly wird endgültig wach. Sie streckt sich unter der Bettdecke.

„Guten Morgen!", ruft sie und dann noch:

„Wie ich höre, hast du die alte Mühle zum Laufen gebracht."

„Sie schnurrt wie ein Kätzchen."

Frank ist verunsichert. Erst gestern hat sie ihm erzählt, dass sich ihre Schwester umgebracht hat.

„Wie hast du auf der alten Couch geschlafen?"

„Bestens, ich bin nur aufgewacht, weil es meine übliche Zeit war."

„Dann stehe ich auch mal auf, wenn es bei mir sonst auch immer Mittag wird."

„Du stehst auch die Nacht über in der Bar."

„Ja. Aber es wird wohl einiges anders – vieles wird sich ändern. Ich merke es. Ich weiß bloß nicht, wie es werden wird und ... und ob ich es will."

Lilly stützt sich auf einen Ellbogen. Der Blick fällt auf den Boden, gedankenverloren. Frank dreht sich weg, er überfliegt die Regale in der kleinen Küche, er sucht nach Zucker und Löffel. Als er aus dem Fenster schaut, sieht er Vögel, die am frühen Morgenhimmel vorbeiziehen. Er denkt einen Augenblick an Marianna. Er überlegt, was wohl in ihrem Kopf vorgegangen sein mag, diese wenigen Sekunden beim Sprung, diese wenigen Sekunden im Sprung. Es schüttelt ihn. Er hat die Löffel in einer Schublade gefunden. Er legt sie auf die Unterteller und trägt das Geschirr in das Zimmer. Lilly zieht sich gerade eine Hose hoch. Sie hat tolle Brüste, Frank schaut sie eine Zeit lang an.

„Wenn du Milch brauchst, dann hast du Pech, die habe ich nicht."

„Nein, ist schon in Ordnung. Brauch ich nicht."

Frank stellt die Tassen auf den Tisch, Lilly zieht sich ein T-Shirt über den Kopf.

„Wieso hat Marianna eigentlich nicht bei dir gejobbt?"

Im selben Augenblick bereut er die Frage schon wieder, eigentlich will er sie zurückziehen; es geht nicht.

„Die Bar wirft gerade genug für mich ab, außerdem hätte es Marianna nie geschafft, für mehr als zwei Stunden an einem Ort zu bleiben."

Sie läuft in die Küche, um den Kaffee zu holen.

„Bist du dir sicher, dass sie selbst gesprungen ist ... ich meine, könnte es auch sein, dass es kein ... Selbstmord war?"

„Wie kommst du da drauf? Nein, nein, es war ganz sicher sie selber, denn ... ach, was soll ich lange darum herumreden ... Eigentlich habe ich mich gewundert, dass es so spät kam, sie kam schon lange nicht mehr mit sich zurecht, es war abzusehen."

„Warum hast du nichts unternommen?"

„He! Ich höre mir hier keine Klugscheißerei an, ich hab mein ganzes Leben nichts anderes getan, als etwas für sie zu unternehmen."

„Das soll auch kein Vorwurf sein, es war nur eine Frage, okay?"

Sie rühren beide in ihren Tassen rum. Frank schaut mal aus dem Fenster, Lilly reibt sich die Stirn. Er schlürft mal an seiner Tasse, sie beugt sich zurück, um das Radio einzuschalten, das gleich hinter ihr auf einem kleinen Tisch steht, es läuft irgendeine überdrehte Guten-Morgen-Sendung, mehrere Moderatoren quasseln wirres Zeug durcheinander.

Sie trinken den Kaffee, meist stumm, sie sind es beide nicht gewohnt, am frühen Morgen recht viel zu reden. Marianna beherrscht alles, sie durchdringt mit ihrer Abwesenheit, dieser Abwesenheit, jede Unbeschwertheit, jedes Unbefangensein.

Frank meint, dass er gehen müsse, er habe zu arbeiten. Er schluckt den Rest Kaffee. Es ist dieses Gehenmüssen, von dem man immer spricht, wenn man nicht mehr weiterweiß. Dieses Gehenmüssen, das immer dann auftaucht, wenn man sich irritiert und verunsichert fühlt, wenn man ganz gerne woanders wäre und dieses „muss" vorschiebt, ein Muss, das es gar nicht gibt.

„Danke, dass du mich nicht allein gelassen hast."

Lilly meint es ehrlich, sie schämt sich sogar etwas dabei, als sie es sagt, sie schaut auf ihre Zehenspitzen.

„Hei, das ist doch klar. Hast du deine Bar heute wieder offen?"

„Klar! Schau vorbei, ich lad dich auf einen Drink ein."

„Ich werd es nicht vergessen. Bis dann!"

Er hat die Jacke über die Schulter geworfen und lässt Lilly im Türstock zurück. Sie schaut ihm eine Weile nach. Sie sieht ihm zu, wie er die ersten Stufen runtergeht. Es ist eigenartig, aber das Leben scheint darin zu bestehen, dass man Stufen nimmt. Ein kalter Schauer läuft ihr über den Rücken. Sie geht in ihre Wohnung zurück und überlegt, was sie denn an diesem Tag anstellen könnte. Eigentlich überlegt sie, was sie mit ihrem Leben anstellen sollte, und dabei fällt ihr ein, dass sie darüber noch nie nachgedacht hat. Es ist eine eigenartige, eine kalte Leere, die sie umgibt, eine Tonne, in der sie sitzt. Außen haut jemand mit einem großen und schweren Hammer gegen die Wandung. Dumpf schlägt es ihr in den Kopf, dumpf; aber seltsam – es geht durch sie durch. Es ist eine grenzenlose Gleichgültigkeit, die sie umgibt. Eine Gleichgültigkeit, die sie an allem zweifeln lässt – an einem Sinn, an einer Realität, an einer Wahrnehmung. Marianna ist mit einem Mal eine abstrakte Gestalt, sie ist eine verschwommene Zeichnung, sie ist ein Traum, der von Kinderhand auf einen Fetzen Papier gezeichnet wurde und aus Enttäuschung mit Tränen überschüttet wurde. Die Spuren verlaufen sich auf dem Papier, die Wachsfarben zerfließen und vermischen sich, die Figur verliert ihre Gestalt. Willkommen in der Welt!

Frank ist wieder zu Hause. Er will gar nicht Schach spielen, er hat nur wegwollen, er hat nach Hause wollen. „Und jetzt?", fragt er sich. Er zuckt mit den Schultern, wie er es sonst immer bei Lilly gesehen hat. Was soll er jetzt tun?

Er beschließt zu warten. Was sonst sollte er tun? Also wartet er. Er wartet auf den Abend. Es sind noch einige Stunden. Er will sich das Warten erleichtern, er versucht es mit einer Schachzeitung, es ist ein Reinfall. Er geht ein bisschen spazieren. Vielleicht würde ihm dabei das Warten leichter fallen, meint er. Vielleicht würde es ihm gefallen, an Marianna zu denken. Und wenn nicht, dann würde er halt noch etwas warten, beschließt er.

Das ganze Leben besteht wohl aus Warten. Du wartest und wartest – eigentlich wartest du immer auf irgendwas, auf dein Glück, auf sonst was. Wer weiß, vielleicht geht es auch nur darum, dass man wartet. Alles, was man sonst treibt, geschieht nur, um sich das Warten zu erleichtern. Man wartet auf den Bus, man wartet auf die Nacht, auf den Tag, man wartet darauf, endlich mal leben zu können. Und irgendwann fällst du in ein tiefes Loch, und dann weißt du, dass es geschafft ist. Die Frage, ob sich das Warten gelohnt hat, bleibt offen.

Frank wartet jetzt noch ein bisschen. Er kommt von einem Spaziergang nach Hause, er hat an Marianna gedacht, er hat es aber irgendwie nicht gewollt.

Draußen wird es langsam dunkel, es wäre eigentlich schon Zeit, in die Bar zu gehen. Er habe schon lange genug gewartet, meint er und überlegt, was er sich eigentlich erwartet. Was verdammt erwartet er? Meint er wirklich, dass er nur in die Bar zu gehen braucht, und alles wäre wieder in Ordnung? Verwelkt, vergessen und versoffen. Einen Versuch ist es wert, was hätte er schon zu verlieren?

Lilly begrüßt ihn erfreut, die Band spielt jazzige Musik. Es ist wie immer kaum was los. Frank setzt sich an die Bar. Er bestellt sein übliches Zeug.

„Wie versprochen geht der Drink auf mich. Was hast du heute getrieben?"

„Ich? Äh ... nicht viel, ich habe gewartet, bis es Abend wird."

„Ja? Ich auch."

Frank nippt an seinem Glas, Lilly bedient die zwei Typen, die eben reingekommen sind. Die Band spielt vor sich hin, und er stellt sich die Frage, ob sich nun das ganze Warten gelohnt hat. Er fragt sich, was er sich eigentlich erwartet hat und was er sich eigentlich erhofft hat. Das ganze Glück des Lebens kann doch nicht allein darin bestehen, dass du dir ein kleines Reihenhaus in einer Münchner Vorstadt anschaffst und wartest, wartest und wartest, um endlich deine Schulden bezahlt zu haben, um dann endlich den lang ersehnten Opel Ascona vor die Garage zu stellen und daran Haut und Haare zu sparen.

Frank nimmt wieder das Glas zur Hand, zündet sich eine Zigarette an und schaut Lilly zu, die sich unter der Brust kratzt.

Er leert Glas um Glas, Lilly schenkt ihm Drink um Drink ein, es ist eine eigenartige Zusammengehörigkeit, welche die beiden verbindet. Aber sie ist da, eigenartig, wie sie nun mal ist.

„Hei, wo sind denn eigentlich die Musiker her? Ich meine ... ich komme hier schon lange rein, sie sind immer da, ich kenne den Laden gar nicht anders, ich meine ... bezahlst du die?"

„Bezahlen? Nein, nein. Der Kerl ist eines Tages reingekommen und hat gemeint, ob er mit der Band hier mal spielen dürfe. Ich war froh darum, ich dachte, die Musik könnte das Geschäft anheizen, und seitdem sind sie hier."

„Was heißt das?"

„Das heißt, dass sie seitdem hier spielen, tagein, tagaus. Anfangs haben sie noch gefragt, aber irgendwann wurde es selbstverständlich."

„Du meinst also, dass du den Laden aufmachst, und die Typen rücken dann einfach an und spielen?"

„Genau."

„Komisch, eigentlich sind sie gut, sie hätten mehr Publikum verdient."

„Ich glaube, das ist ihnen scheißegal, sie wollen spielen, und das tun sie, kein Mensch stört sie dabei."

„Ja, sie wollen spielen, das merkt man."

Frank nippt an seinem Glas. Lilly bedient die Suffköpfe am Ende der Theke. Die Band spielt ein langsames, sehr getragenes Lied. K. setzt sich eine Zigarette an die Lippen, er zündet sich den Stummel an und bläst den blauen Rauch unter die orangefarbenen Lampen. Er fängt sich dort für eine Weile und schwebt letztendlich über die

Rundungen und Wandungen des Lampenschirmes hinweg und schmiert sich gelb an das Holz der Decke – nie gesehen, nie beachtet.

Es ist ein Instrumentalstück, es hat ein Thema, das einen an irgendwas erinnert. An so etwas wie Gleichgültigkeit oder vielleicht auch Selbstverständlichkeit. Es ist etwas, das man kennt, ob man jetzt Bäcker oder Manager, ob man Wirt oder Zeitungsverkäufer ist. Es ist nichts Unterschiedliches da, es sind nur die Wege durch das Leben, die verschieden sind, die Empfindungen sind die gleichen. Und letztendlich sind es nur die Empfindungen, die zählen, nicht das andere. Und an ebendiese Empfindungen wird man erinnert. Man weiß mit einem Mal, dass man auch mal so gedacht hat. Man war vielleicht klein, man war vielleicht schon größer, hatte Ideale, hatte Idole. Man erinnert sich. Was wurde aus den Idealen, was aus den Idolen? Wie weit hat man sich entfernt, was war das nun Entscheidende? War es nicht blöd, was man tat? Wieso tat man das eine oder andere? Wieso ist man auf den ganzen Mist derartig reingefallen, wenn man sich doch vorgenommen hat, niemals, aber auch überhaupt niemals auf die Tricks und Raffinessen der Welt reinzufallen? Man war reingefallen, die ganze Welt hat dich getrickst – reingefallen.

Du wolltest hoch hinaus, du wolltest direkt den höchsten Punkt erreichen, ein weißes Sakko, eine Sonnenbrille, einen Gehstock, weil du ein vornehmer Mensch bist, weil du nämlich der König dieser Welt bist. Dann gehst du auf diesem Grat des Vulkans, von dem du glaubst, dass er die Spitze der Welt ist. Du säufst aus einem vornehmen Glas, es spiegelt sich sein Glanz im Scheinwerferlicht, rauchst eine dicke Zigarre, singst laut ein Lied über New York, glaubst, alles in der Tasche zu haben, und willst es bloß nicht wahrhaben. Und weil alles nur eine Frage der eigenen Empfindung ist, kannst du es auch nicht wahrhaben. Wenn man es nur wüsste, wenn man es nur wüsste ...

Der Song klingt aus, er klingt langsam aus, die Jungs auf der kleinen Bühne spielen ihre Musik, es ist ihre Musik. Manchmal fragt sich Frank, ob diese Jungs überhaupt wissen, was sie ihren Zuhörern eigentlich schenken. Es ist nicht nur eine Unterhaltung, eine Ablenkung. Es ist eine ganz eigene, eine ganz individuelle Empfindung, die ein solches Musikstück ausschickt. Es ist viel, viel mehr als nur das Runternudeln von ein paar Takten, das Aneinanderfügen von Tonsequenzen, die sich im Raum verlieren und ausklingen.

Das Stück ist vorbei, Frank hat sein Glas geleert. Lilly ist mit den Suffköpfen beschäftigt, sie schlucken einiges weg, und die Band scheint eine Pause machen zu wollen. Frank erinnert sich an die Gleichgültigkeit und auch an die Selbstverständlichkeit; er schaut den Jungs zu und beschließt, sich etwas von ihrer Gleichgültigkeit und Selbstverständlichkeit zu nehmen. Letztendlich fragt dich nämlich kein Mensch, wie sehr du dich verkrochen hast.

Lilly schiebt sich wieder in die Richtung von Frank. Sie ist gut drauf und zeigt einen tiefen Einblick in ihre Bluse. Sie ist besoffen, genau wie Frank.

Sie schenkt zwei Drinks ein, einen für Frank, einen für sie, sie stößt ihr Glas gegen das von Frank und meint, dass sie Lust zum Bumsen hätte.

Frank nimmt sie diese Nacht mit zu sich nach Hause, und sie schlafen miteinander. Sie bleibt bei ihm; er weiß mit einem Mal nicht, ob es ihm so recht ist.

Erst am nächsten Morgen fängt er an, darüber nachzudenken. Wie er aufwacht, sieht er die nackte Lilly neben sich im Bett liegen. Wer hätte das jemals gedacht, geht es ihm durch den Kopf. Ausgerechnet die stumme und immer hübsche Lilly! Und jetzt liegt sie neben ihm. Er versucht, sich zu erinnern, schafft es aber nicht ganz. Er blickt unter die Decke und erwischt sich tatsächlich splitternackt. Lilly! Sie ist die Schwester von Marianna, was hat er getan? Sie dreht sich und wälzt sich. Sie schlägt einen Arm um ihn. Ob sie weiß, wer da neben ihr liegt?

K. versucht, sich zu erinnern. Hat er mit ihr gemeinsam die Kneipe aufgeräumt? Er weiß es nicht mehr, was soll es auch für einen Sinn haben zu wissen, was war? Lilly liegt neben ihm, nackt. Egal, was war, er muss das Beste daraus machen.

Irgendwie ist man immer dazu gezwungen, das Beste daraus zu machen. Er kriecht unter der Decke raus und schleicht sich in das Badezimmer, um sich von den ekligen Bartstoppeln zu befreien. Was ist nur gestern Nacht gewesen? Er fragt sich wieder und wieder, erinnert sich aber nur an die Bar, an die besoffenen Typen vom Ende des Tresens und an die Band, sie hat einen lockeren Sound gespielt. Das war es dann aber auch. Er kann sich nicht an Lilly erinnern, außer, dass sie ihm Drink um Drink spendiert hat. Nun, sie war da, er konnte es nicht mehr ändern. Lilly wälzt sich im Bett, Frank hört es bis ins Badezimmer, er kennt das Geräusch.

„Frank! Wo bist du?"

Er hört sie durch die Wohnung rufen, er schmiert sich gerade den Rasierschaum in das Gesicht.

„Im Bad. Ich komme gleich, der Kaffee läuft bereits."

Er hört sie, sie dreht sich noch einmal um, und er fragt sich, ob es ihm so recht ist. Er kratzt sich mit einem alten Rasiermesser über das Gesicht. Die Haare müssen weg, egal, wie zuwider es ihm ist, sich im Spiegel anzusehen. Es ist nicht zu vermeiden, jeden Tag wachsen die Haare in seinem Gesicht aufs Neue heran, jeden Tag überwuchern sie sein Gesicht und wollen geschnitten, wollen abrasiert werden.

Schließlich gießt er für Lilly und für sich Kaffee in große Tassen ein. Es ist ihm nicht wohl dabei. Lilly merkt es vermutlich, es ergibt sich ein zaghaftes Gespräch. Ein Gespräch, in dem beide krampfhaft versuchen, um Marianna herumzukommen, auch darum, was letzte Nacht wohl vorgefallen ist.

„Was machst du eigentlich so, wenn du nicht in deiner Bar stehst?"

Frank schaut währenddessen aus dem Fenster. „Es ist schon viel zu spät", denkt er sich und reibt sich das glatte Kinn.

„Nichts Besonderes, eigentlich besteht mein ganzes Leben aus der Bar. Ich gehe nachts mit ihr ins Bett und stehe mittags mit ihr auf."

„Schach spielen tust du nicht?"

Lilly lacht auf.

„Wenn du mich rausforderst, dann kannst du wohl etwas erwarten." Sie schlürft an ihrer Tasse und fügt noch an:

„Nein, ist nur Spaß, ich wüsst' nicht einmal, wie man die Figuren aufstellt, gut, die Türme könnte ich noch richtig platzieren, das wär's aber dann schon."

Frank setzt ein stilles Lächeln auf und die Tasse ab, er stößt sie etwas auf den Unterteller und zwingt sich zum Reden.

„Und in den Englischen Garten kommst du nie?"

„Nein, wann denn? Und was sollte ich denn da, ich habe nie verstanden ... wie lange sich manche Leute dort aufhalten können." Sicherlich geht ihr für einen Augenblick Marianna durch den Kopf, sicherlich weiß sie, wie viel Zeit Marianna in dieser Grünanlage verbracht und vor allem: wie sie die Zeit dort verbracht hat. Und das weiß sie sogar noch besser, als Frank es ahnt, als er sich das überhaupt vorstellen kann.

„Aber man kann doch nicht jeden Tag schon mittags in eine Bar."

„Wieso nicht? Ich kann das doch auch."

Und für Marianna wäre es wohl auch das Beste gewesen. Sie scheint es zu denken, sagen tut sie es nicht. Sie wirft einen strengen Blick aus dem Fenster, gerade als ob sie keinen Widerspruch dulden wollte, ein unverrückbarer Grundsatz, ihre letzte Überzeugung scheint darin zu liegen.

„Ja, aber wenn du jetzt, sagen wir mal, eine Bankkauffrau wärst, dann würdest du dich nicht in die Bar setzen, oder?"

„Würde ich schon. Aber sicher." Sie kaut etwas auf ihrer Unterlippe, irgendwas scheint ihr in den Fingerspitzen zu kribbeln.

„Willst du noch Kaffee? Ich mach noch eine Kanne." Frank merkt die Anspannung.

„Nein danke, ich muss nach Hause, ich muss noch einiges erledigen, und am Mittag muss ich doch wieder in der Bar sein."

„Ja, das musst du."

Frank stellt die Kanne auf die Platte zurück, und als Lilly aufsteht und ihm ihren Hintern in das Gesicht streckt, da fällt ihm wieder ein, dass er sie letzte Nacht gebumst hat. Er schluckt und kratzt sich am Kinn.

Lilly geht zur Tür und fragt, ob er denn abends in die Bar kommen würde. Frank weiß noch nicht. Er hätte auch noch einiges zu tun, er wolle mal sehen – wie er es nennt. Lillys neue Offenheit ihm gegenüber verunsichert ihn. Er hat die Nacht mit ihr verbracht, und dennoch ist sie immer noch diese eine Frau hinter dem Tresen, diese Frau, die ihm immer stumm und nüchtern ein Glas vor die Nase gestellt hat und ein anderes mit einem klein karierten Tuch getrocknet hat. Es ist immer noch diese Frau, der er mal vom Schachspiel erzählt hat, mit der er mal über die Musik oder vielleicht auch über das Münchner Nachtleben diskutiert hat. Sie ist auch – oder sie war es zumindest – Mariannas Schwester. Er wird am Abend vielleicht in die Bar gehen, sie dort treffen, und sie wird ihm ein Glas vorsetzen, und alles wird wieder seinen gewohnten Gang gehen. Die vergangene Nacht wird bedeutungslos sein, sie wird vollkommen unnütz gewesen sein, vielleicht, dass sich das Interesse verliert, Franks Interesse. Lilly schwirrt ab, sie wirft sich ihre Jacke über die Schulter, drückt Frank mechanisch einen Kuss auf die Wange und eilt die Treppen hinab. Sie hat nicht weit, ihre Wohnung liegt nur wenige Straßenzüge weiter, sie zieht die Jacke gar nicht über.

Draußen ist ein schöner Tag, es ist spät, jedenfalls viel später, als Frank sonst aufsteht. Er lehnt sich zurück und will sich noch einmal erinnern. Alles aber, was er aus seinem Gedächtnis zerrt, sind Gesprächsfetzen mit Marianna, diese Ähnlichkeit und dennoch Verschiedenheit der beiden Schwestern. Frank erkennt immer nur Marianna, es sind eigenartige Situationen, an die er sich erinnert. Da ist dieser eiernde Gang, dieses aufgesetzte Lachen, diese Verbitterung, die ihr manchmal in das Gesicht geschrieben stand, eine Gestik, wie sie die Haare aus dem Gesicht streicht, die sich zwischen den Lippen verfangen haben, und, und ... zwei Spuren von weißem Pulver, die auf einem Spiegel gezogen sind; das alles in einer Wohnung, in einer Wohnung, die er nicht kennt, in der er einen durchdringenden Schrei hört. Es ist wie eine Erinnerung, die von woanders herkommt, wie eine Erinnerung, die man irgendwo hintun will, aber einfach nicht diese Ablage findet, vielleicht ein Traum, ein Traum, der erst kurze Zeit zurückliegt und sich unvermittelt in die Realität einmischt, dorthin, wo er nicht hingehört.

Es ist alles, woran er sich erinnert. Er bringt nicht mehr zusammen, so sehr er sich auch anstrengt. Er kocht sich doch noch eine Kanne Kaffee, gießt sich die Tasse voll und fragt sich, warum er sich eigentlich jeden Morgen rasiert. Dann fragt er sich, wieso alle auf einmal aus einem Fenster springen, und dann noch, ob ihm die Sache mit Lilly letzte Nacht Spaß gemacht hat. Er kann sich nicht mehr erinnern.

3. KAPITEL

Frank sucht diesen Supermarkt jeden Mittwoch auf. Es ist Mittwoch. Er schiebt eine Mark in den schmalen Schlitz und löst einen Einkaufswagen aus der verketteten Reihe, er sperrt sich etwas, also ruckt er ordentlich.

Er läuft die Reihen entlang und schaut sich die Artikel in den Regalen durch eine dunkle Sonnenbrille an. Gelegentlich greift er zu, liest geistesabwesend die Notizen auf der Rückseite und stellt sie in das Regal zurück. Erst in der Spirituosenabteilung bleibt er hängen, er nimmt die eine oder andere Flasche und stellt sie in seinen Wagen, eine Flasche behält er gleich in der Hand, wie er den Wagen endlich Richtung Kasse lenkt. Vor ihm steht eine Frau mit langen Beinen, sie trägt so eine Reiterhose, jedenfalls hat sie diese Stränge aufgezeichnet, die man an den Oberschenkeln dieser Reiterhosen immer sieht. Sie legt gerade ihr Zeug auf das Laufband. Wie sie sich so vorbeugt, um an die Gläser und Packungen in ihrem Wagen zu kommen, da schiebt Frank langsam die eine Flasche, die er noch immer in der Hand hat, von hinten zwischen ihre Beine und schaut dabei gelangweilt zur anderen Kasse rüber, wo niemand ist. Er spürt, wie sich die Flasche langsam festsetzt, sie steckt tief zwischen den Schenkeln der Frau, sie regt sich nicht im Geringsten. Vielleicht war da ein anfängliches Hadern, Frank hätte es nicht bemerkt, er starrt in eine ganz andere Richtung. Sie leert schließlich weiter ihren Wagen, schichtet ihre Waren aufeinander, das Laufband befördert alles zu dieser dicken Frau mit Bartansatz, die alles über eine Glasplatte hält und darauf wartet, dass es piepst, um es dann auf der anderen Seite wieder weiterlaufen zu lassen.

Als sie sich aufrichtet, zieht Frank langsam die festsitzende Flasche wieder raus und stellt sie auf das Fließband. Die Lady mit Bart sagt einen Preis, die Frau mit der Reiterhose zückt einen Geldbeutel und legt einen großen Geldschein vor sich hin. Jetzt erst schaut sie zu Frank, sie mustert ihn streng von der Seite. Er hat mittlerweile alle

Flaschen auf das Förderband gelegt und rückt an seiner Sonnenbrille herum, während er in seinen Taschen nach kleinen Geldscheinen kramt.

„Tippen Sie diese Flaschen da auch noch ein, ich zahle sie mit."

Die Frau mit Bart guckt blöd und holt sich die Flaschen mit ihrem Laufband ran, lässt sie über die Glasplatte schweben, wartet auf den Piepston und gibt endlich das Wechselgeld an die Reiterlady.

„Das wäre nicht nötig gewesen!" Frank schlägt sich mit einem Zeigefinger die Brille auf den Nasenrücken.

„Was ist schon nötig? Etwa die Flasche, die Sie mir zwischen die Beine geschoben haben?"

„Sie haben es also doch bemerkt? Wieso haben Sie nichts gesagt?"

„Ich sag doch was, oder?"

Sie kramen beide das Zeug zusammen, Frank packt seine Flaschen in eine Stofftasche, die er bei sich hat, und hilft dann noch mit, die Dosen, Tüten und Gläser der langbeinigen Dame in die leeren Kartons zu packen, die für diesen Zweck bereitstehen.

„Was ist? Darf ich Sie auf einen Kaffee einladen, ich wohne gleich um die Ecke. Oder, wenn es Ihnen lieber ist, ich mixe auch gerne einen Drink." Sie zeigt mit einem Finger auf seine Stofftasche.

„Nee, Kaffee ist in Ordnung, mit Kaffee können Sie mich zu allem verführen."

„Zu allem?"

„Zu allem."

Die beiden gehen zwei Straßenzüge weiter. Dann bleibt die Lady vor einem Altbau stehen und will den Schlüssel aus der Tasche holen.

„Halten Sie bitte mal die Tasche, ich komm sonst nicht an den Schlüssel ran."

K. hält ihre Tasche, sie ist schwer, er schleppt sie auch noch die zwei Treppen hoch, bis sie an der Tür zu einer Wohnung sind. Wieder sucht die Lady nach einem Schlüssel in ihren Taschen und öffnet schließlich auch diese Tür.

„Setzen Sie sich, machen Sie es sich bequem, ich räume eben nur mal die Sachen in die Küche."

„Vergessen Sie den Kaffee nicht!"

„Es ist das Erste, was ich tun werde, ich werde gleich die Maschine anwerfen."

Es ist eine große Wohnung. Parkettboden, es ist ein alter Boden, man hört ihn unter den Schritten ächzen, es klingt gut. Ein dicker Teppich liegt quer über der weiten, freien Fläche. Ein Tisch mit sechs Stühlen, hohe Lehnen, es wirkt vornehm, es ist altes Zeug. Ein Regal und ein Schrank, dunkles Holz, alt und antiquiert. Die Wohnung ist einmalig, Frank ist offenbar beeindruckt.

„Hei, was machen Sie so? Ich meine ... wer kann sich so eine Wohnung leisten?"

Man hört sie in der Küche fuhrwerken, sie scheint die Gläser in Regale zu stellen, die Tüten aufeinanderzuschichten.

„Ich bin Anwältin. Schockiert?"

„Keineswegs, hab mir schon so was gedacht."

Er geht noch ein paar Schritte durch die Wohnung, bewundert die Ordnung, bewundert die Möbel.

„So was in dieser Art halt. Irgendwas, wobei man viel Kohle verdient."

„So viel Kohle ist es auch wieder nicht."

Sie kommt gerade wieder aus der Küche.

„Der Kaffee ist gleich durch. Wie heißt du überhaupt?"

„Frank!" Er ist etwas überrascht über das plötzliche „du", aber in Wirklichkeit froh, vornehme Umgangsformen sind ihm zuwider.

„Okay, Frank, du setzt dich jetzt hin und wartest auf den Kaffee, klar?"

Sie stemmt beide Hände fest in die Lenden und wippt mit einem Fuß am Boden, als würde sie den Takt zu einem Musikstück schlagen.

„Hei, und wie heißt du?"

„Helga! Und ich koche den weltbesten Kaffee, damit das klar ist." Sie duldet keinen Widerspruch, sie hat eine frech-frohe Art.

„Ja. Ich lass mich überraschen. Darf ich Musik einschalten?"

„Mach, was du willst!"

Helga dreht sich wieder um und geht in die Küche, Frank macht sich an der Stereoanlage zu schaffen und bringt sie schließlich zum Laufen. Eine derbe, eine versoffene Stimme sickert aus den Lautsprechern, läuft in einer großen Lache vor den Boxen zusammen und glänzt ölig im Sonnenstrahl, der durch die etwas vergilbten Vorhänge fällt.

Helga wackelt mit einer Kaffeekanne in das Zimmer, stellt sie auf den Tisch und rückt dann auf ihren langen Beinen zu einem Schrank, wo sie Tassen rausholt.

Frank hat sich in einen Sessel geschmissen und betrachtet das Ganze aus der Entfernung. „Eine Anwältin", denkt er sich und stellt sich die Frau in einer schwarzen Robe vor, wie sie ein ergreifendes Plädoyer gegen die Todesstrafe führt. Dabei schlägt er frech die Arme hinter den Kopf und stemmt das Becken hoch.

Jetzt aber führt sie eine Kanne Kaffee vor sich her, als sie wieder aus der Küche gerückt kommt, und hält auch kein Plädoyer. Was aber wollte sie eigentlich?

„Aber was treibst du so? Ich meine, wenn du nicht gerade Flaschenhälse zwischen die Schenkel von Frauen streckst, die an einer Kasse Schlange stehen."

„Ich spiele Schach. Schockiert?"

„Schach? Spielen?"

„Ja, Schach spielen." Er schiebt seine Tasse etwas zu ihr hin, damit sie besser eingießen kann.

„Und davon kann man leben? Oder ... ich meine: Lebst du davon?"

„Ja. Mein Leben unterhalte ich damit, dass ich Schach spiele."

„Klingt toll. Ich kann es mir bloß nicht vorstellen."

„Dann lass es, ich kann es mir manchmal auch nicht vorstellen."

Helga setzt sich neben Frank auf die Couch und presst ihren Oberschenkel gegen seinen. Sie scheint scharf zu sein, jedenfalls denkt es Frank. Er lehnt sich zurück und legt seine Hand zuerst auf sein Knie, sein kleiner Finger berührt dabei ihren Oberschenkel, der sich gegen ihn drückt.

„Anwältin. So ein Kindertraum, oder?"

„Vielleicht, vom Schachspielen träumte ich jedenfalls nie."

Sie drückt nun noch härter, und Franks Finger liegen nun schon zum Teil auf ihrem Knie.

„Das mit dem Kaffee wird wohl nichts mehr, oder?"

„Wer weiß? Wir haben noch jede Menge Zeit, denke ich."

Er ergreift mit seiner Hand ihr Knie und streicht diesen eingenähten Strängen nach, die an die Reiterhose erinnern sollen, und gelangt dabei zwischen ihre Beine, bis dahin, wo sich deutlich ihre Möse abzeichnet.

Sie schlürft noch einmal an ihrem Kaffee, spürt, wie er diesem Schlitz nachfährt, und steigt dann letztlich bei Frank auf. Sie spreizt ihre Beine über die zusammengekniffenen Schenkel von Frank und drückt ihm ihre Brüste ins Gesicht. Er greift danach und schiebt seine Hand auch zwischen ihre Beine. Sie stöhnt dabei und stößt heftig gegen seine Finger. Frank arbeitet sich vor. Er streift ihr den Pullover über den Kopf und macht sich an ihrem Hosenschlitz zu schaffen. Er dreht sie unter sich, richtet sich auf und zieht ihr die Hose aus. Sie trägt einen straff sitzenden weißen Slip. Frank streicht die Form des Slips nach und streckt auch mal einen Finger unter den Saum, er verliert sich in diesem feuchten, warmen Loch. Helga streckt ihr Becken hoch und schlägt gegen Franks Finger. Er holt seinen Schwanz hervor, zieht ihr auch noch den Slip aus und dringt in sie ein. Helga krallt sich an ihn. Er ergießt sich in sie, und schließlich lehnt er sich verschnaufend zurück.

Helga dreht sich zu ihm hin, er spürt das Kratzen ihrer Schamhaare an seinem Oberschenkel. Sie streckt ihr Bein hoch, sie legt es auf seinen Bauch, ihre Schamhaare kitzeln dabei über seinen Oberschenkeln, sie wälzt ihre Lippen an seinem erschlaffenden Schwanz und stößt ihren warmen Atem in sein Ohr. Es schlägt durch seinen Körper, es geht runter bis in die Zehenspitzen.

Frank greift im Liegen nach seiner Jacke, die unter all den anderen Klamotten liegt, er holt sich Zigaretten aus der Innentasche und zündet sich eine an. Helga hat währenddessen ihren Kopf auf seine Brust gelehnt.

„Kommst du jetzt öfters zum Kaffee vorbei?"

„Ja. Das lässt sich wohl einrichten." Er stößt den blauen Rauch in den Lichtstrahl, der durch die Vorhänge fällt, die Wolke windet sich von Lichtkegel zu Lichtkegel. Sie liegen eine ganze Weile so beieinander.

„Weißt du, was ich mich schon die ganze Zeit frage?"

„Was?"

„Wenn du Anwältin bist, dann weißt du das sicherlich."

„Spuck's aus, werden schon sehen."

„Wenn sich jemand selber umbringt, kann man dann einen anderen schuldig sprechen?"

„Aber sonst fehlt dir nichts?"

„Okay, vergiss es – es ist mir gerade so eingefallen."

„Willst du Kaffee? Ich koch noch welchen."

„Nee, lass mal, hast du was zu trinken?"

„Klar!"

Helga steht auf und schlüpft wieder in ihre Reiterhose. Dann streift sie sich noch das Trägershirt über, und Frank schaut ihr zu. Sie geht ab in die Küche. Auf dem Weg stellt sie die Stereoanlage etwas lauter und fragt: „Wein?"

„Wein ist okay. Mit Wein kannst du mich zu allem verführen."

„Zu allem?" Sie muss lachen. Wie sie in der Küche ist, hört man, wie sie einen Korkenzieher ansetzt. Frank steht von dem dicken Teppich auf und steigt in seine Hosen.

„Hei, das war eine tolle Show!", denkt er bei sich und macht sich den Knopf an der Hose zu. Gerade als er sich das Hemd über den Kopf zieht, kommt Helga mit zwei Gläsern, reicht ihm eines und stößt ihres dagegen.

„Heute noch was vor?"

„Ich wollte noch arbeiten, ich habe immer zu arbeiten."

„Was arbeitet man als Spieler?"

„Ja, es klingt immer seltsam, aber das Spielen ist eine sehr trockene und auch mühsame Sache. Wenn du gut sein willst, dann ist es sture, monotone Arbeit."

„Und du ziehst das jeden Tag durch?"

„Ja. Es gibt für jeden Zug unendlich viele Möglichkeiten, du musst dir Zug um Zug überlegen. Millionen Varianten, Hunderttausende schlägst du sofort ab, aber viele bleiben übrig. Diese vielen probierst du und hoffst, dass dich die eine oder andere Variante deinem Ziel etwas näher bringt."

„Und dann machst du deinen Zug?"

„Ja. Das ganze Spiel besteht darin, dass du einfach nur den Nerv haben musst, warten zu können. Du musst einfach warten können, dass etwas passiert ... und dann musst du wieder warten, bis wieder etwas passiert. Es ist dann der Augenblick, dass du den nächsten Zug machst."

Sie trinken vom Wein, sie sitzen auf einer Couch, Helga hat ihr Bein an das von Frank gedrückt.

„Aber mit dem Trinken hast du keine Probleme?"

„Wieso sollte ich damit Probleme haben? Ich wüsste nicht, dass es mir schwerfällt."

„Ich meine, wie oft schiebst du einen Einkaufswagen vor dir her, der nur Alkohol enthält?"

„Einmal pro Woche ungefähr, aber das heißt noch lange nicht, dass es mir Probleme bereitet."

„Und wie oft schiebst du deine Flaschen zwischen die Beine von Frauen, die sich gerade vornüberbeugen?"

„Bin ich jetzt bei einem Verhör?"

„Nein. Wenn ich verhöre, dann klingt das anders."

„Würde mich jetzt interessieren. Ich meine, machst du hartgesottene Verbrecher vor dem Gericht platt, oder wie läuft das?"

„Das mag auch seltsam klingen, aber mit Verbrechern habe ich eigentlich nicht zu tun. Verbrechen sind selten, die Leute haben sich meist wegen irgendeinem Mist in den Haaren, sie zerfressen sich an völlig unwesentlichen

Dingen, und wegen dieser gnadenlosen Banalitäten stehe ich dann da und fasele mir den Mund fusselig."

„Aber man lebt nicht schlecht davon, wenn ich mich nur umsehe."

„Was hat das schon mit Leben zu tun – im Leben geht es nicht darum, woher man seine Möbel hat."

„Ja. Ich sehe, wir verstehen uns. Wenn du noch ein Glas Wein hättest, dann würde ich dich noch besser verstehen."

Helga läuft in die Küche und holt die Flasche aus dem Eisschrank. Sie schenkt nach und stößt noch einmal mit Frank an.

„Nimmst du eigentlich jeden mit, der dir eine Flasche zwischen die Beine schiebt?"

„Weiß nicht. Es war das erste Mal. Vielleicht war mir einfach danach, wer weiß?"

Ja, wer weiß? Wer weiß, wieso? Es klingt ein bisschen wie der Wunsch nach einem angenehmen Leben. Einem angenehmen Leben, während du auf einen Anruf aus London wartest. Einen Anruf, in dem man dir mitteilt, ob deine Anwesenheit nun absolut erforderlich ist oder ob man es vielleicht auch ohne dich schafft. Man versucht es. Immerhin bist du ein Mensch, der es auch einmal verdient hat, dass er sich in den weichen Sesseln aus der Werbung niederlässt und sich einen Cuba Libre mixen lässt.

Frank trinkt die Flasche aus, Helga kaut ihm inzwischen ein Ohr ab. Er fragt sich, wo sie nur diese Energie herhat. Der Wein ist trocken, so wie K. ihn mag. Er nimmt den letzten Schluck, es soll für ihn der Abschluss dieses Tages sein. Während Helga noch an seinem Ohr lutscht, meint er, dass es Zeit für ihn wäre, er hätte noch zu arbeiten.

Draußen wird es langsam dunkel, Helga hat längst die Lichter eingeschaltet, es schwenkt alles in eine Abendstimmung über. Selbst der Alkoholspiegel erinnert eher an einen späten Abend, dabei aber hat der Tag für K. erst begonnen.

Am Morgen erst hat ihn Lilly verlassen, und jetzt verlässt er Helga. Sie fragt, wann er denn wiederkommen würde, und er meint, dass er mal sehen wolle, was das Schachspiel so treibe.

Als er die Treppen runtergeht, fängt er an, mit sich selbst zu sprechen. Er erzählt sich die Geschichte dieses Tages selbst wieder – er hört sich die ganze Geschichte etwas ungläubig an. Er beginnt mit dem Anblick von Lilly in seinem Bett und endet mit dem Abschied von Helga an ihrer Wohnungstür. Dabei fällt ihm anfangs gar nicht auf, dass er eigentlich mit Marianna spricht. Marianna, von der er sich vorstellt, dass er sie sehen würde, dass sie neben ihm die Treppen runtergehen und wieder mal, wie sie das sonst immer getan hat, fragen würde: „Hei, was hast du getrieben?"

„Stell dir vor! Als ich heute Morgen aufgewacht bin, lag Lilly neben mir. Ich weiß nicht, ob du sie kennst, sie bedient in der Bar, du weißt schon, du bist da auch manchmal. Sie schaut toll aus, aber wie ich sie da neben mir im Bett gesehen habe, da war ich ganz schön erschrocken."

„Bleib mir mit deinen Weibergeschichten vom Hals! Ich habe nicht gefragt, mit wem du es getrieben hast."

„Was soll ich denn sonst schon sagen? Am Morgen war es diese Lilly und am Abend dann Helga."

„Helga? Was für eine Helga?"

„Wir kamen ins Reden, im Supermarkt – eigentlich schob ich ihr eine Flasche von hinten zwischen die Beine."

„Und dann?"

„Na ja. Dann nahm sie mich mit zu sich nach Hause und lud mich ein, einfach so, und dann ist es passiert, einfach so."

„Hei, was machst du sonst noch? Ich dachte, du bist ein Spieler?"

„Es ist ein Spiel. Es ist alles ein Spiel. Was machst du hier eigentlich? Ich dachte, du bist tot?"

„Es ist alles nur ein Spiel, Frank. Bin schon wieder weg."

Frank tritt ins Freie, es ist kalt, man sieht aber den klaren Sternenhimmel. Er ist so weit weg, was soll man darüber nachdenken? Er lebt nur drei Straßenzüge weiter; wenn er nur schon da wäre.

Was war das für ein Tag? Frank geht die Straße runter. Aus den Kneipen dringt Musik auf die Straße. Man hört ein paar Besoffene schreien. Hinter einer Ecke steht ein junger Kerl, vornübergebeugt. Er kotzt sich schier den Magen aus dem Leib. Und wieder und wieder würgt es ihn. Wo kommt das Zeug bloß alles her? Als Frank an ihm vorüberschleicht, schaut er einen Augenblick hoch. Seine gläsernen Augen spiegeln sich in dem Licht der Straßenlaternen. Zäher Speichel zieht sich in Fäden von seinen Mundwinkeln, sie schlagen im Laternenlicht auf und ab. Wieder würgt es ihn, er presst die klebrigen Augen zusammen. Es quellen ein paar Tränen hervor, die sich am Kamm des Augenlides gehalten haben, und wieder fällt eine Ladung klatschend auf den Teer. Ein paar Spritzer von dem Dreck verteilen sich auf seiner Hose. Ein stummer, nach Hilfe schreiender Blick. Er stützt sich mit einer Hand an einer Regenrinne, säuerlich steigt der Geruch von Kotter hoch.

Frank geht weiter. Er verlässt den einen Lichtkegel der Laterne, er ist im Dunklen, der nächste Kegel liegt ein paar Schritte vor ihm. Er ist gespannt, was ihn da erwartet, irgendwas drängt ihn.

Aber es passiert nichts. Es ist niemand da, niemand, der in eine Ecke kotzt, niemand, der ihm von hinten zwischen die Beine greift, niemand, der hilflos in einer Blutlache liegt. Frank geht weiter und betritt den nächsten Lichtkegel. Nichts! Er geht die Straße entlang, er betritt Lichtkegel um Lichtkegel, aber nichts passiert. Endlos bewegt er sich von Lichtschein zu Lichtschein und vermeint plötzlich, in einem aufflackernden Licht in dem feuchten und glänzenden Teer den Rand der Erde erreicht zu haben. Er schaut sich in dem Oval des Lichtstrahles um und glaubt tatsächlich, eine Spur zu erkennen, ein Schimmern. Es spiegelt sich der Abdruck von einer Gummisohle in dem künstlichen weißen Licht der

Laternen. Frank verfolgt ihn ... grün ... rot ... blau ... wie ein dünner Ölfilm, ein Ölfilm, der bei herbstlichem Wetter in einer Pfütze am Straßenrand starr verharrt, wie der Spiegel des schwarzen Kaffees, den man unter Würgen schluckt, während man gleichgültig aus dem Fenster in den grauen Himmel starrt und fest überzeugt ist, dass die Erde eine riesige flache Scheibe ist, eine Scheibe, die am Rand steil abfällt, wo man sich mit einer Hand festhalten könnte, festhalten, um nicht in diesen endlosen Abgrund zu fallen. Frank sieht die Hand, eine Hand, die sich an diesem felsigen Rand der Scheibe festhält – er greift danach.

„Mann! Du hast ja Nerven!" Er zieht ordentlich, er holt den Kerl aus dem Abgrund hoch, er stemmt sich schwer gegen den felsigen Rand. Es ist ein junger Mann, sein Gesicht zeigt tiefe Furchen, die sich über die Wangen ziehen, er macht einen eher vornehmen Eindruck, hüllt sich aber in ein bedächtiges Schweigen. Frank schaut ihn an, schaut in das stumme Gesicht und schüttelt nur etwas den Kopf, weil er nichts mehr versteht, weder sein Schweigen noch wie er ihn jetzt überhaupt gefunden hat.

„Beruhige dich wieder, du brauchst mir nicht die Ohren vollzuquatschen!" Nichts scheint sein Schweigen, sein stummes Ausharren zu durchbrechen. Schließlich dreht sich Frank um und geht. Er will nach Hause, er hat genug erlebt an diesem Tag. Er erreicht auch endlich seine Straße, er erreicht das Haus, sperrt auf. Seltsam, die Sache mit Frau Pretzl ist schon vergessen, eigentlich denkt er jetzt immer an das junge Mädchen, das immer pfeifend durch das Treppenhaus stürmt.

So wird alles geglättet, alles verliert sich in einer schweigenden Vergangenheit.

4. KAPITEL

Er ist nicht mehr in die Bar gegangen. Frank K. versuchte sich an einem Spiel. Es war ihm nicht danach. Deshalb stellte er bald die Figuren zur Seite und legte sich hin. Er hatte sich vorher eine Flasche Wein aus der Küche geholt und sich Glas um Glas eingegossen. Noch einmal wiederholte er sich den Tag und überlegte, was er denn mit Lilly und Helga anstellen sollte. Er stellte Musik an, es war etwas Klassisches, wahrscheinlich Beethoven – eigentlich war es egal.

Er rauchte, er trank, und er dachte. Was sollte diese Denkerei überhaupt? Ohne Denken kommt man leichter durch, und wenn es dann so weit ist, wird man sich nicht fragen, wie viel man gedacht hat, sondern nur, ob man es einigermaßen über die Runden geschafft hat.

Wieder rauchte er, wieder trank er, und wieder dachte er. Es war viel an diesem Tag gewesen, er dachte darüber nach, er trank und rauchte, und irgendwann schlief er dann ein. Das Licht war noch an, die Musik rieselte vor sich hin.

Das Licht war auch noch an, als er aufwachte, die Musik aber war verstummt, nur eine Anzeige leuchtete, eine Anzeige, in der alles auf null stand. Der Tag kündigte sich an, und Frank stand auf, er kochte sich Kaffee und stierte wieder aus dem Fenster. Er schaute mal zu den Nachbarn, er schaute mal zu, wie sich die Sonne langsam über die Häuserreihen schob, wie sie dem Himmel mehr und mehr von diesem klaren Blau schenkte. Es ist ein ganz gewöhnlicher Morgen gewesen, es ist auch ein ganz gewöhnlicher Vormittag gewesen, er hat mit dem Spielen begonnen, und die Stunden sind verstrichen.

Frank überlegt, was für ein Tag sein könnte. Es muss Donnerstag sein. Er erinnert sich, gestern im Supermarkt gewesen zu sein, und setzt die Dame von A2 auf B3. Es ist ein Fehler, gleich wird er die Partie verloren haben.

Es läutet, und Frank drückt den Türöffner, nachdem er nur zögernd von seinem Brett aufgestanden ist. Meistens sind es irgendwelche Leute, die Werbung in das Haus tragen, er jedenfalls erwartet vormittags keine Besuche. Das Surren der Eingangstür tönt durch das ganze Treppenhaus. Es dauert einen Moment, schwere Schritte, die über die Treppen stoßen, und nicht an den unteren Stufen haltmachen, wie es bei den Kerlen mit der Werbung immer der Fall ist.

Es ist Ute, die Lehrerin, die unvermittelt an seiner Tür auftaucht. Es liegt einiges an Erstaunen in Franks Gesicht.

„Bei was störe ich dich gerade?"

„Nein, nein, du störst sicher nicht, ich bin nur etwas überrascht."

„Ich war in der Nähe, und weil ich dich schon ewig nicht mehr gesehen habe … tja, da bin ich!"

„Komm rein! Kaffee?" Er sagt es, wie er ihr schon längst den Rücken zugewandt hat und auf dem Weg in die Küche ist.

„Ja klar."

„Du bist am Spielen?" Das Schachbrett mit den wenigen verbliebenen Figuren dominiert auf dem niederen Tisch, eine qualmende Zigarette, die über den Rand eines Aschenbechers hängt. Ute blickt zweifelnd auf die Figuren, sie verfällt in eine taube Starrheit, kaum, dass sie Franks Antwort aus der Küche wahrnimmt.

„Das bin ich doch immer. Wie läuft's in der Schule, was machen die Kleinen?"

Frank trägt die Kaffeemaschine aus der Küche und stellt sie auf den Wohnzimmertisch. Ute sitzt in einem Sessel, sie streckt ihre Beine weit von sich, die Hose schneidet sich in ihre Fut.

„Die Kleinen? Ich sag's dir, sie hören sich an wie die Erwachsenen. Genauso blöd."

„Was treiben sie?"

„Ich weiß nicht. Manchmal meine ich wirklich, es sind keine Kinder, ich meine, es sind natürlich Kinder, Kinder, denen man nicht erlaubt, kindlich zu sein."

„Versteh ich nicht!" Er sucht nach einer Steckdose und hantiert mit der Maschine in der Hand umständlich an dem Schachbrett, das ihm im Weg steht.

„Ich mein … schau … äh, die Leute kriegen Kinder, dann kaufen sie sich ein Buch, und danach erziehen sie dann ihre Sprösslinge. Jedes vorgeburtliche Trauma wird schon ausgeschlossen. Die Menschen sind eigenartig, manche sollten sich lieber einen Hund zulegen."

„Da können aber die Kids nichts dafür."

„Ne! Die Kids nicht. Sie müssen damit leben, dass sie für immer verkrüppelt sind. Mir tun sie nur leid. Wie sollen sie sich in der Welt zurechtfinden?"

Die Kaffeemaschine gurgelt dahin. Frank hat Musik eingeschaltet. Es läuft Beethoven, wie am Vorabend. Es ist schlicht Trägheit, ihm ist nicht nach Abwechslung.

„Was treibt dich nach Schwabing?"

„Shopping. Ich lief rum … sah mich um. Und dachte schließlich, dass du doch auch hier wohnst."

„Ja, ich war schon ewig nicht mehr in Haidhausen, hab viel zu tun. Es waren da ein paar Jobs für mich, es hat sich auch so einiges getan."

„Ja? Was ist bei dir … ,auch so einiges'?"

„Ach, das ist alles, was nicht Job ist. Ich meine, es sind da ein paar Leute, hier in Schwabing, die mich die letzte Zeit recht beansprucht haben."

„Zum Spielen?"

„Nein, nicht wegen dem Job, wie ich gesagt habe, so halt, einfach so."

Frank zündet sich eine Kippe an, er drückt die andere, die über den Rand hing, aus und schiebt den Aschenbecher zu Ute. Sie raucht auch. Der Kaffee ist durch. Er gießt mit einer leicht zitternden Hand ein.

„Ich weiß nicht. Brauchst du Zucker oder –? Was ist das andere, was man sich normalerweise dazugibt?"

„Ne, lass mal, ich brauche nichts. Es ist Milch, Kondensmilch."

„Ah ja, jetzt! Ne, ich kenne hier einen Kerl. Er heißt Tom, ich habe ihn erst gestern Abend getroffen. Zwei Straßen weiter. Da stand er in dem Licht einer Straßenlaterne vor mir. Ich meine, der Job ist das eine, es gibt auch eine Freizeit."

„Ja. Ich dachte mir schon, irgendeine Frau hätte dich rumgekriegt. Aber obwohl … geglaubt habe ich es nicht. Du bist einfach für einen soliden Lebenswandel ungeeignet." Sie bläst in ihre Tasse und lacht dabei etwas verstohlen auf.

„Ja, das bin ich. Du hast mich durchschaut. Das meine ich jetzt ernst."

„Du weißt noch, wie wir uns kennengelernt haben?"

„Klar! Die Sache mit der Telefonnummer auf einem Zettel."

„Wieso hast du angerufen?"

„Wieso hast du mir den Zettel gegeben?"

„Das ist gemein! Das weißt du ganz genau!"

„Aber gesagt hast du es nie. Und deshalb sage ich auch nicht, wieso ich angerufen habe."

Er schlürft an seiner Tasse.

„Weil ich … weil ich … ach, sagen kann man das nicht so einfach. Es gibt Dinge, die braucht man nicht zu sagen. Es wäre sogar blöd, würde man sie sagen. Sie würden so banal, so plump wirken. So, jetzt habe ich es gesagt."

„Aber, Ute, du kennst mich doch – erst vorher hast du es selber gesagt, ich bin nicht geeignet für Beziehungen oder so was."

„Du hast mich gefragt – ich habe bloß geantwortet."

„Ja." Er schaut auf die schimmernde Fläche in seiner Tasse, das Licht bricht sich wie in einer Pfütze am Rande einer Autowerkstatt.

„Und?" Ute stiert ihn von der Seite an.

„Was ‚und'?"

„Ich meine, ich habe dir gerade einen Antrag gemacht."

„Einen Antrag wofür?"

„Also alles brauch ich nun wirklich nicht beim Namen nennen. Stell dich nicht blöder, als du bist!"

„Ich meine … Ute, weißt du … Willst du noch Kaffee?"

„Aber unbedingt!"

„Ich meine, du bist doch nicht gekommen, um mich zu verführen?"

„Nein, bin ich nicht, aber du hast mich gefragt."

„Okay, dann vergiss mal, dass ich gefragt habe. Weißt du, es ist mir lieber, wir verstehen uns doch so auch gut, oder?"

„Ja." Sie gießt sich den Kaffee selber ein. Frank hat es vergessen.

„Kenne ich diesen Tom eigentlich auch?" Sie schaut zu Frank rüber, der auf der Couch sitzt und eine Zigarette zwischen den Fingern hält.

„Welchen Tom?"

„Aber du hast mir gerade von ihm erzählt, der von gestern Abend."

„Ach so, Tom! Nein, den kennst du nicht, denk ich mal."

„Erzähl mir mal von ihm!"

„Was soll ich dir schon großartig erzählen. Ich bin kein großer Erzähler. Außerdem kenne ich ihn auch nicht so gut. Reden wir über deine Kinder. Das finde ich spannender. Sie haben immer etwas Neues drauf."

„Das haben sie tatsächlich. Ich frag mich wirklich, wo sie das alles herhaben, sie sind um keine Antwort verlegen."

Ute und Frank sitzen noch lange beieinander, sie quatschen über dieses und jenes, Kinder, Eltern, Mode und was es sonst noch gibt. Sie reden vom Wetter, und selbst über Schach wird gesprochen.

Ute springt hoch, erschrocken nach einem Blick auf die Uhr. Sie wollte schon längst zu Hause sein. Sie verabschiedet sich von Frank K., drückt ihm einen Kuss auf die Wange und springt die Treppen runter.

Frank setzt sich wieder an seinen Tisch. Die Figuren stehen unverändert vor ihm. Der letzte Zug war der mit der Dame. Er sieht mit einem Mal seinen Fehler. Er weiß, dass er gleich verloren hat.

Er kümmert sich nicht mehr darum, sondern stellt die Kaffeemaschine in die Küche zurück, räumt die beiden Tassen auf und stellt fest, dass es wohl bald wieder finster wird.

Wieder ist ein Tag vorbei, er war noch nicht einmal draußen.

Also steigt er in seine Stiefel. Wenigstens für einen Augenblick will er raus. Ein Tag hat so wenig an sich, wenn man nicht einmal das Haus verlassen hat. Er schnürt sich die Senkel und stülpt sich eine alberne Mütze über den Kopf.

Er denkt daran, dass es noch gar nicht so lange her ist, als ihm dabei Frau Pretzl über den Weg gelaufen ist und er dann Marianna getroffen hat. Komisch, die Welt hat seitdem einen anderen Geschmack. Er geht in den Englischen Garten, eine Runde um den See, es ist ihm zur Gewohnheit geworden. Es ist ihm auch zur Gewohnheit geworden, dass er immer an der einen Stelle, da, wo provisorisch ein Zaun errichtet worden ist, kurz anhält und an Marianna denkt. Er hat sie dort zum letzten Mal getroffen. Sie war vertieft in einen Gedanken. Er überlegt wieder und wieder, was es denn gewesen sein könnte. Hatte es irgendwas mit seiner Gedächtnislücke zu tun? Er weiß noch nicht einmal, ob es Mariannas Wohnung war. Ach ja, die Gedächtnislücke!

Als er die Straße wieder hochläuft, geht er in den Hinterhof, aus dem er damals geflohen ist und in dem er sich auch schon mal umgesehen hat. Er sieht das Haus, auch der Hausmeister schwirrt wieder umher. Zum Glück scheint ihn dieser nicht mehr zu erkennen. Frank K. erkennt das Treppenhaus wieder. Wie er die Namensschilder überfliegt, fällt ihm der Name „Tomarin" auf. Es ist alles, was da steht, kein Vorname. Er schaut noch einmal an der Hauswand hoch, schätzt ab, wo er letztes Mal geläutet haben könnte, damals, als ihm die dicke Frau geöffnet hat, und drückt bei „Tomarin". Anscheinend ist es dieselbe Wohnung. Er ist sich nicht sicher, es lässt ihn nicht los, er muss es wissen. Denn – wo hatte er heute auf einmal den Namen „Tom" her? Als Ute bei ihm war.

Es rührt sich nichts, kein Surren eines Türöffners, nichts. Der Hausmeister verstreut lustlos ein paar Kiesel im Hof – er wirkt seltsam gleichgültig, ganz anders als beim letzten Mal. Frank schaut ihm eine Weile zu, lässt seine abgerauchte Kippe auf den Asphalt fallen, tritt sie aus und ruft dem Mann in der Arbeitskluft zu: „Hat hier mal eine Marianna gewohnt? Ich weiß ihren Familiennamen nicht."

Er hält mit dem Streuen an und schaut zu Frank.

„Sie waren schon einmal hier, nicht?"

„Ja, es ist schon eine Zeit lang her." Es ist ihm etwas zuwider, dass er ihn nun doch erkennt, er will es sich nicht anmerken lassen.

„Eine Marianna? Ja, aber die lebt nicht mehr, hat sich umgebracht – war 'ne blöde Sache."

„Wo hatte sie denn ihre Wohnung?"

„Da, wo jetzt diese Tomarin wohnt, auch eine eigenartige Gestalt." Er deutet etwas unentschieden mit einem Zeigefinger auf die Namensschilder und greift dann gleich wieder in seinen Sack, um ein paar Kiesel über die Einfahrt zu streuen.

„Eigenartig? Wieso? War Marianna etwa auch eigenartig?"

„Sie kannten sie nicht gut, oder?"

„Gut sicherlich nicht, aber wenn sie ‚eigenartig' gewesen wäre, das hätte ich schon bemerkt, meine ich."

Der Mann mit dem breit ausladenden Gesicht verstreut noch ein paar Kiesel und staubt sich schließlich die Hände an seinem Kittel ab.

„Und wie eigenartig die war! Aber trotzdem, sterben hätte sie nicht unbedingt müssen, war ja auch ein hübsches und junges Ding. Wenn die da so durch das Treppenhaus lief, so jung!" Ungläubig schüttelt er etwas den Kopf und wendet sich von Frank ab.

Frank dreht sich um und geht langsam Richtung Straße.

„Danke für die Auskunft!" Was sollte er schon großartig rausfinden? Was wollte er eigentlich rausfinden? Er wendet sich ab und kehrt dem Ganzen den Rücken zu. Das war es also, das war also ihr Leben, eigenartig! Das war es, was von ihr blieb! Ein Hausmeister, der ein paar Steine über die vereiste Einfahrt schlittern lässt, blöd den Kieseln nachstarrt und sie mit „eigenartig" beschreibt, während er sich die verdreckte Hand an einer Arschbacke reibt.

Eigentlich ist es ja noch viel. Wie oft bleibt weniger? In der Regel ist es doch egal, was man treibt. Machst es nicht du, dann macht es halt ein anderer. Sitzt nicht du dreißig

Jahre an einem Tisch und stapelst den einen Haufen Akten auf den anderen, dann tut es halt ein anderer, ein Jüngerer. Man ist schnell vergessen, meist erinnert nicht einmal eine Urkunde an einen.

Und was man zurücklässt, ist höchstens Verbitterung – gnadenlose Verbitterung, aber es ist selten, es ist verdammt selten!

Frank geht die Straße hoch. Also ist er doch bei Marianna gewesen. Aber wieso hat sie dann nichts gesagt? Er hat sie ja noch getroffen – einmal, ein oder zwei Tage darauf.

Tomarin, ob es noch diese Frau von damals ist? Es ist ja noch nicht lange her. Na ja. Was soll man schon groß daran überlegen.

Es wird finster. Frank will noch nicht nach Hause. Also geht er noch in die Bar. Er hat an diesem Tag zwar noch nicht einmal gegessen, aber das vergisst er oft.

Er ist allein in der Bar, es ist kein einziger Gast da. Die Band spielt, Lilly richtet für den Abend her. Sie holt die Gläser aus der Stellage und spült sie einmal durch. „Hallo!" Sie winkt erfreut, wie sie Frank sieht. Er setzt sich an den Tresen und schaut ihr zu.

„Das Übliche?"

„Klar!" Er zündet sich eine Zigarette an und reibt sich zwischen den Beinen, weil es ihn juckt.

Lilly hat ein enges schwarzes Hemd an, es ist weit ausgeschnitten, ihre Brüste quellen raus.

„Wo warst du gestern?"

„Hatte zu tun. Hab jemanden getroffen."

„Eine Frau?"

„Bin ich hier bei einem Verhör?"

„Klar!" Sie stellt das Glas vor ihm auf den Tresen. „Aber antworten musst du nicht."

„Es war ein Kerl, Tom, du kennst ihn nicht."

Frank setzt das Glas an und nippt an dem Zeug. Lilly richtet ihre Gläser auf das Abtropfblech, und hinter Frank steht auf einmal Helga.

„Es ist ein reiner Zufall, ich schwöre es." Sie muss lachen. Frank ist verblüfft.

„Du – hier? Aber du warst noch nie hier!"

„Ja, aber ich kam eben aus der Kanzlei und dachte, dass ich auf den heutigen Tag noch einen trinken sollte, es war ein beschissener Tag. Und als ich hier vorbeikam, dachte ich mir, dass ich hier schon lange mal reinwollte – und na ja, da bin ich eben!"

„Und dann sitze ich am Tresen."

„Ja. Was ist das, was du da trinkst?"

„Es ist kein Kaffee. Davon solltest du lieber die Finger lassen."

Wie Lilly herankommt, da deutet Helga auf das Glas von Frank. „Dasselbe bitte!"

Lilly mixt das Zeug zusammen, und als sie es vor Helga auf den Tresen stellt, meint sie zu Frank: „Ist das Tom?", während sie kurz und streng mit dem Kopf Richtung Helga deutet.

„Nein, das ist er nicht." Es ist ein eigenartig strenger Unterton in seiner Stimme. Lilly macht sich schon wieder an ihren Vorbereitungen für den Abend zu schaffen. Helga meint, dass sie sich nicht einmischen wolle.

„Ich hoffe, ich hab jetzt keinen Blödsinn gemacht. Wer ist dieser Tom? Bin das ich?" Helga umgreift das Glas.

„Nein. Ich versteh Lilly nicht. Ich habe sie so noch nie erlebt."

Frank deutet dabei mit einem Finger auf sie.

„Ja. Menschen werden eigenartig, wenn man droht, ihnen etwas wegzunehmen."

„Aber was solltest du ihr schon wegnehmen?"

„Du weißt es nicht? Na, dann ist es ja gut."

Helga nippt an ihrem Glas. Sie schluckt es nicht runter, sie lässt es in das Glas zurücklaufen.

„Wieso war es ein beschissener Tag?"

„Weil die Leute sich nur wegen Mist in den Haaren haben. Es ist nur Mist, alles! Man muss sich irgendwann einmal die Frage stellen, was man eigentlich macht. Und das habe ich heute getan."

„Ja?"

„Ja. Ich habe mir die Frage gestellt, was ich eigentlich tu. Und dann habe ich nachgedacht und festgestellt, dass ich irgendwelchen Idioten helfe, andere Idioten auszuschmieren."

„Und das hat dich deprimiert?"

„Ja."

„Ja?"

„Nicht die Sache, dass es stattfindet, sondern die Sache, dass ich es unterstütze und anheize."

„Muss sich das nicht jeder fragen?"

„Eigentlich schon, aber tut es jeder?"

„Komm, stoßen wir an!" Er hebt sein Glas und stößt es gegen Helgas Glas. Sie riecht etwas neugierig und nippt schließlich in kleinen Zügen.

„Sorry, aber ich krieg das Zeug nicht runter."

„Dann trinke ich es und bestell dir etwas anderes."

„Wie kann man so etwas trinken? Will sie mich vergiften oder du dich?"

Er winkt Lilly und bestellt für Helga. Lilly ist immer noch eingeschnappt, stumm mixt sie einen Drink und schlägt das Glas schwer auf den Tresen.

Die Band spielt einen lockeren Jazz, und Helga und Frank trinken in dem schwachen Licht der Barleuchter. Lilly spült ihre Gläser, wischt über den Tresen und schaut gelegentlich zu den beiden rüber.

„Hast du selber eine Kanzlei?"

„Nee, wir sind zu dritt, wir kommen ganz gut miteinander aus, es gibt da keine Querelen, wie sie sonst üblicherweise stattfinden. Du bist oft hier?"

„Ja. Ziemlich oft, es ist gleich um die Ecke, und es hat früh offen."

„Und außerdem zeigt die Bardame reichlich Dekolleté."

„Tut sie das? Ist mir noch gar nicht aufgefallen – es sind nicht die Dinge, auf die ich achte."

„Nicht? Hast du bei ihr schon mal die Masche mit der Flasche zwischen den Beinen versucht?"

„Ich werde schon wieder mal verhört."

Helga verstummt und zieht sich eine Zigarette aus Franks Packung.

„Was war das für eine Sache mit dem Selbstmord, von dem du mir gestern erzählt hast?"

„Was habe ich dir da erzählt?"

„Na ja, die Frage mit der Schuld."

„Ach ja! Ach, vergiss es, es ist mir rausgerutscht, es ist schon alles klar, hat sich längst erledigt."

„Ja? Versteh ich nicht – irgendwie wirkst du dennoch irritiert. Hat es was mit der Kleinen zu tun, die hier in der Gegend gelebt hat und sich erst vor ein paar Tagen umgebracht hat?"

„Welche Kleine?"

„Na, es stand in der Zeitung, Marianna oder so muss sie geheißen haben, war eine runtergekommene junge Frau, wohnte in Altschwabing."

„Das stand in der Zeitung? Ja, ja, ich kannte sie, aber wie gesagt: Es hat sich erledigt."

Wie diese Kerle, die zu ihr in die Kanzlei kommen: Sie sitzen schon mit dieser Anspannung im Wartezimmer, und wenn sie dann hinter dem Empfangsmädchen in ihr Zimmer trotten, da schielen sie aus den Augenwinkeln umher, damit sie möglichst wenig sagen müssen, damit schon alles mit der Gestik erledigt wird. So erscheint ihr auch Frank. Es ist ihm unangenehm, eigentlich peinlich – er will nicht darüber sprechen. Helga merkt es, sie lässt davon ab.

„Wann spielst du eigentlich Schach? Nachts?"

„Immer, ich spiele immer Schach. Nur Turniere und Ähnliches, also solche Spiele, wo man auch Geld verdient, sind selten. Meist dauert es auch nicht so lange.

Man trifft sich, trinkt und spielt. Man muss halt gewinnen, und wenn es pressiert, dann muss man halt schnell gewinnen."

„Und du bist ein Gewinner?"

„Auch wenn es seltsam klingen mag, aber ich bin tatsächlich ein Gewinner."

Er leert nun auch den Drink von Helga und deutet der stummen Lilly an, dass er noch ein Glas will.

„Du wirkst wirklich nicht wie ein Gewinner, nimm es mir nicht übel. Aber unter Gewinnern stelle ich mir andere Typen vor, Kerle mit Muskeln, Kerle, die laut um sich schreien und jubeln."

„Ja. Da hast du recht, das sind auch die wahren Gewinner. Sie verstehen es, aus einem kleinen Triumph etwas Großes zu machen. Ich beneide sie."

„Was machst du heute noch?"

„Ich werde mich hinlegen und schlafen, ich werde schlafen, schlafen und schlafen. Und weißt du, warum?"

Frank dreht sich zu Helga, nimmt einen Zug an seinem Glimmstängel und bläst den blauen Rauch in den ausfallenden Lampenschirm.

„Weil ich müde bin. Ich bin so müde, ich kann es keinem Menschen sagen, wie müde ich bin. Ich bin ein eigenartiger Gewinner."

Er setzt sich das Glas an die Lippen und leert es in einem Zug. Ob Helga ihn verführen will? Er weiß es nicht, er will es auch gar nicht wissen, denkt er sich. Wie er das Glas wieder auf den Tresen setzt, da ist jedenfalls klar, dass er gehen will. Er richtet sich auf und wirft noch einen müden Blick auf Helga. Sie hat etwas Trauriges in ihrem Ausdruck, irgendwas von Verbitterung. Frank sieht es zum ersten Mal an ihr. Er strampelt sich die Hosen runter.

„Hei, mach es gut! Und versprich mir, dass du dich mal meldest, sonst fordere ich dich heraus. Ich gewinne für gewöhnlich auch."

„Dann wird es ja ein spannendes Spiel. Ich melde mich mal."

Frank greift sich seine Jacke, die an einem Haken unter dem Tresen hängt, legt einen Schein auf die Theke und verschwindet Richtung Ausgang, wo er an mehreren Gästen vorbeimuss. Die Bar hat sich mittlerweile etwas gefüllt, die Band spielt nach wie vor ihren Jazz. Anscheinend haben die Jungs noch gar nicht bemerkt, dass der Abend längst begonnen hat, dass er sich eigentlich schon wieder seinem Ende nähert.

Frank verschwindet auf die Straße. Er spürt den Alkohol. Es ist kalt geworden. Ein eisiger Wind pfeift durch die Straße. Zum Glück hat er es nicht weit. Er geht tatsächlich nach Hause und legt sich hin.

Er legt sich ins Bett und macht noch einmal Musik an. Es ist Jazzmusik, es ist etwas aus der Dreigroschenoper, die Ballade vom angenehmen Leben. Es will ihm nicht gelingen einzuschlafen, beide Arme hat er hinter dem Nacken verschränkt und starrt zur Decke hoch. Das Licht ist aus. Der helle Mond verliert etwas von seinem Licht in Franks Zimmer. Unklar erkennt er die Umrisse seiner gewohnten Umgebung. Die Stimme des Sängers dringt weich und durchdringend an sein Ohr, sie schleicht sich durch seine Figuren und durch seine Unordnung. Die Stimme dringt aus den Lautsprechern und sickert von den Regalen und Schränken auf den Teppichboden, quillt auf und schäumt in einem sprudelnden und explodierenden Prickeln, das sich über den Filz zu seinem Bett hin ausbreitet. K. jedoch liegt ungerührt mit dem Kopf auf seinen Armen und starrt an die Decke des Zimmers. Er will schlafen, weil er müde ist. Er ist unsäglich müde, er war noch nie so müde, und deshalb schläft er langsam ein, langsam – während sich die Spuren aus den Lautsprechern seinem Bett nähern und mit ihrem prickelnden Schaum vor sich hin knistern. Die Ballade vom angenehmen Leben!

5. KAPITEL

Es ist so etwas wie ein Jahrmarkt, auf dem sich Frank wiederfindet. Eine ungewohnte Schwere haftet an seinen Beinen. Langsam zieht er sich vorwärts; die Menschen blicken ihn eigenartig an, gerade so, als wäre er ein Fremder, als würde er sich in ein Leben einmischen, das ihn gar nichts angeht.

Dabei ist er in das Leben hineingestoßen worden. Er konnte es ja nicht ändern. Fast wollte er sich entschuldigen. Fast suchte er nach Gründen, um sich zu rechtfertigen.

Buden und kleine Zelte waren aufgestellt, es erinnerte ihn alles an eine längst vergangene Zeit.

Es war die Zeit einer Befreiung von sich selbst, die Zeit, in der man davon abkam, für sich selbst zu leben, und das Leben in der Gemeinschaft suchte. Es war die Zeit, die einen Weltkrieg hinter sich hatte, einen anderen aber noch zu bewältigen hatte – nur das, das wusste man noch nicht.

Manche zogen in die Kneipen und lebten ihren Traum eines sozialistischen Reiches, andere stülpten sich rot-weiße Armbinden um den Ärmel und hielten die Rechte in die Luft. Sie träumten davon, in eine Wurst zu beißen, allesamt!

Die Kunst, das Außergewöhnliche beherrschte die Menschen in dieser Zeit. Ein bleicher Zwerg, der Luftsprünge vollbrachte. Kinder, die mit drei Jahren beschlossen hatten, mit dem Wachsen aufzuhören. Muskelprotze, die Ketten zerreißen wollten, außergewöhnliche Menschen und außergewöhnliche Fähigkeiten und natürlich die Clowns, die mit bunt angemalten Gesichtern die Straßenränder bevölkerten und immer und immer wieder versuchten, die Kinder für sich einzuvernehmen, die immer und immer wieder versuchten, die Welt für sich einzuvernehmen. Und Huren standen da, sie schlenkerten mit allem, was sie hatten, um die Männer einzufangen.

Frank trägt eine Melone und eine Anzugsweste, die er vorne offen hat. Er drängelt sich auf dem breiten Weg zwischen den Buden durch die Menschenmenge. Männer und Söhne, Frauen und Töchter bleiben an den Buden kleben. Sie hängen mit offenen Mündern an den Lippen der Schausteller, verfolgen mit erstarrten und glänzenden Augen die Anpreisungen der Marktschreier. Die Kinder zupfen an den weiten Röcken der Mütter und drängeln. Die Väter legen sich eine schwere Zigarre auf die angeleckten Lippen und stoßen den stinkenden Dunst in die Gesichter der Söhne. „Treten Sie ein, meine Damen und Herren! Herkules, der stärkste Mann der Welt!"

Der kleine, blasse Kerl breitet die Hände aus, in einer Hand einen Spazierstock, in der anderen einen Zylinder, den er sich auf den Kopf setzt und wieder abnimmt, während er seine Ankündigung hinausschreit. „Er wird ... sehen Sie sich diesen Mann nur an ... er wird diese Kette zerreißen, sie in Stücke zerfetzen." Dabei richtet er seinen Spazierstock auf einen Kerl, der nur einen Lendenschurz trägt. Er steht seitwärts, um seinen Hals hat er eine schwere Kette hängen, er hält sie vor seinen Bauch. Die Lungen hat er sich mit Luft vollgepumpt, er pumpt noch immer etwas mit den Armen, wo ihm schwer das Fett herunterhängt und unter dem Schütteln der Arme hin und her schwappt.

„Er wird Ihnen die Macht der Kraft zeigen." Der kleine, blasse Kerl stützt sich auf seinen Spazierstock. Ein seltsames Glänzen huscht in seine Augen. Er setzt sich den Zylinder auf, fährt mit seinem weißen Handschuh etwas der Krempe nach und setzt mit einem rauen Unterton hinzu: „Und das fast umsonst! Treten Sie näher!"

Er wendet sich dem Muskelprotz zu, der immer noch mit den Armen pumpt und die Kette fest zwischen seinen geballten Fäusten hält. Mit einem Mal dreht er sich noch einmal um und schreit es raus: „Sehen Sie die Macht der Kraft!!" Es durchdringt die Zuschauerreihen. Für einen Augenblick herrscht Stille. Dann bricht ein unartikuliertes, schweres Stöhnen des Muskelprotzes durch die Menge. Er reißt die Kette in die Luft und lässt sich von dem Marktschreier in das kleine Zelt führen. Eine Schlange bildet sich am Eingang des Zeltes, ein Mädchen steht da und kassiert.

„Die Schau beginnt in wenigen Minuten. Eine Karte erhalten Sie am Eingang." Der Marktschreier ist zurück auf der Bühne. „Kommen Sie! Lassen Sie sich das nicht entgehen!"

Die Schlange an dem kleinen Zelt ist mittlerweile lang. Es sind viel mehr Menschen, als Platz finden werden. Der kleine Mann mit dem weißen Gesicht, mit Frack, Zylinder und Spazierstock hat die Leute angelockt.

Frank geht weiter. Er zieht den Kopf wieder in das Genick. Er muss sich strecken, um über die Menschenmenge hinwegzusehen. Er rückt an seiner Melone, sie juckt mit ihrem wollenen Saum an seiner Stirn.

Es ist Nacht. Die Lichter der Buden schaffen die Illusion eines hellen Tages. Die Vergnügtheit, die zahlreichen Kinder, das Lachen und die Höflichkeit, mit der man aufeinander zugeht, bilden eine zuversichtliche Vertrautheit, mit der man auch über ein schmales Hochseil gehen könnte, ohne auch nur einen Augenblick zu zögern.

Es steht Bude an Bude, es ist da ein Schreihals nach dem anderen. Sie bieten sich an, sie bieten ihre Sensationen an. Frank schleicht sich an den Bühnen vorbei, er drängt sich an dicken Bäuchen vorbei, tritt auf den Saum von weiten Kleidern und schnauft den stinkenden Rauch von Zigarren ein.

Erst bei einem Clown bleibt er wieder stehen. Ein weißes Gesicht, knallig rot eine große, runde Kugelnase, die Augenhöhlen schattiert, kreuz und quer über die Augen ein schwarzer Strich. Der Mund zeigt ein dauerndes, ein unvergängliches Lachen. Rot und breit zieht er sich über das weite Gesicht. Rotes, strohiges Haar, es leuchtet und flackert in dem hellen Licht. Es ist lang, es reicht fast bis zur Schulter, es quillt aus dem zu kleinen, albernen Hut hervor, eine Blume hält sich im Saum des Hutes, sie führt jede Bewegung des Clowns nach, sie federt noch auf und ab, wenn er längst still hält.

Das Podest, auf dem er steht, ist nur wenige Handbreit hoch. In einer Hand hält er einen ganzen Strauß bunter Luftballons, die andere Hand hat er in der Tasche seiner klein karierten Hose, die um seinen Ranzen viel zu weit, unten aber viel zu kurz geraten ist. Breite Hosenträger halten den Fetzen um seinen Leib. Wenn er die Hand in die Tasche steckt, dann dehnt sich der Gummi, holt er sie aus der Tasche, dann schwingt die Hose an ihm auf und ab.

Immer wieder nimmt er einen Ballon aus seinem Strauß und hält die dünne Schnur einem staunenden Kind vor die Nase. Mit beiden Händen greift es danach und hält tapfer den Luftballon in den von den Süßigkeiten verklebten Händen. Weit aufgerissen der Mund, darum herum die Spuren von dem Schokoladenguss eines glasierten Apfels, der in breiten Spuren im Gesicht verteilt ist und auch das hübsche Sonntagskleidchen verschmiert hat. Weit aufgerissen sind auch die Augen, unglaubhaft erscheint diese Kunst des Fliegens. Immer wieder reißt es an der Schnur, der Ballon will und will nicht auf die Erde fallen, die Angst, ihn loszulassen und zu verlieren, ist viel zu groß. Es tapst mit den unförmigen Fingern über die runde und pralle Form und erforscht mit großem Staunen die Rundungen und Unebenheiten.

Der Clown verteilt indessen mehr und mehr von seinen bunten und fliegenden Ballons, er gibt sie in die weit ausgestreckten und vor Aufregung zitternden Hände der kleinen Kinder. „Ein Ballon für die Kleine?" Sein breiter roter Mund spannt sich über das ganze Gesicht, er ist sich eines Lachens sicher. Die Kinder hüpfen auf der Stelle. „Schau, ein Ballon! Halt ihn fest! Wenn du ihn aber loslässt, dann musst du dir schnell etwas wünschen. Das wird dir dann erfüllt."

Kaum halten sie den Ballon in der Hand, da legt sich eine eigenartige Ruhe in ihre Gesichter, es verpufft all die kindliche Aufregung, es bleibt nur dieses ungläubige Staunen wie bei einem Wunder.

Auf seiner kleinen Bühne ist der Clown der Held. Das Lachen der Kinder ist ihm sicher. Es ist alles, was er will. Es fällt ihm nicht schwer – eine unpassend geschnittene Hose, ein alberner Hut, ein passend geschminktes Gesicht und letztendlich die bunten Luftballons mitsamt den Versprechungen.

Der eine oder andere Ballon hat sich schon gelöst und verschwindet aus dem Licht des Budenzaubers, kleine und feucht glänzende Augen schauen den roten und blauen Bällen zu, wie sie die Schnur hinter sich herziehen und die Träume der Kinder erfüllen sollen. Bange, mit einer kleinen Angst, schauen die Augen den Ballons nach, die kleinen Händchen fest über den Brüsten zusammengekrallt, bange, weil sich die kleinen Kinderwünsche vielleicht nicht erfüllen könnten, oder bange, weil sie nicht mehr darauf warten können, bis sich die kleinen Wünsche erfüllen.

Mit offenen Mündern starren sie hinter den Seilen her, die von den Ballons in das Dunkel gezogen werden, um diese Träume wahr zu machen.

Langsam zieht sich Frank durch den Rauch, durch den Geruch von Zuckerstangen und durch den Geruch von glasierten und schokoladenüberzogenen Früchten. Er entschwindet, seine Gestalt verschmilzt mit dem Dunkel der Nacht. Was bleibt, ist ein inniger und zutiefst überzeugter Wunsch, ein Wunsch nach etwas, was die Welt anscheinend nicht hergibt.

Frank steht am Rande und denkt darüber nach. Wenn er die Welt nur so zurücklassen könnte, dann wäre er ganz zufrieden, meint er. Dann aber kommt eine kleine Sehnsucht nach dieser Welt, nach dieser Welt und ihrer Unschuld, nach dieser eigenartigen und hoffenden Ruhe, mit der man zusieht, wie sich die Wünsche und Träume im Dunkel verlieren, mit der man aber dennoch nicht davon loskommt, an etwas zu glauben.

Ein Bein ist ihm eingeschlafen. Er schüttelt es. Es kommt dieses Kribbeln. Es wandert von der Fußspitze bis zu seinem Knie hoch. Er stampft ein paar Mal mit dem Fuß auf den Boden und dreht sich schließlich um. Er will aus der Menschentraube brechen, die sich da vor der kleinen Bühne des Clowns angesammelt hat. Frank drängt sich weiter an den Buden vorbei, es liegt ein drückender Geruch von Süßigkeiten in der Luft.

Er hat das Ende der Straße erreicht und vernimmt das Grölen von Betrunkenen. Frank tritt näher und erkennt hinter einem Holzschuppen ein provisorisch errichtetes Podest. Zahlreiche Fackeln stehen rundherum. Ein paar Besoffene, aber auch Nüchterne stehen da. Es prostituieren sich ein paar knapp bekleidete Huren in lila und schwarzen Strapsen mit farblich abgestimmten Stolen. Rüschen und Saumverzierungen an den knalligen Büstenhaltern, aufgestecktes Haar, dicke Lippen, dunkel aufgetragener Lippenstift – die Augen treten durch die Unterstreichung mit schwarzem Kajal hervor. Ein Bein hochgeschlagen. „Hei, Jungs, ihr werdet es nie mehr vergessen!" Die Männer lachen, sie rufen zurück. Eine andere beugt sich vor und reckt ihren Arsch in das Publikum.

Die Männer grölen noch mehr, sie stoßen mit Bierflaschen an und setzen sich die Flaschenhälse an die Lippen. Die Flüssigkeit läuft links und rechts aus ihren Mundwinkeln, den Blick stets starr auf die Huren gerichtet. Da ist noch eine Kleine mit braunen Locken. Sie hat ein schwarzes Mal über dem rechten Mundwinkel und ein recht blasses Gesicht. Sie wirkt etwas kränklich, auch etwas zurückhaltender als die anderen. Sie sitzt nur auf ihrem Hocker, hat die Beine überkreuzt und hält sich, die Hände über dem oberen Knie verschränkt, in der Waage. Sie trägt Netzstrümpfe und hochhackige Schuhe. Einen Unterschenkel lässt sie beständig in einem Kreis baumeln, die Stola, die sie um den Hals trägt, schwingt dabei mit. Für einen Augenblick stützt sie beide Hände fest in die Seiten.

Die Männer schreien und toben, saugen an ihren Flaschen, und ein eigenartiger Glanz taucht in mancherlei Augen auf. Frank beobachtet es, er beobachtet alles, die Huren, die Männer, er beobachtet den eigenartigen Glanz und auch die Kleine, die sich etwas zurückhält.

Er sucht sich wieder den Weg auf die Straße. Er will noch einmal zusehen, ob es noch etwas gibt, das er noch nicht kennt, das er noch nicht gesehen hat.

Wie er wieder von dem Holzschuppen hervorkommt, sieht er die Straße wieder. Diese Straße, in der links der Clown war und rechts der starke Mann mit der Kette. Er erkennt alles wieder, und er fängt mit seiner Nase auch wieder diesen Geruch von Lebkuchen und schokoladen-überzogenen Früchten ein. Frank sucht sich den Weg zurück. Je mehr er sich aber der Lichtglocke, die sich über das Geschehen setzt, nähert, desto ferner erscheint sie ihm. Je schneller er geht, desto mehr entfernt sich dieser Lichtkegel von ihm. Er läuft, und so verschwindet diese Glocke aus Licht in der Dunkelheit, wie vorher der Ballon des Kindes seine Gestalt in dem Dunkel der Nacht verloren hat. Es ist nur noch ein ferner Punkt. Frank läuft, sein Herz rast, Schweiß rinnt ihm in Strömen über die Stirn. Er rennt noch immer – auch wenn er längst erkannt hat, dass er den winzigen Punkt am Horizont nie mehr erreichen wird.

Erschöpft sinkt er nieder. Er sackt in sich zusammen. Der helle Punkt in der Ferne ist völlig verschwunden. Er verpufft gänzlich, die Dunkelheit saugt ihn auf. Frank findet sich in einem endlosen Schwarz wieder. Er sieht keinen Ausweg, er sucht einen Zug zu tun. Doch was soll man tun, wenn man doch tun kann, was man will, und es doch keinen Sinn hat? Du kannst dich einsperren – in einer kleinen, dunklen Kammer. Du kannst dir eine kleine, für dich heile Welt schaffen. Eine Tonne – du setzt dich rein und starrst in den Himmel. Aber irgendwann wirst du müde, unsäglich müde.

Was soll man also tun? Man kann tun, was man will, es hat doch keinen Sinn. Wenn du Angst hast, dann tu es nicht. Wenn es aber eine Angst vor dem Leben ist?

Marianna! Was ist es denn? Was war es denn? Es ist eine so grausame Angst vor dem Leben, eine so große Unfähigkeit, damit umzugehen.

Ein Schauer fällt über Frank, er erzittert am ganzen Leib und hält sich in der Hocke, er sucht sich einen Schutz. Es ist nichts um ihn, er sucht nach einem Zug, denn er ist ein Schachspieler, und er erkennt, dass er keinen Zug mehr tun kann. Es ist da nichts, was ihm einen Ausweg bieten könnte, keine Hilfe, keine Zeitschrift, kein Gegner – nicht einmal eine dieser hölzernen Figuren.

Nicht plötzlich, sondern schleichend kehrt etwas völlig Seltsames ein. Frank liegt nur da. Das Ganze bekommt einen Geschmack von bereits Erlebtem. Er riecht in die Vergangenheit. Es ist nichts Neues. Man erlebt es oft. Man sucht in den Träumen der vergangen Nacht, sucht in Träumen von längst vergangenen Nächten. Es hat dieses Bekannte an sich. Es klebt auf den Lippen. Man sucht mit der Zunge dem Geschmack seine Zeit zu geben. Es verschwindet, und man stellt sich an das Fenster, um in das Grau des Himmels zu starren, um abzuschätzen, wann der Regen aufhören könnte. Still! Es spielt Musik im Hintergrund. Man lehnt sich an den Rahmen einer Tür, und mit einem Mal möchte man schreien, laut schreien. Mit der ganzen Inbrunst, mit aller Gewalt. Schreien, dass der Speichel an den Lippen lange Fäden schlägt, schreien, dass es alles durchdringt. Es kehrt etwas ein, etwas Bekanntes, es hat wieder einen eigenen Geschmack. Es ist etwas aus Kindheit, aus Vergangenheit, es legt sich in einem Schleier über dich. Es hält dich ganz fest und will dich schreien lassen. Angst! Unermessliche Angst! Unvermittelt: Hab keine Angst! Wenn es wirklich kommt, dann springst du einfach, und du schaust auf den Asphalt unterhalb des Fensters. Beruhigt! Man könnte springen, es wäre also nicht verloren. Verloren? Und du überlegst, und nicht nur die Tatsache des harten Asphalts beruhigt, sondern auch die Möglichkeit, losschreien zu können, die Möglichkeit, das Fenster aufreißen zu können und laut hinauszubrüllen. Es hat etwas Beruhigendes an sich. Dennoch wendet man sich schnell ab, denkt an etwas anderes, denkt nicht an die Trostlosigkeit, nicht an die Vergangenheit, obwohl es keine Gedanken sind, die einen in diese Situation stoßen. Es ist ein Gefühl, ein Gefühl, das bei den Haaren anfängt und erst in den Zehen endet. Es lutscht dich von oben nach unten ab, bis es dich voll gefangen hat. Es ist eigenartig, es ist so eigenartig.

Irgendwie ist alles so bekannt. Alles erscheint schon mal gelebt. Du sitzt in einer großen Lache, eine Lache, die schon ausgelutscht ist. Es ist schon längst erlebt. Man wiederholt nur etwas, wieder und wieder. Es hört nicht mehr auf. Es ist doch sonst nur ein kleiner Augenblick, ein Wink von einem Augenblick. Aber das hier? Das hier ist die Hölle, es ist der Himmel, es steht da, und du liegst drin und fragst dich, wieso der harte Asphalt eine so seltsam beruhigende Wirkung hat.

Jetzt regt sich Frank etwas. Der Morgen dämmert. Es ist ein Traum gewesen. Frank ist wach geworden, früher als sonst. Er dreht sich noch einmal um. Eigentlich will er nicht mehr schlafen. Was aber sollte er sonst tun? Was sollte sonst einen Sinn haben?

Ende des zweiten Teils

DRITTER TEIL

1. KAPITEL

Es ist kalt im Morgengrauen, Männer in leuchtenden, orangefarbenen Mänteln fegen mit ihren Besen über die Bürgersteige. Sie beseitigen die Spuren der Nacht. Der warme Hauch der Arbeiter stößt sich an ihren Schnauzbärten und schlägt helle Wolken in die kalte Luft. Ein Leben, das sie sich nicht leisten können, ein Leben, das sie nicht verstehen können, sie sammeln die Spuren, die es auf den Gehwegen hinterlassen hat. Sie bringen sich durch den Tag, indem sie mit ihren Reisigbesen an den viel zu langen Stielen die Reste eines Lebens beseitigen, für das sie kein Verständnis haben, gar nicht haben können.

Schüchtern fällt Tageslicht durch die Straße, eine andächtige Stille, durchbrochen von dem Rasseln des Reisigs, wenn er über den Asphalt zieht und ein paar Kiesel nach sich zieht, die am Straßenrand entlangschlittern und schließlich mit ihrem nervösen Ton verhallen. Überbleibsel vom Winter, Streugut.

Ein Räuspern eines Arbeiters, eine Wolke, die sich in die Luft schlägt und für einen Augenblick ihre eigenartige Form beibehält, bevor sie in sich zusammenkriecht und sich in der Luft verschmiert. Kiesel und das Licht, das scheu die Straße hochkriecht.

Einer der Arbeiter stützt sich auf seinen Besenstiel, und Frank taucht unerwartet auf. Er kommt aus Lillys Bar raus und wackelt betrunken die Straße runter – vorbei an den Arbeitern, die ihm verwundert nachschauen, vorbei an dem Licht, das leise vor seine Füße fällt, die sich unsicher den Weg suchen, und auch vorbei an der Stille, die so fremd in der Stadt ist, dass man sich zaghaft umdrehen und sich vergewissern will, ob man wirklich richtig ist.

Frank verschwindet um die Ecke, und der Arbeiter nimmt seinen Besen wieder in beide Hände und streicht ihn mit Unverständnis über den Asphalt. Er schüttelt seinen Kopf, und der erste Sonnenstrahl des Tages fängt sich in einem seiner Augenwinkel.

Ein Auto fährt an ihm vorüber. Eine junge Frau läuft in ihren unbequemen Schuhen zur U-Bahn-Station. Sie ist anscheinend spät dran. Vielleicht hat sie verschlafen. Das Klappern ihrer Absätze durchdringt die Straße. Der Arbeiter stützt sich wieder auf seinen Stiel. Hinter mehr und mehr Fenstern brennt künstliches Licht. Langsam wacht die Stadt auf. Die wenigsten sind es, die sich momentan den Weg nach Hause suchen, die wenigsten, die ihre Jalousien runterlassen und versuchen, den Tag aus ihrem Leben zu verbannen.

Die Menschen wachen auf. Der Winter ist eigentlich vorbei, die Nacht auch. Der Lärm, den die Betrunkenen in Schwabing veranstaltet haben, ist verhallt. Die Arbeiter beseitigen schnell noch die Reste. Es bleibt ein sauberer Straßenzug, jungfräulich wie der Morgen.

Hinter einem der beleuchteten Fenster hantiert ein Mann. Er setzt den Kaffee auf, klemmt sich eine Stofftasche unter den Arm und läuft damit zum Bäcker, um seine Frau mit den frischen Brötchen zum Frühstück zu überraschen.

Der Winter ist eigentlich vorbei, auch wenn es am Morgen noch kalt ist, auch wenn noch etwas Reif auf den Fensterbrettern liegt. Die ersten Sonnenstrahlen des Tages, die die Straße hochkriechen, machen sich an dem Reif zu schaffen.

Niemand glaubt mehr an den Schnee, an das Eis oder an die Kälte. Nervös zieht er die Schlüssel aus seiner Hosentasche, lässt sie mal auf den kalten Boden fallen, das Scheppern tönt durch die Straße, und schließlich verschwindet er doch hinter der Haustür, um schnell die Treppen hochzujagen. Der Kaffee müsste bereits durch sein, die Frau hoffentlich noch nicht wach, die Stofftasche mit den frischen Brötchen hat er fest unter dem Arm eingeklemmt.

Der Tag hat begonnen. Der Arbeiter schleift seinen Reisigbesen ein letztes Mal über den Gehweg. Die Arbeit ist getan, die Straße befreit von den Überbleibseln der Nacht. Sie ist bereit für den Tag. Den Besen hinter sich herziehend, schleicht er die Straße runter und verschwindet um das Eck, verständnislos.

Ein neuer Abschnitt beginnt, ein Abschnitt, den er ebenso wenig versteht, auch gar nicht verstehen will.

An der Tür zu Lillys Bar hört man den Schlüssel, wie er sich in dem Schloss dreht. Das letzte Licht, das noch durch die gegerbten Fenster auf die Straße fällt und sich dort abzeichnet und schließlich erlischt. Der Tag beginnt, was will man daran ändern?

Frank ist bis zum Morgengrauen in der Bar gewesen. Lilly hatte eigentlich längst geschlossen. Sie saß mit ihm zusammen, und sie tranken, es ergab sich einfach so. Sie verloren sich in einem Gespräch. Erst als Licht von draußen durch die Fenster fiel, schreckten beide auf, und Frank suchte sich den Weg nach Hause. Er war nicht davon abzubringen, Lilly versuchte es, sie wollte ihn überreden, dass er bei ihr bliebe, es gelang ihr nicht.

Frank war die letzte Zeit selten in der Bar gewesen, er schaffte es nie, er hatte viel zu tun. Er spielte, und er gewann. Er ist nämlich ein Gewinner, auch wenn er nicht danach aussieht. Aber wie sehen Gewinner eigentlich aus, wenn sie den Lorbeerkranz abgelegt haben und auch die Arme mal hängen lassen? Er übte viel, er wollte nämlich gewinnen. In der Bar sah man ihn dafür selten. Selbst die sonst so träge Lilly zeigte sich hocherfreut, wenn er dann mal wirklich kam und sich auf einem der Hocker niederließ. Die Sache mit Helga schwieg sie einfach tot. Sie wollte es ihm nicht lange anhängen. Was sollte es auch für einen Sinn haben? Es war doch immer noch Franks Sache.

Noch einmal öffnet sich die Tür zur Bar. Lilly tritt auf die Straße, sperrt wieder zu und schaut die Straße rauf und runter. Kein Mensch zu sehen, der Morgen hat schon längst begonnen. Sie wankt die paar Schritte bis zur nächsten Querstraße und biegt dann nach links ab.

Dieses Schwabing ist schon ein seltsames Pflaster. Viele der Menschen, die hier leben, hängen einem längst verstorbenen Traum nach. Sie wollen es bloß nicht wahrhaben. Es lebt nur noch ein Relikt des Glaubens an die Außergewöhnlichkeit, es ist dieses Überbleibsel, das die Menschen immer wieder nach Schwabing zieht. Die ganze Gegend, die ganze Nachtszene aber verliert jede Individualität in einem gleichförmigen Brei, der wieder und wieder durchgeknetet wird, und wenn man nicht mitmacht und wenn man versucht, gegen den Strom zu schwimmen, dann geht es einem wie Lilly – man muss zusehen, wie man über den nächsten Tag kommt.

Sie ist zu Hause angekommen, angezogen lässt sie sich auf das Bett fallen und schläft auf der Stelle ein, selbst das Licht brennt noch.

Lilly ist die ältere der beiden Schwestern gewesen. Sie waren auch die einzigen Kinder eines trinkenden Arbeiters aus einer Kleinstadt in Niedersachsen. Die Mutter war längst tot. Sie waren beide noch sehr jung. Irgendwie bemerkten sie es gar nicht. Die Mädchen wuchsen mit dem bestimmten Gefühl auf, dass es nie eine Mutter gab.

Die Schule hatten sie mit Ach und Krach hinter sich gebracht und wollten dann zusehen, dem ganzen Mief ihrer gewohnten Umgebung zu entkommen. Es war mehr als dieser gewöhnliche Schwesternbund, es war mehr eine Komplizenschaft, begründet auf der kleinen Hoffnung, mehr vom Leben zu erhalten, als man ihnen bisher geboten hatte.

Auch wenn er sie nicht schlecht behandelte, er schlug sie nicht, er verging sich überhaupt nicht an ihnen, zwang sie zu nichts – irgendwie schien er sie auf seine Weise gern zu haben, es waren auch seine Töchter. Er wollte ihnen sogar etwas vermitteln. Er hätte ihnen gerne etwas mit auf den Weg gegeben, er wusste bloß nicht was. Er wusste auch nicht wie.

Er hatte es nie gelernt, sich zu artikulieren. Er konnte keinem Gedanken eine Form geben. Aber er konnte eine Bierflasche aufmachen, und das tat er dann immer, wenn er merkte, dass etwas kam, was ihn überfordern würde.

Er machte viele Bierflaschen auf und saß seinen Töchtern hilflos gegenüber. Er weinte auch mal. Er hätte gerne was gesagt, konnte aber nicht, er griff zum Flaschenöffner, stieß ein paar Seufzer aus und setzte sich den Flaschenhals an die Lippen. „Ich ... ich ... ich weiß auch nicht", er rieb sich das unrasierte Kinn und verschmierte die paar Biertropfen, die sich in dem grauen Bartansatz verfangen hatten, „ich weiß auch nicht, wie es weitergehen soll."

Die Mädchen wussten es. Lilly wartete nur noch, bis Marianna volljährig war, dann, so war ihr Plan, dann würden sie verschwinden, und nichts könnte sie mehr aufhalten.

Sie lebten mit diesem Traum. Es war alles, was sie brauchten – es gab eine Hoffnung, es gab dieses andere Leben, sie waren sich sicher. Alles, was sie tun mussten, war, sich aufzumachen und es zu suchen.

Der Vater würde für sich selber sorgen können. Wer weiß, wahrscheinlich würde er es sogar leichter haben, dachten sie und beobachteten ihn aus den Augenwinkeln, wenn er vor dem Fernseher saß und ein Fußballspiel verfolgte. Gelegentlich hob er seinen Arsch und furzte, er hätte auch gerne was gesagt, er wusste bloß nicht was. Er hatte nicht den Mut. Er hat nie erkannt, dass es feige ist, den starken Mann zu spielen. Er meinte gerade immer das Falsche. Vielleicht wollte er ihnen wirklich mehr auf ihren Weg geben. Vorerst aber war es nur der Rat, sich eine Arbeit zu suchen. Lilly jobbte in einer Bar, für Marianna fand sich nichts. Die beiden wussten, dass es nicht mehr lange dauern würde, sie versuchten, sich durchzuschlagen.

Als es dann endlich so weit war und Marianna ihren Geburtstag feierte, da kratzte Lilly alles Geld zusammen. Sie packte zwei Koffer, einen für sich, einen für Marianna. Sie tranken eine Flasche Sekt. Der betrunkene Vater hätte vielleicht gerne was gesagt. Er wusste bloß nicht was. Das Leben ist schon etwas Eigenartiges. Kinder in die Welt setzen ist nicht schwer, aber umgehen damit, das muss man erst einmal können.

Sie tranken das Glas aus. Lilly holte die zwei Koffer aus ihrem Zimmer und meinte zu ihrem Vater, dass sie mit Marianna gemeinsam nach München gehen würde. Ein Bekannter würde sie dort erwarten. Sie würden zusehen, sich dort ein Leben einzurichten, keine Minute länger wollten sie hierbleiben. Marianna nickte nur schüchtern dazu. Der Vater war erst sprachlos. Erst als Lilly ihn drängte, meinte er: „Und was ... was wird aus mir?"

„Aber du brauchst doch nicht uns ... für dich?"

„Aber Marianna, du auch? Willst du auch deinen Vater sitzen lassen? So sag doch was!"

Sie nickte schüchtern und meinte dann: „Aber versuch uns doch zu verstehen, irgendwie muss es doch noch mehr geben – wir wollen uns umschauen!"

Die Mädchen nahmen ihre Koffer und gingen. Es war schon dunkel, als sie am Bahnhof ankamen, die Nacht müssten sie nun in dem Zug verbringen, morgen früh dann sollte das neue Leben beginnen, ein Leben in Freiheit, ein Leben ohne all diese Hässlichkeit, von der sie tagtäglich umgeben waren, die ihnen tagtäglich vor die Füße kotzte.

Lilly hatte diesen Bekannten in München, es war ein Bekannter aus der Schule, er holte sie auch wie versprochen vom Bahnhof ab und brachte die beiden erst mal bei sich unter. Es war eine kleine Wohnung in Schwabing, es sollte auch nur so lange sein, bis sich etwas anderes gefunden hatte.

Und es fand sich schnell etwas Neues, die beiden lebten sich schnell ein. Sie fingen zugleich einen Job in einer Bar an – in Schwabing. Eine günstige Wohnung war schnell gefunden. Zuerst wohnten die beiden zusammen, es war das Sinnvollste. Sie hatten auch niemand anderen. Marianna schmiss aber bald den Job, sie würde – so meinte sie – hier nicht in dieselbe Gefangenschaft geraten wollen wie zu Hause bei ihrem Vater.

Von da an lungerte sie nur mehr herum, alles Beschwören vonseiten Lillys half nicht, Marianna war nicht mehr davon abzubringen, sie weigerte sich, auch nur einen weiteren Tag in der Bar zu arbeiten.

„Wenn dir dein Arsch nicht mehr wert ist als diese paar lumpigen Mark, die dir an einem Abend übrig bleiben, dann ist das deine Sache. Lass aber bitte mich da raus, meinen Arsch kriegen die nicht so billig."

Lilly hing an ihrem Job, sie spekulierte darauf, den Laden zu übernehmen; sie hatte alles, was man für diesen Job brauchte. Die Welt sollte sehen, dass sie es zu etwas bringen konnte. Es war mehr als nur ein Laden, der ihr gehörte, es war eine grenzenlose Freiheit, etwas auf die Beine gestellt zu haben, etwas aus einem Nichts errichtet zu haben, eine Existenz, ein Leben, das sich auf sich selbst gründete.

Lilly schmiss Marianna aus der Wohnung. Sie sah keine andere Möglichkeit mehr, sie zur Selbstständigkeit zu bringen. Marianna fand daraufhin, unter einigen Mühen, diese kleine Wohnung am Rande des Englischen Gartens. Der Eigentümer nahm sie wohl bloß, weil er ihr an die Wäsche wollte. Marianna nützte es aus und ließ ihn dann nicht ran.

Sie lebte dort die letzten Jahre und versuchte, sich mit allerhand Aushilfsarbeiten über Wasser zu halten. Meist aber scheiterte sie kläglich dabei. Sie war einfach nicht geschaffen für die Regelmäßigkeit, für das, was man gemeinhin unter Zuverlässigkeit versteht.

Alles, was sich hinter Regeln und Normen verbarg, war für sie unerreichbar, scheiterte kläglich an ihr. Das Leben war schwer genug! Man musste sich nicht noch unbedingt an allen Ecken und Enden ein Bein stellen und sich endlos in einer Ordnung verstricken, die keiner mehr überblicken konnte. Es war klar, dass sie mit ihren Einstellungen im Berufsleben nicht weit kam. Sie liebte das Chaos, aber sie war ziemlich allein damit.

Sie lernte ein paar Kerle kennen. Rumtreiber, sie hingen immer wieder im Englischen Garten rum. Marianna gesellte sich zu ihnen, was sollte sie sonst treiben, dachte sie für sich, und so hing sie oft dort hinten am Kiosk, gleich beim See, herum. Es waren Trinker, Junkies, junge Leute, die sich erhofften, in einem Rausch das zu finden, was ihnen das Leben anscheinend nicht geben wollte.

Lilly hatte keinen großen Einfluss mehr. Sie versuchte es, sie scheiterte. Es war auch ihre Arbeit, die sie davon abhielt, sich mehr um Marianna zu kümmern. „Aber es kann doch so nicht weitergehen! Hei, ich übernehme den Schuppen, arbeite doch bei mir!"

Es war nichts zu machen, Marianna weigerte sich, auch nur weiter als fünf Minuten in die Zukunft zu planen.

„Ich bin so weit weg ... von allem. Von zu Hause, von einer Sehnsucht, von einem Traum. Was soll ich tun? Ich weiß es nicht, ich will mal sehen, aber meinen Arsch gebe ich nicht so einfach her."

Lilly versuchte es wieder und wieder, es war nichts zu machen, Marianna rutschte immer tiefer in diese Szene hinein, und irgendwie kam sie an dieses Heroin. Nein. Sie müsse nichts tun dafür, es würde ihr geschenkt werden – gelegentlich.

„Wer schenkt dir dieses Zeug? Das kannst du mir doch nicht erzählen!"

„Nein – ehrlich, es ist geschenkt. Ich tu da nichts dafür."

„Du hast gesagt, dass du deinen Arsch nicht so billig hergibst – und jetzt?"

„Aber wenn ich es doch sage: Es ist geschenkt, ich lass mich deswegen nicht aufs Kreuz legen. Außerdem spritze ich es nicht, ich kann es gar nicht."

„Lass die Finger davon. Ich kann es dir nur raten. Ich weiß nicht, ich glaube, dass es nicht gut ausgehen wird."

Marianna steckte das Tütchen wieder ein, Lilly räusperte sich.

„Weißt du, schau dir diese Gestalten doch an. Selbst wenn sie für einen Augenblick die glücklichsten Menschen sind, im nächsten Augenblick ... ich weiß nicht ... denk doch mal an unseren Vater."

Vielleicht half es, Marianna wurde jedenfalls nie von diesem Zeug abhängig, sie zog sich gelegentlich eine Spur Schnee in die Nase, lud auch mal jemanden ein, das war es dann aber. Sie trieb sich rum, hing im Englischen

Garten fest und zahlte ihre Miete nicht. Sie schlingerte so durch das Leben, trat einen Job an und vermieste ihn sich gleich wieder. Sie konnte es einfach nicht. Sie konnte einfach nicht das sein, was man unter zuverlässig versteht – sie war einfach so ein Mensch. Nichts konnte sie aus der Ruhe bringen, wenn sie nicht wollte. Nichts konnte sie beruhigen, wenn sie aufgebracht war. Das Leben findet im Augenblick statt, nicht später, nicht in zehn Minuten, nicht einmal in fünf Minuten, jetzt, genau jetzt, in diesem einen momentanen Augenblick wird gelebt. Sie setzte immer alles daran, diesen einen Augenblick auch mit ihrem Leben in irgendeiner Weise auszufüllen.

Eigenartig erschien ihr nur diese Einsamkeit, in die sie dadurch fiel. Diese Einsamkeit und Fremde, die sie mit einem Mal umgab. Den Junkies am Kiosk blieb sie fern, es blieb aber sonst nichts. Die Schwester, ja, die arbeitete. Sie begann mittags, sie hörte erst spät in der Nacht auf. Gelegentlich schaute Marianna in ihre Bar, sie trank mit dem einen oder anderen Gast. Ein paar Gesichter kannte sie. Es war anders als die Welt am Tage. Sie mochte diese Bar schon, aber sie wusste auch, dass es irgendwann ein Ende haben würde und dass man dann doch wieder auf sich selbst gestellt wäre. Und wenn man dann nicht weiß, was man mit sich anfangen soll? Es ist eine seltsame Leere im Tag, im Leben. Es muss doch etwas geben, was dies füllen könnte!

Marianna lernte Frank kennen, sie stolperte gerade etwas unbeholfen über einen Weg am See entlang. Sie kannte Frank schon vom Sehen. Er war immer auf irgendeinem der Wege, die um diesen See führten. Er hatte eine Ähnlichkeit mit ihr, beschloss sie, und begann, sich für ihn zu interessieren. Erst recht, als sie ihn mal in der Bar von Lilly sah. Sie kamen ins Reden, es ergab sich eine Freundschaft. Eine Freundschaft, die Marianna etwas von dieser Eintönigkeit nahm, eine Freundschaft, in der man auch mal gefordert war, etwas zu erzählen, etwas zu berichten, eine Meinung zu äußern.

Eine Hoffnung, so etwas wie die Möglichkeit, sich irgendwie als eigene, oder besser, sich als individuelle Persönlichkeit einzubringen – für Marianna war es etwas Neues. Sie stand ihm ängstlich gegenüber. Was konnte es noch in sich bergen?

Nach und nach verlor sie die Scheu vor Frank. Sie nahm ihn sogar mit in ihre Wohnung, wo sie sich eine Spur Heroin in die Nase zogen. Nun war er es, der die kalten Füße bekam. Er lief auf und davon, offenbar hatte er vor, nichts mit ihrem Leben, nein, nichts mit diesem Leben gemein haben zu wollen. Es war da sonst nichts, was sie teilen könnte. Höchstens eine Spur von diesem Stoff könnte sie hergeben. Sonst hatte sie nichts. Sie hatte sonst nie etwas. Es ergab sich nie etwas für sie. Das war schon immer so. Immer wenn die Runde an sie ging, dann hoben alle fragend die Schultern und zogen die Köpfe ein. Marianna? Es tut uns leid! Wieder mal hatte man nichts für sie, wieder mal hatte man nichts mit ihr!

Irgendwann fing sie mit dem Schreien an, sie wollte gehört werden, und man hörte sie. Man hörte sie durch das

Treppenhaus schreien. Es schien der Putz von der Wand abfallen zu wollen. Sie schrie wie eine Besessene, sie wollte auch gehört werden. Sie schrie nur unartikuliert. Sie schrie keine Worte, keine Sätze, nicht einmal Satzzeichen. Sie schrie nur unstrukturierte Laute, nur ein gellendes Äh oder nur ein böses Ah. Sie schrie wie eine Wahnsinnige. Sie schrie, bis ihr der Speichel von den Lippen hing, er schlug immer mit. Es hatte sonderbarerweise immer seine Ordnung.

Und dann, Marianna ... dann bist du gesprungen, bist gesprungen, weil du nicht mehr gewusst hast, wie es sonst noch gehen könnte. Oh, Marianna, es ist schon eigenartig.

2. KAPITEL

Als Frank wieder aufwacht, ist es bereits Mittag. Ein Klopfen an seiner Tür hat ihn aufgeweckt. Er hält sich nur die Bettdecke vor und öffnet. Es ist seine Nachbarin, sie erkundigt sich nach ihrer Katze, die sie schon seit zwei Tagen vermissen würde.

„Nein, tut mir leid, ich habe Ihre Katze nicht gesehen." Er schließt die Tür wieder und stapft gleich in das Bad. Vor der Tür hört man noch die Nachbarin. „Ich konnte ja nicht wissen, dass Sie noch schlafen." Frank vernimmt es nicht mehr, er schmiert sich schon den kühlen Rasier-schaum auf die Wangen und sucht nach dem Rasiermes-ser.

Er hat das Radio nebenbei laufen und denkt an Helga. Er denkt, dass er sie schon lange nicht mehr gesehen hätte und sich eigentlich mal bei ihr melden sollte. Er denkt, dass es schon Mittag sei und dass sein Zustand es eh nicht erlaube, sich mit Schach auseinanderzusetzen. Er denkt auch an Lilly, und er erinnert sich an Teile des gestrigen Gespräches. Lilly hat von ihrer und Mariannas Kindheit erzählt und schließlich davon, wie sie nach München kamen. Endlich hat er sich den weißen Schaum aus dem Gesicht geschabt und auch den Kaffee aufge-setzt. Es ist eine eigenartige Stimmung, wenn man so spät in den Tag kommt. Irgendwie hat man das bedrü-ckende Gefühl, etwas versäumt zu haben. Versäumt?

Zuerst will er eine Runde um den Block gehen, um den Kopf von den ganzen Gesprächsfetzen frei zu kriegen, die noch in der einen oder anderen Ecke seiner Erinne-rung hängen und erst geschluckt werden wollen. Er raucht und schlendert die Straße entlang. Als er an der Eingangstür steht und schon Helgas Klingelknopf drü-cken will, da zögert er noch einmal und geht eine weitere kleine Runde. Was soll er ihr sagen? Wieso eigentlich kommt er?

Er raucht wieder, und schließlich kommt er ein weiteres Mal an der Tür vorüber. Aber wieder traut er sich nicht. Er zögert anfangs, hat den Finger schon ausgestreckt und den silbernen Knopf schon mit der Fingerspitze berührt, als er ihn schnell noch einmal zurückzieht und sich für eine weitere Runde um den Block entscheidet. Eigentlich will er doch gar nicht zu ihr. Was wollte er denn da auch? Er stützt die Hände tief in die Hosentaschen und stößt einen Stein mit der Fußspitze vor sich her. Was will er eigentlich bei Helga? Und außerdem wird sie sowieso in der Kanzlei sein. Jeder vernünftige Mensch arbeitet um diese Zeit. Er schaut auf die Uhr. Es ist früher Nachmittag. Und was würde eigentlich Helga von ihm denken, wenn er plötzlich vor ihrer Tür stehen würde? Und was, wenn da noch ein anderer Kerl da wäre? Nein, nein, sie ist sicher in der Kanzlei.

Frank geht in den Englischen Garten. Er dreht eine Runde um den See. Dann sollte sein Kopf wieder frei sein, dann sollte es eigentlich mit dem Schachspiel wieder klappen. Irgendwie ist er in letzter Zeit sowieso etwas träge, es gäbe vieles nachzuholen.

Es sind die ersten warmen Frühlingstage. Die Parkbänke um den See herum laden geradezu zum Hinsetzen ein, und Frank lässt sich auf einer dieser grün lackierten und unbequemen Bänke nieder. Die Sonne scheint ihm in das Gesicht, er lehnt den Kopf in den Nacken und hat die Augen geschlossen. Wie er so daliegt und dem Geschnatter der Enten zuhört, denkt er darüber nach, wie das alles weitergehen könnte. Er meint, irgendwie muss sich ja bald wieder etwas tun. Aber was? Er blinzelt aus einem Augenwinkel hervor, kurz schweift der Blick über den See, dann blendet die Sonne wieder zu sehr. Nein, nein, Marianna kann gar nicht hier sein.

Frank atmet tief durch, und außerdem, was sollte Marianna auch daran ändern? Letztlich hängt es auch nicht von ihr ab, ob und wann sich etwas tut, ob und wann sich so etwas wie eine gewisse Zufriedenheit mit der Situation einstellt.

Er müsste noch Schach spielen, aber er kann sich einfach nicht von dieser Bank trennen. Er kann sich nicht von diesem Lichtstrahl trennen, der ihm satt in das Gesicht hängt und eine ungewohnte Wärme in sich trägt.

Ein Gedanke jagt den anderen, aber keiner birgt etwas in sich, was man sich merken möchte oder auf einem kleinen Notizblock, den man für solche Zwecke stets mit sich führt, festhalten wollte. Nichts scheint die Eintönigkeit durchbrechen zu wollen – anscheinend ist man verdammt zur Gewöhnlichkeit, anscheinend soll man auch dankbar dafür sein. Vorsichtshalber ist man es auf jeden Fall, es macht die Sache leichter.

Aber irgendwas muss es doch geben! Irgendwas, von dem man sagen könnte, dass es sich lohnt, auf der Welt zu sein. Gerade will er wieder aus einem Augenwinkel blinzeln, die Sonne aber strahlt zu hart, es sticht etwas in den Augen. Frank drückt fest die Augenlider nieder, rote Punkte flackern auf und verschmieren sich mit den erhellenden Flecken, die über den Hintergrund der Lider schweben wie Blutkörperchen über das Reagenz eines Pathologen.

Etwas muss da doch sein! Frank scheint etwas einzudämmern. Er hat die beiden Hände hinter seinem Kopf verschränkt. Es verstreichen einige Minuten, in denen er sich nicht regt. Eine leise Frühlingsbrise weht über den See und trägt das Schnattern der Vögel zu ihm auf die Bank. Er reibt sich die Augen, und wie er sich etwas streckt und mit den Armen dabei weit ausholt, da merkt er, dass ein Kerl neben ihm sitzt; er starrt ihn von der Seite an und hat dabei die Arme über der Brust verschränkt, die Beine weit ausgestreckt.

„Bist du immer hier?"

Frank schaut verdutzt, woher kennt er nur diesen Kerl, und wieso quatscht der ihn so vertraut an? Er bleibt stumm, er beobachtet den jungen Mann kritisch von der Seite und reibt sich das glatt rasierte Kinn.

„Du musst nicht antworten. Du bist nicht immer hier. Ich weiß es. Ich bin nämlich immer hier. Ich müsste es wissen."

Er zupft an seinem Sakko, er ist gut gekleidet. Irgendwie sieht er nicht danach aus, jeden Nachmittag auf einer Parkbank zu sitzen. Das Haar glatt, mit Pomade straff an den Kopf gekämmt, eine Sonnenbrille, die Beine übereinandergeschlagen. Eigentlich scheint er die meiste Zeit mit wichtigen Telefongesprächen zu verbringen, von Termin zu Termin zu hetzen. Er wirkt, als hätte er zwei oder besser drei Sekretärinnen, die darauf achten, dass er keinen Fleck am Hemd hat und seine Termine nicht versäumt.

Er nimmt forsch seine Sonnenbrille ab und schiebt sich den einen Bügel in den Mund, wobei er nervös darauf herumbeißt, während er sich mit einer Hand in seine Innentasche greift. Er lächelt etwas, als er einen Flachmann hervorzieht und den Verschluss abdreht.

„Probier das mal, vielleicht geht dir dann der Mund auf!"

Frank nimmt die Flasche, die ihm der Mann reicht, und schnüffelt erst mal dran rum, bevor er sich die Flasche an den Mund setzt und erst zögernd einen kleinen Schluck nimmt, sie dann aber auf einmal leer saugt.

„Das war ja höchste Zeit, dass ich kam, scheint mir." Er setzt sich die Brille wieder auf und lehnt sich zurück. Sein Lächeln ist anscheinend erstarrt. Der Sonnenstrahl hängt ihm ins Gesicht. Frank hält noch immer die leere Flasche in der Hand und schaut etwas verdutzt um sich. Er weiß nicht so recht, was er von diesem Kerl halten sollte. Er weiß auch nicht, ob er ihn jetzt kennt, bekannt kommt er ihm auf alle Fälle vor.

„Danke für den Drink. Er hat gutgetan." Er reicht die Flasche an den grinsenden Mann. Dieser aber rührt sich nicht. Er macht keinerlei Anstalten, die Flasche zu nehmen, sondern hängt gelassen auf der Bank und scheint nichts um sich herum wahrzunehmen. Frank stellt die Flasche einfach etwas unbeholfen auf die geneigte Sitzfläche der Bank.

Mit einem Mal – Frank hat sich auch wieder zurückgelehnt –:

„Eine Hand wäscht die andere. Du hast mich mal am Straßenrand aufgelesen, nachts, ich hing an dem felsigen

180

Rand der Welt. Der Drink ist das Mindeste, das ich tun kann."

Frank erinnert sich. Es war, als er Helga verlassen hat. Zuerst traf er Marianna im Hausgang, dann den Betrunkenen, der sich seine Innereien aus dem Leib kotzte, und schließlich fand er ihn, ihn, der sich in dem Lichtkegel einer Straßenlaterne mit einer Hand am Rand der Scheibe hielt.

„Hast du was vor?"

„Nee, eigentlich nicht, ich wollte eine Freundin besuchen, aber das kann ich ein andermal auch machen."

„Okay, dann komm mit, ziehen wir eine Runde um die Häuser. Hast du Lust?"

„Äh ... ja klar!"

Frank zuckt mit den Schultern und richtet sich zögernd auf. Weil sich der Mann nicht rührt, hält er noch einmal inne und lässt sich wieder auf die Bank fallen.

„Wie heißt du überhaupt?"

„Tom, nenn mich einfach Tom."

„Und was hast du vor ... Tom?"

„Weiß nicht, wollen mal sehen, es findet sich überall etwas, man muss nur die Augen aufmachen, alles steckt voller Überraschungen."

Tom schlägt sich auf die Knie und steht ruckartig auf, schiebt sich mit gestrecktem Zeigefinger die Brille weiter auf die Nase und stößt die Luft hörbar durch den gespitzten Mund aus.

„Okay?"

Er schaut zu Frank, der noch immer auf der Bank sitzt.

„Okay!"

„Dann wollen wir mal sehen! Komm, los geht's!"

Aber da zögert Frank wieder und lässt sich wieder auf die Bank nieder. „Und ... und wenn wir doch hierbleiben ... Ich meine, du hast gesagt, es findet sich überall etwas – wieso dann nicht hier, es ist doch viel einfacher?"

Tom wirft einen schnellen Blick auf den sandigen Boden und setzt sich wieder ruckartig neben Frank hin, der noch immer fragend die Schultern hochgezogen hat und den Kopf etwas hin und her bewegt.

„Du hast recht, Frank, wieso nicht gleich hier? Man sucht sich sein Glück immer ganz woanders. Würde man nur auf den Boden schauen, auf dem man steht, man würde sich viel Ärger ersparen."

„Du nimmst es mir nicht übel, dass ich lieber bleiben würde?"

„Übel? Nein, nein, du hast ja recht, wieso sollten wir laufen, wenn doch alles zu uns kommt?"

Frank schaut sich um, als ob er suchen würde, aus welcher Richtung etwas kommt, und Tom schreit auf:

„Da! Schau! Da kommt sie!"

Er streckt seinen Arm aus und deutet mit dem Finger den Weg entlang, auf dem eine junge Frau daherschlendert. Sie ist in Gedanken, starrt auf ihre Fußspitzen und schleift mit den Schuhen in dem sandigen Boden. Ein paar Kiesel fallen vor ihr her. Sie nähert sich der Bank, auf der die beiden sitzen und sie gespannt beobachten.

„Und jetzt? Was passiert jetzt?" Frank schaut zu Tom, als ob er das Ganze nicht verstehen würde.

„Jetzt? Jetzt holen wir das hübsche Ding ran und machen uns einen schönen Lenz mit ihr."

Wieder schauen sie beide in ihre Richtung. Sie ist schon ganz nahe, aber gesehen hat sie die zwei Männer noch nicht. Sie trägt ein Kostüm, sehr eng geschnitten, wirkt sehr seriös, wenn sie auch noch recht jung erscheint – ein weit fallender Mantel, den sie offen trägt und der den Blick auf die schlanken Beine freigibt.

Sie kommt an den beiden vorbei, sie bemerkt sie gar nicht, zu sehr scheint sie vertieft, vertieft in irgendeinen dunklen Gedanken, der sie nicht mehr loslassen will.

„Du kannst deinen dunklen Gedanken nachhängen, wo und wann du willst – nicht aber, wenn du hier vorübergehst."

Tom hat dabei die Hände hinter dem Kopf verschränkt, die Beine übereinandergeschlagen. Die Frau lächelt, anfangs gezwungen, dann aber überfällt sie das Lächeln, es zieht sich über ihr ganzes Gesicht.

„Sie lächelt! Hast du das gesehen? Sie lächelt!"

Tom greift Frank unter den Arm und rüttelt ihn, er brüllt es fast, es schmettert herzhaft über den Weg. „Sie kann lächeln, und wie!"

Er steht mit einem Mal auf, ruckartig, er tritt einen Schritt an die Frau heran, die noch immer etwas verwundert und mit einem angehaltenen Lächeln dasteht.

„Wir sind nicht auf der Welt, um Trübsal zu blasen. Wenn es nicht anders geht ... dann pusten wir einmal or-

dentlich, dann aber sollten wir wieder den Weg zurück-
finden. Dürfen wir Sie einladen? Ein Gläschen ... Prosecco ... vielleicht?"

Er zieht eine Flasche aus seiner Innentasche hervor, aus
einer anderen Tasche ein Glas und hält in der einen Hand
die Flasche und in der anderen das Glas.

Die Frau lacht noch mehr. „Klar!" Sie reibt sich die
Hände und tritt etwas spitzbübisch auf einer Ferse umher. Sie macht den Schritt auf die Bank zu und setzt sich
zwischen die beiden. Tom versucht sich am Korken. Und
weil er ihn nicht rausbekommt, dreht er mit aller Kraft
einen hölzernen Korkenzieher in den Hals der Flasche.
Die Frau hält währenddessen das Glas.

„Wie heißen Sie?"

„Warum so förmlich? Ich mein', wir sitzen hier gemeinsam im Englischen Garten und trinken, wir haben keine
Förmlichkeiten einzuhalten, oder?"

„Wir müssen gar nichts einhalten, oder? Wir halten sowieso immer zu viel ein, wir machen es uns immer
schwerer, als es eigentlich ist, es liegt in unserer Natur –
jedenfalls scheint es so zu sein. Also ich bin Tom, und der
stumme Kerl auf der anderen Seite ist Frank."

Frank nickt freundlich, er merkt, dass er dem Ganzen
nicht stumm beiwohnen sollte, so sehr es ihm auch gefällt.

Es knallt, der Korken ist raus, der Perlwein ergießt sich
in das Glas und schäumt knisternd auf.

„Ich jedenfalls bin Monja." Sie hebt das Glas, als ob sie
anstoßen wollte.

„Ach ja, wir trinken natürlich auch mit."

Er greift in die anderen Taschen seines Sakkos und zieht zwei weitere Gläser hervor. Eines reicht er Frank und schenkt von dem Prosecco ein, eines behält er, und schließlich stoßen sie an und trinken.

„Und ihr verbringt eure Zeit damit, fremde Frauen auf ein Glas Prosecco einzuladen?"

„Nein, nein, ich meine ... ich würde das nie tun. Frank kam auf die Idee, er meinte: Hei, schieb mal die Flasche in die Tasche, ein Glas dazu, und hol uns diese Frau da ran!"

Tom schaut über Monjas Schulter zu ihm rüber, er lacht verschmitzt, erst recht, als ihn Monja aus den Augenwinkeln beobachtet.

„Tja, so läuft es meistens, die Menschen, die die Ideen haben, schweigen sich darüber aus. Prost!"

Sie stößt ihr Glas an das von Frank und nippt an dem schmal geschliffenen Rand, während sie zu ihm schaut. Frank lehnt gelassen da und lässt sich die Sonnenstrahlen in das Gesicht hängen. Er blinzelt nur gelegentlich, und durch sein erstarrtes Grinsen sieht man seine Zähne im Sonnenschein aufblitzen.

„Ideen sind das eine, man muss sie aber auch durchführen können. Man muss überhaupt erst mal den Mut haben, sie durchzuführen." Er bricht in ein leises Lachen aus, ebenso Tom. Sie halten sich beide eine Hand vor die Stirn, um den harten Strahl der Sonne abzuhalten. Nur Monja wirkt etwas irritiert, lacht aber schließlich doch noch mit.

„Der Mut ist es, der Mut ist es. Lasst uns auf den Mut trinken! In der Regel bereut man nicht, was man getan hat, sondern mehr das, was man nicht getan hat. Der Mut ist es." Jetzt lacht er laut, jetzt steht er auch auf und hebt sein Glas.

„Wir wollen auf den Mut trinken, auf den Mut, dass wir dem Leben die Stirn bieten, auf den Mut, charmant zu sein, auf den Mut, ehrlich zu sein. Denn man braucht Mut dazu."

Er lacht wieder und stößt mit den beiden anderen an, auch sie sind aufgelöst und leeren die Gläser in einem Schluck. Tom schenkt nach und leert die Flasche.

„Keine Bange, an dem soll es nicht scheitern."

Er zieht eine neue Flasche aus seinem Sakko, alle staunen begeistert. Sie stoßen wieder an und trinken und lachen.

Die Zeit verstreicht. Ein Schatten hat längst die Gruppe überzogen. Zahlreiche Flaschen liegen da. Tom sitzt auf der Lehne der Parkbank. Monja sitzt immer noch in der Mitte, und Frank wackelt etwas betrunken vor der Bank hin und her. Er tänzelt etwas, er tänzelt zu der Musik, die Straßenmusikanten spielen. Sie sind kurzerhand nicht weit von der kleinen Gesellschaft stehen geblieben und haben ein paar Lieder gespielt, als sie die Trinkenden auf der Parkbank sahen. Es wurde gelacht und geklatscht, also blieben sie und hörten gar nicht mehr mit dem Spielen und Singen auf.

„Und jetzt, Monja ..." Er hält mit einem Mal vor ihr inne, verneigt sich etwas. Die Musiker haben gerade ein Lied beendet, Frank dreht sich mit einem Mal zu den Musikern um.

„Etwas zum Tanzen, bitte schön, Jungs!" Er macht dabei eine leichte Verneigung, schlägt einen Arm nieder und dreht sich im Schwung wieder zu Monja, die er damit stumm zu einem Tanz auffordert. Die Hand hat er starr vor sich hingestreckt. Monja nimmt sie und lacht laut dem etwas vornübergebeugten Frank in das Gesicht.

„Das wird was werden! Aber wir wären dumm, wenn wir es nicht probieren würden."

Tom kratzt sich an der Stirn und öffnet schon mal die nächste Flasche, die er aus seiner Innentasche gezogen hat. Er schüttelt den Kopf dabei, gerade so, als würde er denken: Schau an, was dieser Kerl alles fertigbringt!

Die Jungs spielen etwas zum Tanzen, etwas Flottes. Die beiden wiegen sich unter lautstarkem Gelächter dazu. Wenigstens versuchen sie es. Sie versuchen, so etwas wie einen Takt einzuhalten. Es gelingt nicht so recht, und deshalb müssen sie auch so viel lachen. Und Tom steht schließlich auf der Bank und schreit ihnen zu:

„Und jetzt das Ganze noch einmal andersrum. Aber bitte, mit etwas mehr Erotik!"

Dabei wirft er einen Arm in die Luft. Er hält die Flasche, in der noch der Korkenzieher steckt, und droht nach hinten von der Bank zu fallen.

„Bitte ... etwas mehr Erotik ... bitte schön!" Er ist ruhiger, er säuselt etwas mit betrunkener Stimme, unsicher in der Aussprache. Schließlich setzt er sich die Flasche

zwischen die Beine und zieht mit einem Ruck den Korken aus der Flasche. Es tut einen Knall, der Perlwein
schäumt etwas über. Schnell holt er sich ein Glas aus einer Sakkotasche und gießt sich ein.

Frank und Monja aber versuchen sich wieder am Tanz.
Sie drehen noch ein paar Runden unter dauerndem Lachen. Dann ist das Lied leider aus, und sie lassen sich auf
die Parkbank fallen, mit einem ausgelassenen Ächzen.

Tom sitzt wieder auf der Lehne. Er hält ihnen die Flasche unter die Nase, sie suchen aufgeregt nach ihren Gläsern und lassen sich noch einmal eingießen.

Frank stammelt erschöpft:

„Das letzte Mal, als ich getanzt habe, ich glaube ... da
war ich noch ein Kind. Ich mein', ich hab die Leute immer ausgelacht, weil sie getanzt haben ... weil sie so
dumm waren und getanzt haben. Hm?"

„Ach, Tanzen! Man müsste es können – ich glaube, man
könnte nicht mehr aufhören." Monja schlägt die Arme
hinter dem Kopf zusammen, Tom nippt an seinem Glas.

„Tanzen – wir tun doch nichts anderes. Wir versuchen
immer, den Takt zu halten, nur liegen wir meist daneben.
Aber wir lernen, und wie wir lernen!"

„Auf dass wir nichts verlernen!"

Frank steht ruckartig auf und hebt das Glas. Monja steht
auch auf, und Tom stellt sich wieder auf die Bank. Alle
drei zusammen:

„Auf dass wir nichts verlernen!"

Sie strecken ihre Gläser hoch und leeren sie in einem
Zug. Die Band spielt wieder ein Lied an. Alle drei fangen

an, etwas zu tänzeln, anfangs nur mit den Fußspitzen, dann mit den Beinen, und schließlich zucken sie auch mit den Schultern.

Es wird Abend, und die kleine Feierlichkeit, die sich da im Englischen Garten so spontan zusammengefunden hat, hält lange an. Frank vergisst das Schachspiel. Er vergisst alles. Er verliert sich in dieser Musik. Er verliert sich in diesem Rauschzustand. Er weiß nicht mehr, wie er nach Hause gekommen ist. Er weiß überhaupt nichts mehr – doch, die Sache mit Tom und Monja weiß er schon noch. Er erinnert sich an die beiden. Er erinnert sich auch noch an diese zahlreichen Flaschen, an dieses Lachen von Monja, an dieses Tanzen. Er erinnert sich an vieles, aber was dann noch war, daran kann er sich beim besten Willen nicht mehr erinnern. Wiedergefunden hat er sich zu Hause, in seiner Wohnung, in seinem Bett. Wie er dahin gekommen ist, das war ihm schleierhaft. Egal, er war nun mal da!

3. KAPITEL

Eigentlich hat er zu Helga gewollt, er hat es nicht geschafft. Frank richtet sich im Bett auf und blickt aus dem Fenster. Das Lila am Horizont verwandelt sich in ein sanftes dunkles Blau. Er beschließt, Helga am Nachmittag zu besuchen. Auf dem

Weg ins Bad läuft ihm eine Katze über den Weg. Er erschrickt, dann aber fällt ihm seine Nachbarin ein, die ihn tags zuvor erst geweckt hat, um sich nach der Katze zu erkundigen. Es ist ein schwarzes, geschmeidiges Tier, scheu, sehr scheu, sie muss seit gestern hier sein – wo hatte sie sich nur verkrochen? „Sie muss auch einen schrecklichen Hunger haben", denkt sich Frank und holt eine Schale Milch, die er auf den Boden stellt. Mit zusammengekniffenen Augen schlägt die Katze ihre raue Zunge durch die weiße Flüssigkeit. Sie verliert jede Scheu, sie akzeptiert sogar, dass Frank ihr mal über den glänzenden Rücken streicht. Nur für einen Augenblick schaut die Katze verdutzt und lässt schließlich wieder die raue Zunge in einer gnadenlosen Regelmäßigkeit durch die Milch schlagen.

Frank schlägt sich inzwischen den weißen Rasierschaum in das Gesicht und überlegt sich, wie er das mit der Katze jetzt der Nachbarin beibringen könnte. Er will es ihr gleich sagen. Er findet es als das Beste, und deshalb unterbricht er kurz die Rasur und klopft an der Wohnungstür seiner Nachbarin.

Eigentlich kennt er sie nicht. Er sieht sie nur gelegentlich im Treppenhaus. Dass sie eine Katze hat, das weiß jeder im Haus, sie schreit immer lautstark nach ihr, wenn sie diese im Stiegenhaus rumlaufen lässt, sie aber dann wieder in der Wohnung haben will. „Polly! Komm, Polly!" Jeder im Haus kennt das Signal, nur Polly scheint es nie zu kennen, deshalb kommt es wieder und wieder.

Wie die Nachbarin heißt, das weiß Frank nicht, wie die Katze heißt, das weiß jeder.

Als sich die Tür öffnet, sieht Frank seine erstaunte Nachbarin vor sich. Er hat für einen Augenblick vergessen, dass er im Gesicht noch immer den Rasierschaum hat, den er sich erst zum geringsten Teil weggeschabt hat.

„Ich habe Ihre Katze. Ich habe Sie hoffentlich nicht geweckt?"

„Ach, Sie sind's, hab Sie nicht gleich erkannt, wegen des weißen Bartes. Sie haben die Katze?"

„Bart? Weiß?"

Frank greift sich an das Kinn.

„Wo ist sie? Wo haben Sie meine Polly gefunden?"

„Ich bin auch ein Idiot, ich bin gerade beim Rasieren." Er schmiert sich den Schaum, der an seinen Fingern kleben geblieben ist, an den Oberschenkel.

„Die Katze? Wo ist die Katze?"

„Ach ja, die ist bei mir, ich hab ihr etwas Milch gegeben."

Frank geht voraus, die Nachbarin hinterher.

„Polly? Komm, Polly!"

Sie greift sich das Tier, bedankt sich kurz bei Frank und ist vor lauter Glück, die Katze wiederzuhaben, ganz irritiert.

„Ach, Polly, wo treibst du dich auch rum!"

Frank schabt weiter. „Eigentlich schade", denkt er sich. Er mag Katzen. Sie haben ihren eigenen Kopf. Sie haben eine Eigenständigkeit, wie sie Menschen oftmals nicht haben. Irgendwie sind sie auf nichts angewiesen. Aber dennoch kümmert sich jeder um sie, will sich jeder um sie kümmern.

Grazie und Geschmeidigkeit, eine Katze, die auf einem Grat schreitet, bewundert man, ein Mensch, der auf einem Grat schreitet, den bedauert man.

Frank läuft das enge Treppenhaus runter. Draußen im Hinterhof trifft er auf die zwei Polizisten in Zivil. Es sind die beiden, die ihn damals nach Frau Pretzl gefragt haben – an dem Tag, an dem sie tot im Hof lag. Sie erkennen Frank wieder, und offenbar wollen sie ihn sprechen, weil einer der beiden gleich auf ihn deutet und irgendwas zu seinem Kollegen murmelt, was Frank aber nicht hören kann.

„Hallo, Sie, kommen Sie doch mal bitte schön zu uns."

Auch wenn es höflich klingt, es hat im Tonfall etwas Befehlerisches. Der Polizist winkt mit seinem ausgestreckten Finger, wie eine Mutter sonst ihr Kind zu sich ruft, um ihm die Leviten zu lesen. Frank geht zaghaft auf die beiden zu. Wie er nur knapp vor ihnen steht, da stellt sich der eine der Polizisten auf die Zehenspitzen und fragt:

„Sie erinnern sich an den Todesfall hier?"

„Ja, natürlich erinnere ich mich, Sie beide waren doch bei mir in der Wohnung deswegen."

„Tja, dann erinnern Sie sich sicherlich auch noch daran, dass Sie damals nicht an Selbstmord geglaubt haben."

„Ja, wenn Sie eh alles wissen, wieso fragen Sie mich denn noch?"

„Wieso zweifeln Sie an diesem Selbstmord?"

„Zweifelten. Zweifelten, um genauer zu sein."

Stumm schaut er in die Gesichter der Polizisten.

„Ach so, dann haben Sie mittlerweile Ihre Meinung geändert? Darf man fragen, wieso?"

„Wissen Sie, ich habe mir die Sache überlegt. Und dabei habe ich festgestellt, dass wir zwar alle verantwortlich sind für alles, was in unserer Umgebung passiert, und dass wir auch eine gewisse Feinfühligkeit entwickeln müssen, um verstehen und reagieren zu können, aber niemand, aber auch absolut gar niemand kann von uns verlangen, dass wir das alles können, was wir können müssten."

„Dann meinten Sie mit ‚kein Selbstmord' gar nicht Mord?"

„Ich wollte nie von Mord sprechen, ich meine nur, dass man gar nicht anders kann, als den Blick zu senken und wegzuschauen. Aber man hätte es versuchen sollen, zumindest hätte es jeder versuchen sollen – weil man erst dann verstehen kann, dass es so wenig Sinn hat."

„Wissen Sie, die Tote hat sich nicht selber umgebracht. Es war ein Unfall, ein dummer Unfall."

Frank schaut etwas erstaunt.

„Wieso erscheinen dann wieder Sie von der Polizei?"

„Nun, es ist ein neuer Tatbestand, ein Unfall könnte auch inszeniert sein. Ihre Angaben in den Protokollen gaben Anlass zu dieser Vermutung."

„Ein Unfall? Frau Pretzl wollte gar nicht springen? Irgendwie klingt es noch eigenartiger als dieser Selbstmord."

„Wir sehen uns noch einmal in der Wohnung der Verstorbenen um. Dürfen wir Sie später noch einmal stören?"

„Natürlich, ich bin nur für einen Augenblick weg."

Die Polizisten gehen auf die Tür zu, und Frank verschwindet um die Ecke. Er geht auf die Straße. Eigentlich hat er zu Helga wollen, er verschiebt es aber, die Sache mit Frau Pretzl hängt ihm schwer im Kopf. Sie wollte gar nicht sterben! Eigenartig – es hat etwas Eigenartiges an sich, wenn man sich das genau überlegt.

Vielleicht wollte es Marianna auch nicht, wer weiß, vielleicht war es ... ach, lass doch dieses Spekulieren!

Frank schlägt den Weg zum See ein, er will sich nur etwas die Beine vertreten, es sollte reichen, sollte Ablenkung genug sein.

Als er an dem provisorisch errichteten Zaun vorbeikommt, da erkennt er Tom. Er lehnt da und blättert in einer Zeitung. Er trägt immer noch dieselben Klamotten wie am Tag zuvor. Frank geht auf ihn zu, und als er nur noch wenige Schritte entfernt ist, da verschwimmt das Bild von Tom vor seinen Augen. Es verschmiert sich und zerläuft. Frank reibt sich die Augen. Als er sie wieder auftut, da erkennt er den Zaun. Es ist da sonst nichts, kein Tom. Es ist nur seine Fantasie gewesen, die ihm diesen Streich gespielt hat.

„Aber irgendwo muss dieser Tom ja stecken", denkt er sich. „Er sagte doch, dass er ständig auf diesen Parkbänken sitzt." Frank sucht sich den Weg um den See, er will sehen, ob er nicht irgendwo diesen Tom finden kann.

Aber nichts! Er sucht sich seinen Weg nach Hause. Schlürfend zieht er seine Schuhe über den sandigen Weg und schlägt damit Kiesel vor sich her, ohne es wahrzunehmen. Sie verhallen, ohne gehört zu werden, stolpern und springen vom Weg in das seitliche Gras, wo sie nie mehr gefunden werden.

Frank greift sich in die Tasche und zieht eine Packung Zigaretten raus. Er streift sich mit den Händen über die sommerliche Jacke. Anscheinend findet er kein Feuerzeug, die Zigarette hängt ihm schon im Mundwinkel. Ein paar Schritte weiter hält er wieder ein und tastet die Hosentaschen ab – nichts. Ein Passant, der gerade an ihm vorübergeht – stotternd hält er ihn an. Er greift ihm an den Unterarm, weil er sich nur irritiert artikulieren kann.

„Feu…Feuer? Haben Sie Feuer?"

Er deutet auf seine Zigarette, die ihm zwischen den Lippen klebt und jede Silbe mit einem Schlag begleitet. Der ältere Herr greift sich nun auch die Taschen ab und zieht schließlich ein Päckchen mit Streichhölzern hervor. Er reicht sie an Frank und deutet mit einer hingeworfenen Geste an, dass er die Hölzer nicht weiter brauche. Er stampft weiter, und Frank schaut ihm eine Weile nach, drei, vier, vielleicht auch fünf Sekunden. Dann stößt er eine blaue Wolke von dem Rauch in die Luft und dreht sich auf dem Absatz um. Es war der Hausmeister. Jetzt erkennt er ihn wieder. Der Hausmeister, der Marianna für eigenartig erklärt hat.

Er geht noch die paar Meter die Straße hoch und betritt schließlich das düstere Treppenhaus, um in seine Wohnung zu gelangen. Schwer schleppt er sich die Stufen hoch. Er ist müde, er ist so unsäglich müde, jede Anstrengung schmerzt, jede Stufe erscheint als unüberwindbar. Eigentlich will er rasten. Aber er würde es auch gleich geschafft haben, eine Stufe noch und dann noch eine. Er ist müde. Schließlich setzt er sich nieder. Er kauert sich an das schmiedeeiserne Geländer. Die Treppe ist frisch gewischt. Der Plastikboden ist kalt. Im Treppenhaus scheint schwaches Licht, das durch die kleinen Fenster fällt, die nach Osten gerichtet sind. Nur ein paar graue Wolken ziehen vorbei; langsam, sie schleichen über den dunklen Himmel. Nur noch eine Weile, dann werden sie nur noch als dunkle Schatten am Nachthimmel erkennbar sein – wenn dann überhaupt noch jemand nach ihnen sieht, wenn sich dann überhaupt noch jemand um sie kümmert.

Der Aufzug geht. Es ist ein veraltetes Gerät, ständig außer Betrieb. Man hört das Scheppern der Türen, wenn er anfährt, schließlich die Seile, wie sie sich um die Winde drehen und auch wieder abgedreht werden. Irgendwo oben im Haus betritt jemand stumm den Fahrstuhl. Es scheppern wieder die Türen. Das Seil heult wieder. Frank presst sich etwas an das kalte Geländer, er presst die Stirn dagegen. Unten hört man jetzt die Schritte von Damenschuhen. Frank kann nur einen Rockzipfel erkennen, als sie unter der Treppe durchgeht und aus dem

Haus verschwindet. Er zieht noch einmal an der Zigarette, schlägt die Asche auf den Fußboden vor sich und greift müde nach einem Zettel, der rumliegt. Es ist Werbung. Er wirft das Blatt durch das Geländer, es gleitet gemächlich durch das dunkle Treppenhaus und bleibt auf einer der unteren Stufen liegen. Ein Windhauch von irgendwo, das Blatt huscht noch einmal herum. Es hat jemand das Haus betreten. Schon wieder steht jemand am Fahrstuhl.

Frank greift mit beiden Händen an das Geländer und zieht sich mühsam hoch. Er nimmt noch die letzten Stufen und steht schließlich vor seiner Wohnungstür. Die Katze, schade, dass die Katze nicht da ist!

Die Tür fällt hinter ihm ins Schloss. Er ist müde, er schleppt sich noch bis zu dem Sofa, das in seinem Wohnzimmer steht, und lässt sich darauf fallen. Auch in der Wohnung ist es dämmrig. „Es wird langsam Abend", denkt sich Frank und legt sich auf den Rücken. Ein Arm liegt ihm quer über der Stirn. Marianna, es erscheint alles so weit weg – alles ist so weit weg; selbst das Leben scheint so unerreichbar weit. Weit und schwer in einer unendlichen Entfernung. Schwarz und finster, weit hinten in einem Loch, in das man sich hineinwagen müsste, schwarz und finster, du weißt nicht, was dich erwartet, du weißt nicht einmal, ob du das erwarten willst, eigentlich nicht einmal, ob du es wollen willst.

Er liegt auf dem Rücken und erinnert sich an diesen Kerl. Tom, er hat ihn nicht wiedergefunden. Was ist das eigentlich für eine Sache damals gewesen, als er von

Helga kam? Damals, als er ihn im Lichtkegel einer Straßenlaterne am Straßenrand fand? Damals, als sich diese Spur, schimmernd in den Farben wie ein dünner Ölfilm, über den Teer zog, schwarzer Kaffee, in den man bläst, um einen kleinen Schluck erschlürfen zu können, während man müde aus dem Fenster starrt und mit einem Mal davon überzeugt ist, dass die Erde eine flache Scheibe ist?

Manchmal fühlt er sich, als ob er gerade aus dem Krieg heimgekommen wäre. Fünf Jahre Russland, und als er nach Hause kommt, trifft er auf eine andere Welt. Die Leute zeigen mit dem Finger auf ihn: Was hast du bloß getan? Dabei ist er losmarschiert in dem festen Glauben, das Richtige zu tun. Und als er sich dann umschaut und sucht, da kann er nichts finden, was falsch sein sollte. Es ist leicht, den Finger zu heben, es ist leicht, klug daherzureden, Ratschläge zu erteilen und alles besser zu wissen. Es ist auch leicht, sich an einen Augenblick des Empfindens von Glück zu erinnern. Aber wie schwer ist es, dieses Gefühl wieder zu haben? Gerade wenn es so weit entfernt scheint? So weit, dass es sich hinter einer unendlich fernen schwarzen Fläche zu verstecken scheint? So weit, dass man nichts anderes findet als Leere, gnadenlose, dumpfe Leere?

Auf dem niederen Wohnzimmertisch liegt ein Buch. Frank sieht es unter dem vorgehaltenen Arm. Er streckt sich danach und kann es mit den Fingerspitzen erreichen. Es ist von Camus, „Die Pest", er hat es mal lesen wollen, einfach so, aber nicht jetzt. Er stößt es wieder weg, als er es erkennt. Was kann man tun? Was überhaupt lohnt sich, es zu tun? Frank dreht sich zur Seite und versucht, mit den Fingerspitzen an das Radio ranzukommen. Er schafft es nicht. Es fehlt ein halber Meter. Also lässt er es, er bleibt faul liegen.

Der Baum vor einem seiner Fenster biegt sich etwas unter dem Wind, das Rascheln der jungen Blätter dringt in den Raum. Irgendwo schreit ein Kind, es muss im gegenüberliegenden Haus sein. Vielleicht ist es bei dem jungen Paar, schräg gegenüber. Ein Hund bellt daraufhin. Es ist schon wieder ein Stück dunkler geworden.

Irgendwo da draußen in dieser Welt muss doch dieser Kerl mit der Sonnenbrille und dem guten Anzug stecken! Dieser Kerl, der irgendwie an Jack Nicholson in einer seiner früheren Rollen erinnert, der mit einer unbarmherzigen Sicherheit und einem grenzenlosen Mut an das Leben herangeht, der sich selbst dann noch etwas abzuschneiden vermag, wenn jeder andere resigniert den Kopf einzieht und sich scheu abwendet, weil er sich der Tatsache absolut sicher ist, dass er das Spiel verloren hat. Irgendwo muss dieser Kerl doch stecken! Und Frank schaut unter seinem Arm hervor und sieht, wie sich ein großer dunkler Ast vor sein Fenster beugt, um gleich darauf wieder zurückzufedern. Ein kurzes Zucken mit dem Arm, wie von einem Schreck, ein Schreck, dass man auf der Straße steht und ein Baum am Wegrand umfällt. Man verharrt, man kann nicht zur Seite springen, irgendwas ist starr in einem, man selbst ist starr. Man sieht den Baum, man sieht ihn in seiner Breite und Größe, man sieht, wie er sich einem entgegenstreckt und droht, einen mit all seinem Gewicht zu erdrücken, zu zerdrücken. Dennoch bleibt man starr, unbewegt, hebt vielleicht einen Arm, stößt einen Schrei aus, einen durchdringenden, sich in der Stimmlage überschlagenden Schrei, Speichel, der einem vor dem Mund schlägt. Aber man bewegt sich nicht weg. Man tut keinen Schritt, nicht einmal den einen, der alles verhindern könnte, der alles vergessen machen könnte. Nein, man stößt diesen kreischenden Schrei in die Dunkelheit hinaus, man speichelt und hält sich den Arm vor, weil man meint, dass man dann nicht gar so unappetitlich von seiner Hirnmasse auf dem kalten und dunklen Teer verteilt, weil man meint, dass man dann nicht ganz so viel von seinen Innereien zerdrückt und zerquetscht bekommt.

Irgendwo muss doch etwas zu trinken stehen! Frank spürt ein Kratzen in seiner Kehle, ein Kratzen wie von Trockenheit. Nur eine Flasche Wein, die mit gelüpftem Korken auf dem niederen Couchtisch steht, anscheinend egal. Er setzt sich die Falsche an die Lippen und nimmt einen kleinen Schluck, nur einen winzig kleinen. Es ist ein trockener Weißwein, ein Präsent, dass ihm bei seinem letzten Spiel gemacht worden ist. Ein guter Wein, mit einer fruchtigen Blume, die sich am Gaumen verteilt und sich an die Innenseiten der Wangen schlägt. Er nimmt noch einen winzigen Schluck. Dann setzt er die Flasche wieder auf den Tisch und legt sich zurück.

Die Sache mit dem Trinken verfolgt ihn eigentlich schon immer. Er hat keine Schwierigkeiten damit. Wenn es Menschen gibt, die mit dem Trinken alt werden, dann gehört er dazu. Er ist nicht exzessiv in diesen Dingen. Er erwischt eigentlich immer den Punkt, an dem er aussteigen muss. Er gehört nicht zu der Art von Trinkern, die irgendwann dann das Gesicht in den Schlamm schlagen und völlig orientierungslos und losgelöst und befreit von jedem Bewusstsein die Gegend unsicher machen. Er ist ein stiller Trinker. Er hört einfach auf, wenn er genug hat, wenn er nicht mehr kann. Er wackelt dann heim, legt sich auf den Rücken und wartet, bis sich wieder alles beruhigt hat. Er wartet unauffällig alles ab und beginnt dann still und heimlich wieder von vorne, weil er nicht erkannt hat, wie es sonst gehen sollte, von welcher Seite man das Leben sonst aufsatteln sollte.

Eine wegwerfende Hand, er hat den Korken der Flasche noch zwischen den Fingern, unbewusst, er hält ihn, lässt ihn zwei oder drei Mal zwischen die zu dicken und klobigen Finger gleiten. Dick und klobig, er hat sie von seinem Vater geerbt. Früher wurde er ausgelacht deshalb, verspottet, jetzt zieht er damit die Figuren über das klein karierte Brett, und die wenigsten lachen dabei, die wenigsten bleiben danach der Meinung, dass man lange und schlanke Finger haben muss.

Der Korken fliegt durch den Raum, er stößt gegen die Gipswand zu seinem Schlafzimmer. Es poltert etwas, bei der Nachbarin hört man leise Schritte, die sich die Wand entlangschleichen – die Katze, auf ihren samtenen Pfoten tappt sie über die ächzenden Regale. Der Korken aber bleibt ruhig liegen, dort nahe der Wand zum Schlafzimmer.

Eine wegwerfende Hand, müde Augen, wieder fallen die Augenlider zu. Das Rascheln der Blätter dringt nur noch seidig dünn an ihn heran. Er nimmt es nicht mehr wahr, immer wieder donnert und vibriert der Ton eines Tagtraumes durch seinen Schädel. Ein schwerer Zug, der über lockere Gleise schlittert. Ein Signalhorn, schellend laut. Man will sich die Ohren zuhalten. Nichts, es ist ruhig, es ist still, nur ein leises Rascheln des Laubes, das sich unter dem Wind bewegt und sich aneinanderreibt. Ein Tagtraum. Kaum fallen die Augenlider zu, schon kämpft man dagegen an. Abstrakte Bilder verschmieren ineinander und hinterlassen Nachdenklichkeit, hinterlassen Verwirrung und Nervosität und vor allem immer dieses unangenehme Gefühl, nichts gefunden zu haben.

Eine wegwerfende Geste, als ob er etwas wegzuwerfen hätte, als ob er nicht ständig suchen würde, alles zusammenzuhalten, als ob er es sich leisten könnte, auch nur das Geringste herzugeben. Wegwerfend, wie eine Geringschätzung, wie eine ablehnende Haltung auf eine Äußerung hin, auf eine Meinung hin. Der Korken fliegt in einem weiten Bogen durch das Zimmer und knallt gegen die Gipswand, fällt schließlich auf den Boden und beruhigt sich erst, nachdem er sich mehrmals um die eigene Achse gedreht hat. Die Katze, aufgeschreckt von dem Geräusch, springt auf das Regal und schleicht sich über die Böden, zwischen Flaschen und Dosen, Eimern und Kleingeräten. Eine Eigenständigkeit, wie sie den meisten Menschen fehlt. Das Vermögen, auf das Momentane reagieren zu können. Das Vermögen, darauf überhaupt reagieren zu wollen.

Ein offenes Fenster, es ist kalt, es ist eisig. Schnee liegt auf der Straße, auf dem Hinterhof, der Hausmeister hat noch nicht geräumt. Es ist noch zu früh am Morgen, die Sonne gerade aufgegangen. Vorne auf der Straße fahren gerade diese kleinen orangenfarbenen Wagen, die grob den Schnee von den Gehwegen räumen und Streugut verteilen. Man hört das Geräusch der leisen Motoren in den Hinterhof hinein. Das offene Fenster, beschlagen von der Wärme des Raumes, von der Kälte des Tages. Es steht weit offen, es ist früh am Morgen, man hört es an den Vögeln, die den Winter über in der Stadt bleiben, die nicht das Warme in der Ferne suchen. Sie sind stumm. Sie sind in den ersten Stunden des Tages immer stumm. Nur die leisen Motoren der kleinen Wagen hört man. Kein Singen, kein munteres Pfeifen der wenigen Vögel. Es hat einen weißen Holzrahmen, der Lack ist an mancher Stelle schon abgesplittert, es ist ein altes Fenster. Es ist runtergekommen, ähnlich wie das Gebäude, wie das Treppenhaus, ein fahles, weiß gekalktes Treppenhaus, mit billigen, hässlichen hellblauen PVC-Böden.

Auf den unteren Stufen liegt Werbung. Werbung für Dinge, die sich keiner leisten kann. Werbung für Dinge, die keiner brauchen kann, gar nicht brauchen will. Das Fenster ist noch immer offen. Es ist im dritten, vielleicht vierten Stock. Es ist ein Fenster zum Hinterhof, der Hof noch nicht geräumt, weiß liegt da Schnee, schneeweiß.

Nur an manchen Stellen erkennt man das Muster des Pflasters. Das harte graue Pflaster und weiß, schneeweiß liegt da Schnee. Schnee, der sich leicht und weich auf das harte Pflaster fallen gelassen hat und den Beton streichelt. Es ist Mariannas Fenster, der Lack abgesplittert. Es ist Franks Traum, er wacht auf, er springt hoch, Schweiß steht ihm auf der Stirn.

Draußen ist es mittlerweile finster, Frank sitzt im Dunkeln – fast, die Lichter des Hofes scheinen etwas in sein Zimmer. Er erkennt, wo er ist, er merkt, dass er eingeschlafen war. Er riecht in den Raum, er öffnet die Balkontür und sucht mit seinem Riechen den Geschmack von Schnee, den er in seinem Traum gesehen hat. Er kann ihn nicht finden, es ist nicht Winter und Marianna schon längst tot. Es ist nichts mehr, was man daran ändern könnte, es ist nichts mehr zu machen, der Zug längst getan – nicht mehr zurückzunehmen.

Es liegt kein Schnee. Frank schaltet das Licht ein. Er schaut noch einmal in den Hof – kein Schnee. Nichts! Nur das junge Paar schräg gegenüber, sie sitzen in ihrem Wohnzimmer und schauen fern. Immer wieder flackert das blaue Licht der Mattscheibe auf und lässt die beiden auf der Couch in ihren äußeren Strukturen erkennbar werden, selbst durch die Fenster und auch durch die dünnen Vorhänge. Frank steht auf seinem Balkon und starrt in den Nachthimmel. Er zündet sich eine Zigarette an und stößt den Rauch hörbar in die dunkle und leise Nacht. Weit über ihm kreisen ein paar Fledermäuse. Der

Baum in seinem Hof verhält sich still. Der Wind hat nachgelassen. Es ist kalt, der Abend aber hat erst begonnen. Wenn man ganz still ist, dann hört man die Menschen in Altschwabing. Dann hört man, dass die Nacht erst beginnt.

Marianna! Wie hat sie eigentlich ausgesehen? Frank versucht, sich ein Bild von ihr in Erinnerung zu rufen. Alles, was er anfänglich findet, ist eine Gestik, eine Bewegung, es ist dieses Winken mit einer Hand – „Bis dann!" – und dann dieser eiernde Gang, bei dem sie immer zur Seite zu fallen drohte. Nur die ersten paar Schritte, dann hat sie sich in eine sichere Bewegung verloren. Es ist alles, woran er sich erinnern kann. Vorerst. Er denkt weiter nach. Es ist schwer. Viel leichter ist es, sich an Gespräche, an Worte, an Meinungen zu erinnern. Gesichtszüge, Blicke aus dem Gedächtnis zu fischen, ist schwierig, das Hochziehen der Augenbrauen, das Lüpfen eines Mundwinkels beim Lächeln, das Vorschnallen der Zunge beim lauten Auflachen oder auch das Fächern der Haut über den Schläfen, wenn sie ein nachdenkliches Gesicht oder einen betrübten und bitteren Gesichtsausdruck aufgesetzt hat – es sind Dinge, die sich irgendwo im Gedächtnis eingegraben haben, aber nicht mehr hervorkommen wollen. Man gräbt und gräbt. Wo sind sie nur? Wo sind diese Gesichter, diese tausend Ausdrücke, diese Zeugen, die für sich sprechen würden? Wo sind sie, diese Bilder, die man sich einrahmen und in einer alten Holzkiste aufbewahren will, um sie einmal im Jahr hervorzuholen und sich dann auf das Knie zu klatschen und zu sagen, dass man auch mal schöne Tage gesehen hat? Wo sind sie?

Dunkelblondes Haar, etwas gelockt, eigentlich hat er nie so genau hingesehen, ob sie sich schon am Haaransatz gekräuselt haben oder nur in den unteren Partien, bis zur Schulter. Er ist sich nicht sicher, ungefähr bis zur Schulter. Sie ist schlank gewesen, für eine Frau relativ groß, jedenfalls wirkte sie so mit ihrem eigenartigen eiernden Gang. Sie war hübsch, sie war sogar sehr hübsch, aber wo ist ein Bild von ihr? Frank sucht in seinen Gehirnwindungen. Beschreibungen sind das eine, es will ihm nicht einfallen. Und da erinnert er sich an den Nachmittag in Mariannas Wohnung. Er erinnert sich an die zwei Spuren von Schnee, die sie auf einem Spiegel gezogen hat, und wie sie es ihm vorgemacht hat. Er erinnert sich an ihren Gesichtsausdruck, an das Lächeln, an das Vorschnellen der Zunge und auch noch daran, wie sich ein paar Brösel von dem weißen Pulver an ihrer Nasenspitze festgehalten haben. Er erinnert sich auch, wie er sich das Zeug, begleitet von Mariannas Lachen, hochgezogen hat, und auch noch an die Farben, an die Stimmung. Er kann Marianna wieder deutlich erkennen, ganz deutlich, ganz nahe, als ob sie vor ihm stehen würde, als ob sie hier bei ihm auf dem Balkon wäre. Er erinnert sich, wie er irgendwann eingedöst ist, wie er sich aus seiner Erinnerung ausgeschaltet hat und erst wieder von diesem kreischenden Schrei geweckt worden ist. Dieser Schrei, der sich durch die Wohnung fraß, unersättlich, gierig. Er stürmte los, er hatte Angst – hätte er doch bloß nicht diese Angst gehabt! Verdammt! Hätte er doch nur den Mut gehabt, sich umzuschauen, den Mut, auf sie zuzugehen! Man bereut meist das, was man nicht getan hat, und nicht das, was man getan hat.

Sie hatte eigentlich immer dasselbe an; gelegentlich wechselte sie die Jeans, entweder die grüne oder die blaue. Marianna, so unscheinbar sie war, so tiefe Spuren hat sie doch hinterlassen.

Frank drückt die Zigarette an dem Geländer seines Balkons aus, bläst den letzten Rauch aus seinen Lungen und schaut noch einmal über den Hinterhof, in das Zimmer der beiden Nachbarn, die ihn nicht mehr eingeladen haben, und geht schließlich in sein Zimmer zurück. Er schließt die Balkontür, weil es kalt geworden ist, und überlegt, was sich mit dem angebrochenen Abend noch anfangen ließe.

4. KAPITEL

Die Polizisten sind nicht mehr erschienen, vielleicht hat sich alles bei der nochmaligen Besichtigung der Wohnung geklärt. Vielleicht hatten sie in Frank aber auch nur einen Verrückten erkannt, einen Verrückten, der in den nüchternen Protokollen nicht erwähnt werden sollte, den man nicht erwähnen sollte, weil man sich sonst der durchdringenden

Frage gestellt sieht, wie ernst man seinen eigenen Dienst nimmt. Zeugen wie Frank K. lassen Sachverhalte, die letztendlich als unverrückbar anerkannt sind, nicht erschüttern, schon gar nicht stürzen. Zeugen wie Frank K. verursachen höchstens eine kleine Irritation, eine Unruhe, die sich wie eine leise Welle durch einen Gerichtssaal zieht; ein Plauschen und Nuscheln, das Reihe für Reihe weitergegeben wird und schließlich vielleicht ganz bis zum Ende durchdringt, wenn es sich nicht schon auf dem Wege dorthin verlaufen hat, um dann mit einem Kopfschütteln oder vielleicht auch mit einer vorgehaltenen Hand als Lächerlichkeit abgetan zu werden. Zeugen wie Frank K. sind nicht die schillernden Figuren, die jedem den Atem stocken lassen und für einen Augenblick an allem anderen zweifeln lassen. Menschen wie ihn nimmt man nicht ernst, wie Galilei, man hat nur ein Lachen für ihn übrig.

Es ist eine klare Nacht, vielleicht etwas kühl. Frank geht die Straße rauf. Trotz der Müdigkeit, er hat rausgewollt, er hat noch etwas sehen wollen, den Tag nicht einfach sein Ende abspulen lassen wollen. Es sollte nicht wieder ein Tag mit dem immer gleichen Stumpfsinn werden, abgelegt in einen großen Karton, auf den man mit einem dicken schwarzen Filzstift „abgelegt" geschrieben hat, verbraucht und ungenutzt. Es springt so wenig raus, es gibt alles so wenig her. Du schaust die Straße runter, und dir fällt ein kleiner, sanfter Lichtstrahl in den Augenwinkel, sanft und weich schimmert er. Er legt sich nieder vor deine Füße, er bricht sich in glänzenden Farben, rot, gelb, grün und blau liegt er vor dir auf dem Weg. Eine eigenartige Wärme, eine warme Hand, die sich dir auf die Brust legt, die dir in die offene Brust greift und weich dich beruhigt; ein schmaler Lichtstrahl, den du entlangschreitest, auf den du sicher deinen Fuß setzt und dem du völlig vertraust; ein schmaler Lichtstrahl, von dem du nicht einmal weißt, woher er kommt; es gibt so wenig her, all das Schimmern verblasst. Die Farben, Öl, das auf dem Asphalt schwimmt, verwelkt und verdorrt, wo ist nur all das Gefühl hin? Wo ist das, was vorher diesen Platz eingenommen hat? Diesen Platz des völligen Unbeeindrucktseins? Wo ist es nur hin, woher kommt all diese Enttäuschung, wo ist dieser schmale Lichtstrahl, dem ich mich völlig anvertraut habe, dieses gebrochene Licht, an dem ich mich nie habe sattsehen wollen?

Abgelegt! Es verliert vieles an Glanz. Es hält nicht, was es verspricht. Entweder man gibt sich mit dem Wenigen zufrieden, oder aber man sucht sich den Weg mit dem Kopf durch die Wand. Rennt dagegen, wieder und wieder, bis man sich wundgestoßen hat, angekratzt und abgeschlagen versucht man, sich zu holen, was man verwehrt bekommt, und was man schließlich erhält, ist das Verlieren jeder Würde, ist ein verächtliches Augenzwinkern. Eine Nachrede eines Hausmeisters, dass man verrückt gewesen sei, ist nichts anderes, als in grenzenloser Bedeutungslosigkeit zu versinken, wo man sich gerade versucht hat, sich genau dem zu entwinden. Was man erhält, sind Narben, Narben, die man sich zuzieht, weil man wieder und wieder gegen diese unüberwindbare

Mauer stößt, weil man exzessiv wird und das Exzessive seine Opfer nach sich zieht. Was bleibt, ist wieder Enttäuschung, wieder nur dieses Unbeeindrucktsein.

Frank geht die Straße hoch. Aus den Kneipen dröhnt Musik. Es ist eigentlich noch früh. Zumindest wenn man bedenkt, dass es Freitag ist, Freitag in Schwabing. Er nimmt die Treppen zur U-Bahn. Er will diesen Tag nicht ablegen, nicht in diesen Karton packen. Also hat er kurzerhand beschlossen, nach Haidhausen zu fahren. Vielleicht trifft er Ute, hat er sich gedacht und ist losgezogen. Er fährt die paar Stationen mit der U-Bahn und steigt schließlich in die S-Bahn um. Es ist noch früh am Abend. Halb München ist unterwegs, halb München sucht sich den Weg in die Kneipen, bewegt sich zwischen Haidhausen und Schwabing. Selbst Kinder sind noch in den Zügen. Kinder, die von irgendwelchen Schulfesten auf dem Weg nach Hause sind, kleine Mädchen, die in den Nischen der Waggons beieinandersitzen und aufgeregt diskutieren.

In der Vierergruppe neben Frank lümmeln sich drei Mädchen. Sie erreichen mit ihren Füßen noch nicht einmal den Boden des Zuges. Die Füße schlenkern ziellos umher. Vielleicht sechs, vielleicht aber auch sieben Jahre alt, eine schwere Tasche auf dem Rücken, zumindest sehen sie schwer aus. Frank hört zu. Er belauscht ihre Unterhaltung. Sie sprechen über Miniröcke, eine Lehrerin, die dieses Ding getragen hätte, sie sprechen übers Schmusen, über zwei, die sie dabei beobachtet hätten. Der Kerl hätte sogar die Augen dabei offen gehalten –

dabei hätte man da die Augen zu schließen, es würde ganz lang dauern, wäre es kurz, dann wäre es nicht richtig. Sie unterhalten sich über Schminke, über die Farben von Lippenstift und meinen, dass dunkler Lippenstift vielleicht etwas dicker aufgetragen gehörte, und ein schmaler Streifen – sie zeichnet den Streifen mit ihren kleinen Zeigefingern um den Mund herum – gehörte mit einem Extrastift gezogen. Und Kleidung ganz allgemein, Kleider, Schuhe, schwarze und bunte, Schuhe mit Blumen, mit Streifen, Kleider bis zum Boden, Kleider ohne Ärmel. Nebenbei naschen sie alle drei aus einer Tüte, die sie herumreichen. Sie geben sie im Kreis herum, eine nach der anderen, es geschieht nebenbei, keine merkt, dass sie die Tüte schon wieder in der Hand hat, dass sie schon wieder in die Tüte greift und sich von dem süßen Zeug in den Mund schiebt. Die Beine baumeln weiterhin – nur wenn sie die Zehen fest strecken, schleifen sie am Boden, aber unbemerkt, da sie ganz vertieft in ihr Gespräch sind.

Wie kommen so kleine Dinger auf solche Themen? Warum sind Schuhe – deren Farbe und Form – für sie so bedeutsam? Warum können sie dasitzen und so angeregt über diese Dinge sprechen, dass man unweigerlich den Eindruck erhält, man hätte hier eine Runde alter Weiber, die bei einem Kaffeekränzchen über die vergangenen Zeiten debattieren, vor sich? Wie kommen sie nur auf so etwas?

Komm herein! Du bist im Leben, tritt ein, putz dir die Schuhe! Dort hinten siehst du das Gehirn von Hitler, in einem Glas, es schwimmt, ja, es kann schwimmen. Und da vorne, da sitzt der Mann mit dem Bulldoggesicht – er schaut gerade weg. Jetzt! Jetzt sieht er her, schau ihn dir an! So schnell siehst du ihn nicht mehr. Hier ist einer, der Ketten zersprengt, dem das Fett am Arm hängt, der seinen Kopf so blank poliert hat, dass er quietscht, er gehört einem kleinen Mann mit blassem Gesicht, einem Wicht mit Zylinder und Spazierstock. Und da ist einer, der Kinderherzen erfreut und der auch Erwachsene an die Kindheit, an die Unbeschwertheit erinnert und dabei Blut trinkt, als wäre es roter Wein, der bunte Ballons an die staunenden Kinder verteilt und hofft, dass sie damit davongetragen werden. Und da ist dann gleich noch einer, einer, der Zuckerwatte verkauft, der glasierte Früchte oder mit Schokolade überzogene an die Menschen verteilt. Er verbreitet seinen Geruch über die Straßen und taucht alles in diesen süßen Duft von gebrannten Mandeln, in diesen klebrigen Geschmack, den man an den Lippen spürt und nach dem man sich leckt, wenn er nur in die Nase schlägt. Und da sind die Huren, die ihren Körper hergeben, die dir ihre Muschi als ein Karamell verkaufen. Es ist alles da, alles, was das Herz begehrt. Ein Karussell, Sensationen, Menschen, die schreien, die sich anbieten, die alles anbieten. Denn wenn du vor dein Haus trittst, dann willst du was anderes sehen als einen Hausmeister, der eh schon lange jeden für verrückt erklärt hat. Dann will man etwas schmecken, etwas spüren, dann will man auch mal gegen eine Mauer anrennen, wieder und wieder, auch mal mit einer Fiktion leben – egal, her damit! Die Schuhe sind geputzt, tritt ein!

Der Zug hält am Ostbahnhof, und Frank steigt aus. Er schaut sich nach den Mädchen um, nein, sie bleiben sitzen, sie müssen noch weiter, sicher irgendeine Feier an der Schule. Wieso sonst sollten Kinder so spät noch ihre Schultaschen mit sich herumschleppen? Die Tüte mit den Süßigkeiten haben sie längst geleert. Sie ließen sie unter einer Bank verschwinden. Sie passten auf, dass es niemand sah. Frank schielte aus den Augenwinkeln zu ihnen und sah es.

„Zurückbleiben!", dröhnt eine weibliche Stimme aus den Lautsprechern, und Frank schreckt etwas zusammen. Die Türen knallen hinter ihm zu, leise fährt der Zug an und hinterlässt nur einen Luftzug, der ein paar Papierabfälle über den Bahnsteig trägt. Mechanisch greift er sich in die Innentasche und sucht sich seine Zigaretten. Er hat auch Feuer. Es sind die Streichhölzer von dem Hausmeister. Nichtssagende Hölzer, keine Werbung, es steht gar nichts drauf, leer, leer, wie der Bahnsteig, leer, wie das Gerede von verrückten Leuten. Er lässt das Päckchen wieder in die Tasche gleiten und geht auf die Rolltreppe zu. Was will er jetzt eigentlich? Für die Tanzbar ist es noch viel zu früh, meint er, und wo sonst sollte er Ute treffen? Er weiß es nicht, und kurzerhand beschließt er, einfach nur die Straßen entlangzulaufen und sich um nichts zu kümmern. Es ist erstaunlich warm, und es ist ruhig in den Gassen des Viertels. Die Kneipen meist leer, oder fast leer, nur gelegentlich sieht man durch die meist großzügig geschnittenen Fenster Einzelne an der Bar sitzen. Menschen, die in Gläser starren, die sie vor sich auf dem blanken dunklen Holz hin und her schieben, hinter der Theke eine Bardame oder auch ein Kellner mit einer langen Schürze, der Gläser anrichtet, der zusieht, dass alle Flaschen in einer gewissen Reihenfolge in einem Regal stehen. Lilly, er sollte sie mal wieder besuchen. „Vielleicht später", meint er, „vielleicht morgen, mal sehen." Er stößt einen Stein an. Es ist eigenartig ruhig, anders als in Schwabing. Die Menschen hier schleichen sich hurtig und im Schutz der Dunkelheit in die Bars. Es geht keiner spazieren. Es sucht keiner. Jeder weiß, wo er hinwill, und läuft geradewegs drauflos, bahnt sich seinen Weg durch die parkenden Autos, kennt jede der Mülltonnen, die auf den schlecht ausgeleuchteten Gehwegen stehen – den Kopf in das Genick gezogen, sie wollen nicht erkannt werden, doch kennt sie sowieso jeder. Haidhausen ist anders – man kennt sich. „Den einen Straßenzug noch", beschließt Frank und schaut eine dunkle Straße entlang. Nur wenige Lichter, die da auf ein Café oder vielleicht auch eine Bar hinweisen. Er schlendert drauflos und schaut durch das große Fenster. Es ist beides, ein Café und eine Bar. Ein paar Leute sitzen da und schieben ein Glas vor sich hin und her. Frank geht rein und setzt sich auf einen dieser Hocker an der Bar. Das Barmädchen rückt an. Sie hat gerade noch mit einem nassen Lappen über das hintere Ende der Theke gewischt und einen tiefen Einblick in ihre Bluse gewährt. Jeder der Jungs an der Bar hat zugeschaut.

„Und?"

Sie schiebt sich das schwarze, lockige Haar hinter das Ohr und lässt den Lappen in einen kleinen Eimer fallen, der neben der Spüle steht. Irgendwie klingt dieses „Und?" wie das bei einem Verhör: „Und? Hast du dann geschossen?" Frank deutet auf die oberste Reihe.

„Die eine Flasche da, die zweite von links ... die mit dem italienischen Namen, ich kann ihn nicht genau lesen."

Sie streckt sich hoch und fragt:

„Diese da?"

„Ja genau, diese da, das möchte ich mal probieren."

Eiswürfel, die in ein Glas fallen. Sie hat sie irgendwo aus einem Fach unterhalb der Theke geholt und gießt den braunen Likör oder was immer es ist, darüber.

„Du probierst gerne?"

„Oh ja, ich probiere gerne, vor allem aus der obersten Reihe."

Er kann ein Schmunzeln nicht unterdrücken, aber die Lady hinter dem Tresen scheint nicht zu verstehen. Wieder Frank:

„Ist hier keine Musik? Ich meine, man kann es sicher nicht jedermann recht machen, aber ein bisschen Geplänkel?"

„Natürlich habe ich Musik, ich erfülle sogar Wünsche."

„Wünsche? Vielleicht ... etwas nicht zu ... Launisches."

Er drückt es pietistisch aus, dreht dabei seine rechte Hand, um das Vage seines Wunsches auszudrücken, und schielt zu seinen Nachbarn, die sich nicht darum kümmern.

„Eine winzige Spur konkreter, und ich könnte mich entscheiden."

Sie übernimmt seine überspitzten Formulierungen und gibt dem Ganzen mehr von dem Grotesken. Frank nippt inzwischen an seinem Glas.

„Genauer? Nein, noch genauer kann ich meine Wünsche nicht beschreiben."

„Gut. Dann überlass die Wahl mir. Du meldest dich, wenn es dir nicht passt, okay?"

Sie tritt kokett auf, ein Zeigefinger, den sie auf Frank richtet, ein kesses Lachen, schließlich dreht sie sich ungebärdig um und macht die zwei Schritte auf das kleine Mischpult zu. Frank schaut sich inzwischen um und fühlt sich eigentlich ganz wohl. Er ist hier noch nie gewesen, und die Lady hinter der Theke ist so ganz anders als Lilly. Irgendwie gefällt es ihm, wenn er auch eine kleine Scheu verspürt. Eine Scheu gegenüber dem Mädchen. Vielleicht sollte man nicht „Scheu" sagen, vielleicht ist „Ängstlichkeit" geeigneter, eine winzig kleine Angst, dass er auf einmal verstummen könnte, eine kleine Angst, dass er nicht mehr weiterwüsste, dass er den anfänglichen Kitzel, diese Spannung, wie sie sich nun ergeben hat, nicht aufrechterhalten könnte und das Ganze in einer Mulde endete – ein leichtes Auf und Ab, und irgendwann bleibt der Schlitten am tiefsten Punkt der

Mulde hängen. Er legt dann eine oder eventuell auch zwei Banknoten auf das glatte dunkle Holz, schiebt sie zu der Lady in dem engen Kleid, die sich die lange schwarze Schürze eng um die Taille geschnürt hat, und es verhallen die letzten Worte, die in alter und gewohnter Manier gesprochen werden: „Stimmt schon."

Er nippt noch einmal an seinem Glas, es muss irgendein Kräuterlikör sein, und horcht auf seinen emotionalen Wetterbericht. Musik dringt durch, es ist eher ruhig, es ist keine sehr launische Musik – genau, wie er es sich vorgestellt hat. Es ist so eine Musik, an die man denkt, wenn man der Waschmaschine im Spülgang zuschaut, das Wasser kriecht hoch und wirft Blasen. Frank stützt den Kopf in eine Hand. Das Mädchen dreht sich zu ihm um.

„Und? Ich meine, wenn das nicht ‚unlaunisch' ist, dann weiß ich auch nicht."

Frank lacht – es ist vorerst alles. Er stützt den Kopf schwer in seine offene Hand und hört gespannt auf die Musik. Die Lady greift sich ihren Lappen in dem Eimer und windet ihn ordentlich aus.

„Weißt du, die Musik ist so unlaunisch wie eine Waschmaschine im Spülwaschgang. Ich liebe sie."

„Siehst du! Sag mir deine Wünsche – ich erfülle sie!"

Sie windet dabei den Lappen, den sie noch immer über den Eimer hält. Es zeichnen sich Blutgefäße an den Fingern ab, sie schlängeln sich um die Gelenke. An manchen Stellen erkennt man, wie das Blut in ihnen pulsiert.

„Weil wir gerade bei den Wünschen sind ... die Flasche daneben?"

Er hält sein leeres Glas hoch, das er gerade von seinen Lippen abgesetzt hat, und deutet mit der freien Hand auf die oberste Reihe.

„Du hast ein Faible für die obere Reihe, nicht?"

„Ja."

Sie streckt sich hoch und holt die Falsche runter. Wieder fallen Eiswürfel in ein Glas, wieder ergießt sich eine dicke Flüssigkeit über die Eisklumpen und landet schließlich vor Frank auf dem Tresen.

„Jetzt müsste halt ein Kerl wie Tom hier sein!", denkt Frank und schaut nach links und auch nach rechts, erkennt aber nur trübselige Kerle, die sich über eine Zeitung vom Vortag lehnen und still hoffen, dass die Lady noch einmal über den Tresen wischt und dabei eine Brust raushängen lässt. Außerdem passt ihnen wohl die Musik nicht. Aber es ist Frank egal, dem Mädchen hinter der Bar scheint es auch egal zu sein. Sie weiß es vielleicht, sie weiß vielleicht, dass die Kerle deshalb morgen auch wieder kommen werden. Denn sie kommen ja nicht wegen der Musik, sondern nur wegen der Zeitung vom Vortage und weil sie hoffen, dass sie zusehen dürfen, wenn sie über den Tresen wischt.

Die Lady dreht das Licht etwas runter, stellt den Eimer unter den Tresen und stützt beide Hände in die Seiten. Sie scheint zu überlegen. Zwei Sekunden, vielleicht auch drei, stumm bewegen sich ihre Lippen, es ist wie ein Lesen in einer fiktiven Liste, die vor ihren Augen abrollt. Sie schielt dabei über die Theke, zur Spüle hin, zu den

Regalen mit den Flaschen, zu den Maschinen, den Früchten am Ende der Bar und auch zu den fünf verchromten Zapfhähnen, die vor Frank stehen. Er kann sich darin wiedererkennen, fünffach, auf den Kopf gestellt, die Nase weit hervorgetreten – es ist ein obskures Bild. Er vermeidet den Blick in das verchromte Monstrum, aber jede Bewegung, die er tut, kehrt fünffach wieder, wird fünffach nachvollzogen, unbewusst registriert. Er schreckt immer wieder davon auf und erkennt sich wieder, auf den Kopf gestellt und kindisch verzerrt.

Es ist richtig schummrig geworden, die Musik trällert vor sich hin, das Mädchen ist zufrieden mit ihrer Vorbereitung – der Abend kann anscheinend beginnen. Frank scheint etwas ängstlich, ängstlich, dass er den Witz, dass er das Groteske und Überspitzte des Gesprächs nicht erhalten kann, er raucht und nimmt einen kräftigen Schluck.

„Für mich dasselbe."

Die Stimme überrascht Frank, er dreht sich herum, und neben ihm erkennt er Tom. Dieser richtet einen Finger auf sein Glas und spricht zu der Lady hinter dem Tresen.

„Wetten, dass die Flasche in der obersten Reihe steht?"

Die Bardame hat diese letzte Bemerkung nicht mehr gehört. Er hat dabei die Stimme gesenkt und sich nebenbei auf den freien Hocker neben Frank gesetzt.

„Siehst du! Uhhh! Und wie sie sich strecken muss!", nuschelt er.

Er trägt wieder den etwas zu guten Anzug – zu gut, um damit in eine abgedroschene Bar oder in ein verschrobenes Café, das nebenbei auch eine Bar ist, zu gehen. Wenigstens die Sonnenbrille hat er abgenommen, seine Augen sind kleiner, als Frank sie eingeschätzt hat, er gewinnt dadurch an Spitzbübigkeit. Eigentlich passt es genau. Das Haar wieder in Pomade getränkt, es ist straff an den Kopf gekämmt, frisch rasiert, man meint, den markanten Duft von Rasierwasser zu riechen. Er ist vielleicht vierzig. Es sind da ein paar Furchen, die sich weit ausholend über das etwas ausgemergelte Gesicht ziehen, tiefe Furchen, die er sich beim Rasieren wohl mit zwei Fingern straff zieht. Aber wieder dieses höhnische, dieses so verdammt selbstsichere Grinsen, wieder dieser Mut, mit dem er die Krümel an der Theke zu einem Haufen richtet und schließlich mit einem Wisch über das Holz fegt, als wäre es das Leben, das er so locker in eine Tasche einpackt. Er bestellt etwas bei dem Mädchen hinter dem Tresen, streift mit der Hand über einen Oberschenkel und lacht zu Frank.

„Mensch, wenn die sich nicht strecken kann, wer sollte es sonst können?"

„Ist das jetzt ein Zufall?"

„Dass die sich so strecken kann?"

„Nein, dass du hier bist."

„Ich lief die Straße entlang und sah dich durch das Fenster hier sitzen und ... da bin ich!"

Er hebt die Arme, als wollte er sich präsentieren; die Bardame schiebt ihm ein Glas hin, er lacht sie an.

„Wie heißt du? Wir rufen so ungern ‚Hei du!', wenn wir bestellen wollen – und für gewöhnlich bestellen wir sehr oft."

„Oh, das habe ich schon bemerkt! Ich meine, ich hab den Laden erst ein paar Minuten offen und mich mehr gestreckt als das ganze vergangene Jahr."

„Steht das Zeug schon so lange oben? Dann war es ja höchste Zeit, dass wir kamen!"

„Vielleicht sollte ich ja gleich alle Flaschen runterholen?"

„Nein, nein, lass sie nur oben, wer weiß, hernach schmeckt uns vielleicht die untere Reihe, und dann war alles umsonst."

Er schaut zu Frank, stößt ihn etwas in die Seite, um ihm ein Kopfnicken zu entlocken.

„Alles klar!", entfährt es ihr. Sie muss lachen, weil die beiden Kerle auf der anderen Seite so albern aussehen.

„Aber die Sache mit deinem Namen, die ist noch nicht geklärt."

„Ach ja, Veronika. Aber jetzt muss ich auch wissen, wie ihr heißt – auch wenn ich gar nicht vorhabe ..." Sie hält inne, hebt schließlich einen Zeigefinger etwas und fügt dann hinzu, während sie etwas lehrerhaft über die Brille hinwegsieht, die sie gar nicht aufhat:

„... bisher nicht vorhabe, bei euch etwas zu bestellen."

Frank schaltet sich ein, er übernimmt die Sache mit dem Vorstellen. Zu lange wäre er still an der Seite gestanden, hätte sich nur gelegentlich mit einem Auflachen bemerkbar gemacht und wäre ebenso schnell aus der Erinnerung aller verflogen, wie sein Lachen verstummt wäre. Zu lange wäre er stiller Beobachter gewesen, zu lange, um noch einen Anschluss zu finden, einen Anschluss an das Groteske, an das Alberne, das sich mit diesem Tom ergeben hat.

Tom übernimmt wieder das Sagen.

„Sag, Veronika, ich mein', nimm es nicht persönlich, aber ... könnten wir nicht ... wegen der Musik etwas machen ... ich meine ... könnten wir da nicht etwas ... eher ‚Launisches' draus machen?"

„Ich sagte es schon zu Frank: Ich erfülle Wünsche, ich mache alles wahr, was ihr wollt – hast du es vielleicht etwas genauer?"

„Genauer? Nein, noch genauer geht es nicht."

Veronika wackelt wieder zu ihrem Mischpult, Tom stößt Frank wieder in die Seite.

„Weißt du, man kann sich das Leben zur Hölle machen – aber wieso sollte man das tun? Ich mein', wir kommen hier rein, und was gibt es da zu rütteln? Da ist Veronika, sie gibt uns was zu trinken, legt unsere Platten auf. Gut, wir sollen auch ein paar Scheine auf den Tresen legen, aber dafür haben wir diese ja."

Tom greift sich eine Zigarette, die Musik wechselt, Veronika schiebt einen Hebel an ihrem Mischpult hoch. Die wenigen Gäste in dem Lokal, die Typen, die ihre Nase in die alten Zeitungen stecken, stutzen etwas, rümpfen vielleicht auch mal die Nase und stieren gleich wieder auf die Sensationen des Vortages.

„Ja, dafür haben wir sie … wenn wir nicht davon leben würden ... was sollten wir dann damit, hm?"

„Na! Und wenn sie sich dafür so hübsch artig streckt? Was will man da noch mehr?"

Veronika tritt an die beiden heran. Sie hat sonst nichts zu tun. Die paar anderen Kerle in der Bar bleiben anscheinend den ganzen Abend vor diesem einen Glas sitzen, andere scheinen nicht mehr zu kommen, vielleicht ist es aber auch nur noch zu früh am Abend.

„Und? Ist das ‚launisch'?"

Sie pocht mit den Fingern auf das blanke Holz, um dem Ganzen mehr Dringlichkeit zu geben. Es ist eine Art von Lob, was sie hören will, auch wenn sie es selber durch das überspitzte Gehabe in Ironie tränkt. Sie ist so anders als Lilly, sie macht alles mit. Vielleicht liegt es auch an Tom, vielleicht aber auch an dem anfänglich sicheren Auftreten von Frank. Sie ist überall dabei, man braucht sich nur auf den Schenkel zu klopfen, schon klopft sie auch. Sie spart nicht an Ironie, sie geizt nicht mit Wortwitz, mit frechem Auftreten. Einem Auftreten, das man jederzeit entschuldigen kann, eigentlich gar nicht entschuldigen muss, weil es so sorgsam und artig ein Schmunzeln hervorruft, das man gar nicht mehr missen möchte, auf keinen Fall mehr missen will.

„Es ist genau das, was ich wollte."

„Sag ich doch, ich erfülle Wünsche."

Sie verschwindet – irgend so ein Kerl, der eben reingekommen ist und sich etwas entfernt an einen dieser kleinen Tische gesetzt hat, die da im restlichen Raum verteilt sind.

„Das letzte Mal, du erinnerst dich? Im Englischen Garten? Ich habe da einen Filmriss – was war da noch?"

„Das? Ach, das war toll! Du weißt nichts mehr? Echt? Teufel! Wie man so etwas vergessen kann!"

„Nun sag, was?"

„Ach, ich glaube dir kein Wort, das kann man nicht vergessen."

Veronika setzt ein Glas unter einen der fünf verchromten Zapfhähne. Es rumort anfangs. Dann läuft dick weißer Schaum aus dem engen Hahn in das Glas. Ein leichtes Kopfschütteln. Frank klopft sich mit einem Finger gegen die Stirn und beobachtet Veronika, wie sie über den Schaum die Nase rümpft. Frank stichelt ihn in die Seite. Er wartet immer noch auf eine Antwort.

„Wie eine Flasche Prosecco, die man schüttelt, deren Korken aber niemand knallen lässt."

Veronika schaut von ihrem Glas hoch, dem Glas, in das der Schaum kriecht, und Frank überlegt, wie sich das auf seine Frage auswirken könnte.

„Das hübscheste Mädchen dieser Welt, das lebt in einem kleinen sibirischen Dorf. Wenn ich an sie denke, dann bin ich wie eine Flasche Prosecco, die man schüttelt ..."

Er krault sich am Kinn, Veronika schaut etwas verwundert, und Frank versucht, sich noch immer einen Reim daraus zu machen.

„Aber ich bin eine Flasche, deren Korken niemand knallen lässt ...“

Er zieht an seiner Zigarette und stößt eine blaue Wolke unter den Lampenschirm, der etwas über ihnen schwebt, und der weiße Schaum läuft über das Glas, er läuft auch über die gestreckten Finger von Veronika, die das Glas noch immer schräg hält und es noch nicht bemerkt.

„... weil ich noch nie in Sibirien gewesen bin und sie noch nie bei mir.“

Veronika erschrickt wegen des Schaums, sie stellt schnell das Glas nieder, und Frank schaut sich nach ihr um. Tom aber sieht seiner Wolke nach, der Wolke, die er in die Luft gestoßen hat und die sich aus dem Schirm über seinem Kopf windet und zur Decke hinaufsteigt.

„Ich mein ... für einen Augenblick habe ich gemeint, es wäre dieser Schaum da, dieser Schaum, der da in das Glas fließt, geflossen. Dieser Schaum von dem Perlwein, verstehst du?“

Er schaut zu Veronika, und über sein Gesicht zieht sich dieses unwiderstehliche breite Lächeln. Unwiderstehlich, weil sich alles dareinfügt, weil es sich wie eine Woge über alle Gesichter verteilt, und Veronika bricht nach dem anfänglichen Lächeln in ein leises Gelächter aus. Frank schaut unverständig heiter und klopft mit einer flachen Hand auf den Tresen. Die einzelnen Gäste, die von ihren Zeitungen aufsehen, stieren nur unsicher und unwissend in der Gegend herum, stehlen sich schnell wieder hinter die aufgeschlagenen Seiten und vermeiden, teilnehmen zu müssen, vermeiden, sich Gedanken machen zu müssen; schlagen es sogar mit einer laxen Handbewegung ab, weil sie es nicht vertragen können, vielleicht sogar gar nicht wollen, dass sie es vertragen können.

Gelegentlich erscheinen ein paar Gäste. Sie setzen sich an die Bar oder auch an die kleinen Tische. Sie unterhalten sich nett oder starren in eine Zeitung, vielleicht auch in die Luft, sie sehen vielleicht auch manchmal zu Frank und Tom, die sich an der Theke mit Veronika amüsieren, und wundern sich über die Gleichgültigkeit, mit denen man ihnen entgegentritt. Diese Gleichgültigkeit, die man erfährt, wenn man über irgendeinen großen Platz der Stadt geht und höchstens mal von einem Touristen angesprochen wird, um ein Bild von ihm und seiner reizenden Freundin zu machen. Ein Erinnerungsbild, um nicht vergessen zu werden, um es zu Hause in einen Ordner abzulegen, damit man später mal die Gewissheit hat, es gesehen zu haben, sogar davorgestanden zu haben.

Diese Gleichgültigkeit, mit der man an das Leben herantritt und nicht fragt, wieso und weshalb, oder vielleicht gar nicht umhinkann und diese Gleichgültigkeit deshalb voranstellt, um nicht fragen zu müssen. Man kann es sich zur Hölle machen, aber wieso sollte man das tun?

5. Kapitel

Es ist sehr spät geworden. Frank und Tom waren die letzten Gäste in Veronikas Bar. Sie sperrte ihren Laden zu, zog die Vorhänge vor die weiten Fenster und blieb mit den beiden noch bis in die frühen Morgenstunden sitzen.

Es war eine der ersten S-Bahnen an diesem Samstagmorgen, die Frank nahm und die ihn wieder ein Stück näher nach Schwabing brachte. Auf dem Bahnsteig war es kalt. In der Morgendämmerung, wenn die Luft feucht ist, dann spürt man die Kälte am meisten. Sie scheint jedes Kleidungsstück zu durchdringen, man kann die Arme noch so fest um die Brust schlingen.

Wieder diese Leere, kein Mensch, der zu dieser Zeit auf einen Zug wartete. Nur ein paar Mäuse, die sich hastig durch den groben Schotter, der unter den Schienen lag, trieben. Wieso diese Eile? Die zwei Türme des Bürokomplexes auf der anderen Seite des Ostbahnhofes standen in den ersten Sonnenstrahlen.

Tom hatte sich vor der Tür zur Bar verabschiedet, man würde sich sicher bald wieder über den Weg laufen. Vereinbaren? Nein, vereinbaren brauchen wir nichts, es wird sich auch so ergeben. Tom nahm die andere Richtung, sie ließen Veronika in der Bar zurück. Eine Treppe würde von einem Hinterzimmer der Bar aus in den ersten Stock führen, dort würde sie wohnen. So gingen sie auseinander, im Morgengrauen. Frank auf dem Weg nach

Schwabing, Veronika müde die paar Stufen hoch, wo der Dunst und Rauch des Abends und der Nacht zu ihr unter das Dach stieg, und Tom irgendwohin, irgendwohin, wo ihn niemand vermuten würde, von wo er wieder so überraschend und wieder so überzeugend – mit all seinem Mut – auftauchen würde und alles in eine knisternde Atmosphäre packen würde, die man an jeder Faser der Haut zu spüren vermeinte.

Der Zug kommt, und Frank steht in einem leeren Abteil, er will sich nicht setzen. Er sieht noch eine Weile zu dem Gebäude, das die ersten Sonnenstrahlen des Tages einfängt. Schimmernd schmiert sich das gelbe Licht in die Scheiben. Es spiegelt sich und setzt das hässliche Gebäude in einen eigenartigen Glanz. Schließlich verschwindet der Zug im Untergrund, es ist wieder Nacht, jedenfalls für Frank. Er ist noch nicht müde.

In Schwabing angekommen, bleibt er vor Lillys Bar stehen. Er klopft, es antwortet aber niemand. Es wird schon deutlich hell. Lilly hat ihre Bar schon zu. Sie ist längst in ihrer Wohnung, wenige Straßenzüge weiter.

Etwas enttäuscht schlendert Frank die Straße runter und schließt schließlich das Tor auf, das zu dem Hinterhof führt, in dem er wohnt. Er schleicht träge die Treppen hoch und harrt auch mal aus. Er setzt sich auf den kalten Boden und presst eine Wange gegen das schmiedeeiserne Geländer. Das Licht des Morgens fällt durch die Fenster des Treppenhauses, die nach Osten gerichtet sind. Wieder Werbung, die da auf den Stufen liegt, er schmeißt sie durch das Geländer und sieht den Blättern nach, wie sie durch die Luft segeln und sich gemächlich hin und her drehen, bis sie sich schließlich auf einer der Stufen niederlassen. Frank steht auf und sucht sich wackelnd den Schlüssel zu seiner Wohnungstür. Er schmeißt die Kleider auf einen Haufen und lässt sich in das Bett fallen, unachtsam stößt er noch eine bereits begonnene Partie auf dem einfachen Schachbrett um und schläft endlich ein. Er beobachtet noch, wie sich eine der liegenden Figuren um das Rund ihres Absatzes dreht, als ob sie sich in einer Mulde auf und ab bewegen würde, langsamer werdend, bis sie endlich still verharrt und völlige Reglosigkeit in den Raum einkehrt. Nur der Tag ... der Tag hat begonnen.

Und langsam erwacht auch das Leben an diesem Samstagmorgen auf den Straßen. Die Geschäfte öffnen, Zeitungsständer werden auf die Bürgersteige gerollt, Zeitungsständer und Ständer mit Postkarten. Menschen laufen mit den Tüten der Bäckereien unter dem Arm nervös hin und her. Der Kaffee läuft, sie haben es eilig. Die Jungs von der Straßenreinigung sind längst schon wieder weg. Sie haben ihren Job erledigt, noch bevor Frank aus den Schächten der Untergrundbahn auf die Straße getreten ist. Frisch geputzt kündigt sich ein sonniger Tag an, die feuchte Kälte des Morgengrauens hat sich verzogen, und die Bedienung des Cafés am Eck richtet wackelige Stühle an die wackeligen Aluminiumtische, legt eine grob gemusterte Tischdecke auf und auch einen Aschenbecher.

Diesen, damit die Brise, die gelegentlich die Straße hochzieht, das Stofftuch nicht mit sich reißt.

Eine streunende Katze, die sich im Schatten eines Tisches niederlässt und von dort aus die junge Bedienung
beobachtet, die zu der Musik aus dem Café trällert und
noch eine gefaltete Karte neben den Aschenbecher legt.
Eine Karte, in der die zahlreichen Variationen des Früh-
stücks festgehalten sind.

Wie trüb verläuft da doch das Frühstück von Lilly! Es
besteht aus einer halben Kanne schwarzen Kaffees, den
sie sich Tasse für Tasse runterwürgt, den Kopf in eine
Hand gestützt. Schwer liegt er nach den langen Nächten
in der hohlen Hand. Wie hat noch der Vater zu den beiden Mädchen gesagt? Nach diesen langen Nächten, die
er in irgendwelchen Bierhallen verbrachte und dann in
den frühen Morgenstunden stumm nach Hause kam und
die Mädchen erst weckte, als er im Gang über eine Kom-
mode oder sonst was stolperte? Wie oft versuchten sie,
seinen fetten Körper in das Bett zu schleppen! Wie oft
mussten sie ihn liegen lassen, weil sie ihn nicht mehr bewegen konnten und ihm Speichel aus dem halb geöffne-
ten Mund floss! Fett und übel riechend, nach dem billigen Parfum von Huren, nach Bier, Schnaps und Rauch.
Er schlief ein paar Stunden auf dem harten Fußboden.
Die Mädchen hatten dann immer den Kaffee parat, den
er dann ungewaschen und unverdünnt trank. Er nu-
schelte dann immer aus seinem mit Bartstoppeln übersä-
ten Gesicht: „Lilly, Mary, ihr müsst mir versprechen …
Hört ihr mir überhaupt zu? Ihr müsst mir versprechen,

dass ihr das mal anders anfangt als ich!" Als ob er gewusst hätte, dass er etwas falsch machte. Er wusste es wohl auch, er konnte nicht anders. Er war immer einer dieser Menschen, die an sich selbst verzweifeln. Sie wollen zwar, aber scheitern immer daran, weil sie erkennen müssen, dass sie es nicht zustande bringen. Es ist wie eine viel zu große Angst zu versagen, zu versagen und sich damit eine Blöße zu geben. Es ist viel leichter, sich hinter einem Vorhang zu verstecken und gelegentlich hervorzuschielen und alles niederzuschreien und zu verdammen, und das nur, weil man sich selber vor sich rechtfertigen muss und rechtfertigen will. Man will sich nicht selber kritisieren.

Lilly, Mary ... ob er es überhaupt weiß? Lilly rührt in ihrem Kaffee herum. Von ihr jedenfalls weiß er nichts. Seitdem die beiden Mädchen nach München gekommen sind, haben sie nichts mehr von sich hören lassen. Die Polizisten fragten zwar nach Eltern, aber Lilly meinte, dass sie das alles selber erledigen würden. Die Polizisten schienen ganz froh darum zu sein. Sie unternahmen nichts, hörten aber auch nichts mehr.

Sie schwieg, den Vater rief sie niemals an. Man meint, dass es kein Geheimnis sein dürfte, jeder nähere Bekannte müsste es wissen, keiner dürfte in dem Glauben leben, dass man lebt, wenn man doch schon längst tot ist. Es ist eines dieser Dinge, die man möglichst schnell verbreiten muss. Es sollte niemand, aber auch absolut gar niemand in einem falschen Glauben leben – wir wollen es nicht, wir wollen es nicht ertragen, dass wir tot sind und andere glauben, wir leben noch.

Weiß es der Vater? Wer weiß, ob er überhaupt noch lebt! Es ist eine lange Zeit vergangen, getrennt von der Herkunft, getrennt von dem, was man Familie nennt, endlich! Frei davon, frei von einer Sache, die man schon längst hinter sich hat bringen wollen, frei von einer Sache, die man immer nur als Last, als einen schweren Stein, angekettet am Fußgelenk, empfunden hat. Und? Lebt er eigentlich noch? Eine Frage, die nach einer Antwort verlangt, eine Frage, die sich so dringlich in ihren Kopf bohrt, dass sie ganz vergisst, dass sie ihn nie hat anrufen wollen, während sie sich das Telefon näher heranschiebt und wie mechanisch die Tasten drückt.

Eine alte Nummer, sie hat sie noch immer im Gedächtnis. Es ist mal ihre Nummer gewesen. Sie gab sie an ihre Freunde weiter, an ihre Bekannten. Vielleicht wollten sie sogar viele erreichen, vielleicht fragten auch viele nach Marianna. Sie hinterließen keine andere Nummer, keine Zahl, die irgendwelche Rückschlüsse auf ihre Existenz zuließen. Sie ließen alles zurück, selbst Bekannte, selbst Freunde, still und heimlich wollten sie sich ein neues Leben in München aufbauen, und jetzt hat sie diese Nummer wieder im Gedächtnis, als wäre es erst gestern gewesen, dass sie diese Nummer einem Kerl diktiert hat, der sie unter ihrer Aufsicht auf einem kleinen Zettel notiert hat, damit er sich mal bei ihr melden könnte. Und wenn nicht sie da wäre, dann vielleicht ihre kleine Schwester.

232

Nichts! Es hebt niemand ab, vielleicht ist es auch noch zu früh, vielleicht gehört der Anschluss mittlerweile aber auch jemand völlig anderem. Jemandem, der am Samstagvormittag arbeiten muss oder das Wochenende mit seiner Familie an einem kleinen See verbringt.

Lilly legt wieder auf, gießt sich von dem Kaffee ein und schiebt das Telefon wieder zur Seite. Wieso ist sie eigentlich so früh aufgestanden? Sie ist verunsichert, sie ist müde. Es ist dieser Traum gewesen, dieser Traum von Marianna. Sie träumt oft von ihr, das wäre nichts Neues, aber dieses Mal träumte sie davon, dass sie sich liebten, dass sie miteinander schliefen. Sie träumte von diesem Geschmack in ihrem Mund, diesem Geschmack von Zigaretten. Er hatte etwas Ekliges an sich, er setzte sich an ihren Gaumen, als sie davon träumte, Marianna zu küssen. Sie spürte ihre Zunge. Sie merkte, wie sich der Geschmack in ihrem Mund verbreitete. Sie spürte Mariannas Zunge, wie sie sich an ihrem Zahnfleisch entlangtastete. Sie spürte, wie sie sich sanft an sie lehnte, der vertraute Körper, der mit einem Mal eine völlig andere Bedeutung erfuhr. Sie spürte, wie sich das Haar in dem ihren verfing, das Haar, das sie kannte, das Haar, das ihr plötzlich so fremd, so anders erschien. Sie erinnert sich auch noch an die Hand, die sie um die Taille fasste, die Hand ihrer Schwester, die Hand einer Frau, die Hand, die sanft über ihre Haut streichelte, während ihre Zunge über die zittrigen Lippen glitt und versuchte, die Verunsicherung und die Zerstreuung zu nehmen.

„Aber ich bin es doch, Marianna, schau, es ist alles gut."

Und wieder dieser Geschmack von Nikotin, der sich im Rachen ausbreitete, dieser Geschmack, der auf ihrer Zunge lag und den sie in ihrem Mund verteilte, den sie über ihren Körper verstrich, den Hals entlang, den Nacken, die Brust, die sie unter einer scheuen Wehr freilegte, wenige Knöpfe. Sie spreizte währenddessen einen Oberschenkel zwischen ihre Beine und streckte ihre Zunge in ihren Mund. Ein feinzittriges Beben durchlief sie, als sie an ihrem Hemd zog, um es aus dem festen Sitz der Hose zu lösen, sie suchte sich sicher den Weg zu dem Gürtel und öffnete die Schnalle des Lederriemens, das Hemd verlor sich wie von selbst, es kroch unter dem gelockerten Gürtel aus dem Saum. Mariannas Hand nahm sie um die Taille und wälzte ihre unsichere Schwester um sich, sie spürte die kleinen und harten Spitzen ihrer Brust auf der Haut, auch das Weiche, das Bekannte und doch so Fremde. Sie wehrte sich schüchtern, aber gefangen und unerklärlich unentschlossen, den Willen durchsetzen zu wollen, verlor sie sich und war bereit, alles mit sich geschehen zu lassen. Ein warmer Hauch ihres Atems stieß ihr ins Ohr, warm und feucht leckte die Zunge den Windungen nach, der Speichel, der nass und laut in das Ohr eindrang, die Zunge, die sich streckte, hart und spitz, und sich breit und weich über alles legte.

Als sie aufwachte, schmeckte sie diesen Geruch von Nikotin, sie suchte mit der Zunge am Gaumen, sie suchte auf der Innenseite der Wangen. Es war überall dieser fremde Geschmack. Er hielt sich fest, wenn es auch nur ein Traum war. Sie schloss noch einmal die Augen und

stellte erschrocken fest, dass sie in den Traum zurück-
kehren wollte, dass sie eine Fortsetzung wünschte. So
wie Kinder oft aus dem Schlaf erwachen und schnell wieder in den Traum verfallen wollen, weil es gerade so
schön gewesen ist, weil sie unbedingt an eine Fortsetzung glauben. Aber es ist nur ein verzweifelter Versuch,
etwas zu finden, was es nicht gibt – eine Fortsetzung. Lilly bleibt liegen, auf dem Rücken. Was war das jetzt? Sie
schmeckt noch immer die Zunge in ihrem Rachen, sie
spürt sogar noch die Form, breit und weich und spitz
und hart, sie spürt diese Bewegung, die sich die Zahnrei-
hen entlangzieht, diese Bewegung über ihre Brustwarzen, diese Bewegung zwischen ihren Beinen, spitz und
hart und breit und weich. Das Glänzende an ihrer Zunge,
den Speichel, so fremd und doch bekannt. Sie ist erschrocken, verstört und irritiert. Ihre Schwester und diese
Zärtlichkeit, diese endlose Zärtlichkeit, die sich über alles
ergossen hat und nicht mehr hat aufhören wollen. Und
dieser Geschmack, der so echt gewesen ist, als sei er tatsächlich in ihrem Mund abgelegt worden, dieser Geschmack, als habe sich tatsächlich eine glänzende Zunge
in ihren Mund geschoben und sei tatsächlich an ihrem
Zahnfleisch entlanggeschlichen. Es pocht ihr still das
Herz im Hals, sie liegt wach in ihrem Bett und kann nicht
mehr einschlafen.

Es ist viel Zeit vergangen. Dann endlich stand sie auf
und bereitete sich den Kaffee, und endlich, ganz gedankenverloren, wählte sie diese alte Telefonnummer. Es
meldete sich niemand, vielleicht gehörte die Nummer

mittlerweile jemand anderem. Vielleicht lebte er nicht mehr, so wenig wie Marianna. Marianna?

Die letzten Tropfen fallen in die Tasse, noch immer zittert die Hand etwas, sie klemmt sie zwischen die Oberschenkel und nippt an dem Rand der Kaffeetasse.

Ungewaschen, sie riecht den vertrockneten Schweiß ihrer Achseln, schon lange hat sie es aufgegeben, noch nach der Arbeit zu duschen. Sie sucht diesen Geruch, steckt die Nase unter den Kragen des T-Shirts. Es soll diesen Geschmack von Nikotin, von Zigaretten nehmen, diesen Rauch, der sich in ihrem Mund festgesetzt hat, diesen Geschmack, von dem sie glaubt, ihn in schmalen Spuren über den Körper verteilt zu haben. Den Geschmack, der sie so verstört, dass sie beide Hände fest zwischen die übereinandergeschlagenen Schenkel klemmt. Eine Frau? Marianna? Sie starrt aus dem Fenster, holt mit einer Hand aus und drückt sich ein Haarbüschel hinter das Ohr. Eine breite und weiche Zunge, die den Windungen nachleckt, ein Beben, das sie von Kopf bis Fuß durchläuft, Prickeln der Haut, der Rücken, die Brust, die Brustwarzen – sie schreckt auf. Nein, es darf nicht sein, es kann nicht sein, es ist alles gelogen, nicht Wirklichkeit! Doch was ist schon Wirklichkeit? Sie zeichnet mit dem Fingernagel ein Muster auf den alten, verkratzten Tisch und wischt schnell wieder darüber weg. Was ist schon Wirklichkeit? Etwa diese Welt da draußen? Diese Welt, die Menschen wie Vater schafft, diese Welt, in der zerbrechliche Menschen wie Marianna nicht zurechtkommen? Ist das die Wirklichkeit? Vielleicht ist doch alles ein Schachspiel. Du wirfst Träume und Wünsche vor die Hunde, um dann zu entdecken, dass du kein Gewinner bist.

Sie stellt die nackten Füße auf einen Stuhl und lehnt sich zurück. Wieder kratzt sie an einem Muster. Nein, sie will ihren Vater nicht anrufen, er hat sich nicht um sie gekümmert. Er kannte Marianna nicht, er wusste nicht, was sie für ein Wesen hatte, wie zerbrechlich und anlehnungsbedürftig sie war. Er gehört nicht zu den Menschen, die es wissen müssen. Er ist keiner der Menschen, die sofort wissen müssen, dass man tot ist, damit man nicht meint, dass man noch leben könnte. Er gehört nicht dazu. Sie starrt auf das Telefon. Ist Marianna wirklich so gewesen? War sie wirklich so zärtlich, so leidenschaftlich, so ... so weiblich? Und wieder dieses Prickeln, die gespreizten Beine von Marianna, das Geschlecht, das man feucht und warm durch den Stoff spürt, die Gürtelschnalle, die mit ihrem blechernen Ton fällt, und das Hemd, das sich löst und die nackte Haut zeigt.

Der Geruch der Achseln. Lilly zieht am Kragen, er überdeckt diesen Rauchgeschmack nur für einen Augenblick. Irgendwo müssen sich doch Zigaretten finden! Sie läuft quer durch das Zimmer. Ein Tischchen mit Schubläden. Sie stöbert darin herum und zieht eine aufgebrochene Schachtel hervor, aus einer anderen Schublade Streichhölzer. Dieses fremde Gefühl dieses Stängels zwischen den Lippen, das Heiße des Feuers, so nahe am Gesicht, Rauch, der aufsteigt! Wohin mit dem abgebrannten Streichholz? Es ist dieser Geschmack. Sie erkennt ihn wieder. Es ist dies der Geschmack, den ihr Marianna in den Mund gelegt hat und den sie nicht mehr loswird. Ein Schwindelgefühl, ein Klobigwerden der Zunge, Speichel, der den Mund anfüllt. Sie rennt auf die Toilette, schmeißt die rauchende Zigarette ins Klo und spuckt den Speichel in das Waschbecken.

Wie sie aufschaut und ihr Gesicht in dem Spiegel betrachtet, da ist sie sich nicht mehr sicher, ob sie wach ist oder träumt. Sie weiß nicht mehr, ob Marianna nun in Wirklichkeit gestorben ist oder ob es im Traum gewesen ist. Der Speichel zieht Fäden, und sie erinnert sich an diese glänzende Zunge, diesen Muskel, der, ganz in Speichel getränkt, diesen Geschmack von Rauch in ihren Mund gelegt hat. Diesen Geschmack, der sich nicht mehr verdrängen lässt und an ihre Schwester erinnert, an diesen Niederschlag der Augenlider, der nicht so vollkommen gewesen ist, dass er nicht noch ein Stück der feucht glänzenden Iris sehen ließ, an dieses Fallen des Hemdes, nachdem sich die Gürtelschnalle gelöst hat, an dieses Hochbäumen des Beckens, das feuchte Geschlecht und diese weichen Brüste – so bekannt und doch so fremd.

Sie drückt den Spülknopf, die Zigarette verschwindet. Mit dem Handtuch wischt sie sich den Mund ab und setzt sich aufs Klo, wobei sie die Handballen in die Augenhöhlen stützt. Was ist schon Wirklichkeit? Sie reißt sich ein paar Blätter von der Klopapierrolle ab und schnäuzt sich damit, zieht sich schließlich den Slip runter und uriniert.

Was ist schon Wirklichkeit? Das Plätschern des Strahls, wenn er in die Pfütze trifft? Das Reiben des Papiers, wenn es in die Falte gedrückt wird? Dieses zärtliche Anlehnen ihrer Schwester, diese Nähe, wenn Augenlider niederschlagen und bloß noch eine schmale Spur eines feuchten Glanzes übrig lassen? Diese feuchten Augen, diese Spiegel eines Wesens, dessen Pigmentierungen, dessen Ringe und Farben man noch nie so genau, so eindringlich gesehen hat – wie zauberhaft, wie unergründlich sie eigentlich waren? Diese unregelmäßig wiederkehrenden Speichen, die sich um die Pupille herum verlieren, dieser marmorne Glanz der Farben, blau, braun und grün, wie fremd und langsam? Objekte, die man betrachtet und nachher in der Erinnerung trägt, aber nicht im fotografischen Sinne, sondern wegen ihrer Wirkung im Gedächtnis rekonstruiert? Man erinnert sich an die Bewegung, an die Formveränderung der Pupille, an ihre Reaktion auf das Licht, ihre Reaktion auf diese Nähe, so wie man sich an manche Menschen erst erinnert, wenn man sich eine Bewegung, eine Gestik in das Gedächtnis ruft – eine Zigarette, die sich jemand an den Mund führt, ein Zwinkern mit den Augen, dann fällt die Erinnerung. Dann erst taucht die Person im Gedächtnis auf, verbunden mit dieser Gestik, mit dieser Bewegung, die viel eindringlicher ist als das bloße Abbild, gelernt und angeeignet im Laufe vieler Jahre, nicht dem Zufall überlassen wie viele andere Dinge, gelernt oder vielmehr erfahren und eingeprägt; das Leben, das seine Spuren hinterlässt, die Wirklichkeit, die sich ihre Furchen und Narben in das

Wesen gräbt und sie unwiderruflich hinterlässt, brennend, juckend und manchmal auch schmerzend. Blutend zieht sich da eine Spur entlang, die Wunde klafft auf, und stumm sickert Sekret aus der pulsierenden Öffnung, es vermischt sich mit dem Rot, und tröpfchenweise fällt es auf kalten Asphalt, wo es sich sammelt und vom Regen aufgeschwemmt wird, damit es das graue Kopfsteinpflaster entlangfließt, bis es sich in einem Gully verliert, ausgewaschen.

Lilly lässt es, sie versucht nicht weiter, den Vater zu verständigen. Müde und immer noch irritiert sucht sie Ablenkung in den Cafés von Schwabing. Sie ist selten so früh unterwegs. Die Stadt bietet ihr eine Seite, die sie so an sich gar nicht kennt. Der Abend wird schnell genug kommen. Sie wird wieder die Bar öffnen. Die Musiker werden ihre Instrumente zur Hand nehmen und, wer weiß, vielleicht wird sich dieser Frank mal wieder sehen lassen. Dieser Schachspieler, vielleicht wird er eine Abwechslung bieten, eine Abwechslung in diesem eintönigen Trott, der sich höchstens mal durch einen irritierenden Traum stören lässt.

Sie sitzt in einem Café, diesem Café an dieser Ecke, vorne steht der Zeitungsständer, daneben der Ständer mit den Postkarten. Unter dem Tisch, hinter Lilly, sitzt diese streunende Katze. Die Bedienung nimmt die Bestellung auf, ein Frühstück, eines der vielen verschiedenen. Lilly streckt sich unter dem warmen Schein der Sonne, der die Straße hochkriecht. Dort hinten, in einem dieser Häuser, sie kann sie nur vage erkennen, dort hat

Marianna gewohnt. Diese Marianna, diese eine, mit dieser Zärtlichkeit, wie sie selber sie nie erfahren hat, nur im Traum. Aber was ist schon Traum und was Wirklichkeit? Dort hat sie gewohnt, und da, in der anderen Richtung des Ecks, wohnt dieser Frank, dieser Schachspieler. Seltsam, ein vertrautes Eck, das sich da gebildet hat – im Laufe der Zeit, im Laufe des Lebens.

Frank hat nicht lange geschlafen. Als er aufwacht, da spürt er einen klebrigen Geschmack im Mund. Den Geschmack, dass er zu viel getrunken hat. Er erinnert sich an Tom, an Veronika, er weiß noch, wie er an dem Bahnsteig gestanden und zugesehen hat, wie sich das erste Licht des Tages in diesem Bürokomplex verfangen hat. Er erinnert sich, er weiß auch noch, dass er an Lillys Bar geklopft hat, es hat niemand geöffnet. Lilly, er hat sie schon lange nicht mehr gesehen, er sollte sie mal aufsuchen. So steht er zögernd auf. Der Kopf hängt schwer an ihm. Er kocht sich Kaffee und erschrickt etwas, als er die umgestürzten Schachfiguren vor sich liegen sieht. Die Partie ist nirgendwo notiert gewesen, es ist alles offen gewesen – aber ist es das nicht sowieso?

Ende des dritten Teils

Vorne an der Münchner Freiheit findet man zwischen all dem Beton und zwischen all den Pflastersteinen, die nur an manchen Ritzen ein paar Grashalme hervortreten lassen, ein kariertes Muster auf die quadratischen Steine geprägt. Die Schachfiguren, die von den alten Männern aus dem Holzverschlag gezogen werden, sind kniehoch. Die Spieler tragen sie mit beiden Händen von Feld zu Feld, von Pflasterstein zu Pflasterstein. Die Zuschauer stehen nicht nur auf den Bänken, sie stehen auch im Spielfeld und gestikulieren mit beiden Händen. „Ja, du Idiot, net! Da verlierst du ja glei'!" Es ertönt dieses Knacken und dann das Zischen, wieder eine Dose Bier, die aus irgendeiner der vielen Taschen gezogen worden ist und beim Öffnen überschäumt. Es wird gelacht, geschimpft und getrunken. Es sind Männer, eigentlich immer, sie sind auch meistens betrunken, angeschlagen, vielleicht von den Schlägereien, vielleicht von den Verletzungen, die sie sich im Delirium zuziehen, wer weiß. Wer weiß, wo sie diese Dosen herhaben, woher sie diese Leidenschaft haben. Diese Leidenschaft, mit der sie die Spieler angreifen, mit der sie das Spiel übernehmen wollen. Es dann aber nicht tun, weil sie Angst haben zu verlieren. Man könnte meinen, sie wissen, dass sie nicht mehr viel zu verlieren haben. Sie schreien am Rande, stellen sich auf das Spielfeld und brüllen herum, stampfen mit den Füßen auf das karierte Pflaster und zeigen an, wohin welche Figur hätte gestellt werden müssen. Aber wenn man nicht mehr viel hat, dann setzt man das Wenige – und was ist es schon? – nicht leichtfertig aufs Spiel.

Frank bleibt gelegentlich am Rande stehen. Er hält einen Abstand ein. Es ist nicht das Spiel, das ihn interessiert, es sind die Menschen. Aus dem Spiel lernt er nichts. Er will sich auch nicht einmischen. Er ist Profi, er muss sich nicht präsentieren. Die Menschen interessieren ihn, die Begeisterung dieser Menschen für dieses Spiel, nicht die Argumente und die Beschimpfungen an sich, die jedermann an den Kopf geschleudert werden, sondern die Tatsache, dass argumentiert und geschimpft wird, und mit welchem Enthusiasmus. Das Wie ist entscheidend.

Es ist Frühling, und Frank steht vorne an der Münchner Freiheit und schaut aus einiger Entfernung den Schachspielern zu, die ihre Figuren über das riesige Feld tragen. Zug um Zug. Es wird schnell geworfen, nicht viel überlegt. Er sitzt auf einer dieser Bänke, auf die am frühen Nachmittag die Sonne scheint, und raucht. Auf den Stufen des freien Platzes, also schräg gegenüber, nur ein paar Meter entfernt, sitzt eine junge Frau mit einer

Schleife im Haar. Sie unterhält sich mit einem Kerl, der neben ihr sitzt und den sie mit ihrer Größe um fast einen Kopf überragt. Sie macht einen verklemmten Eindruck, gelegentlich aber schlägt sich um ihren Mund herum eine Spur von Lebhaftigkeit. Eine seltsame, vielleicht falsche Unbefangenheit.

Es ist einigermaßen warm, sonnig, es ist auch schon eine ganze Zeit Frühling. Die ganze Stadt scheint zu erwachen. Selbst die betrunkenen Schachspieler sind etwas aufgeweckter. Der Verkehr auf der Leopoldstraße fegt mit seinem Lärm über den freien, betonierten Platz. Es achtet niemand mehr darauf, höchstens jemand, der noch nie hier gewesen ist. Das Mädchen hat die Beine angezogen, die Hände halten sich mit den Fingern verspreizt über den Knien. Sie schaut, während sie spricht, immer wieder mal zu Frank – unbeabsichtigt, er merkt es nicht einmal. Die Zigarette ist aus, er zertritt sie am Boden, und irgendjemand schiebt einen Kinderwagen an ihm vorüber.

Sicher wird es bald Sommer, das unbestimmte Gefühl, das Gefühl von einer Zukunft, von etwas, an das man manchmal nicht glaubt. Die Sonne kitzelt ihn in der Nase, und er niest zweimal nacheinander. Das Mädchen hält immer noch ihre Arme um die Knie. Nur sind die Beine etwas unachtsam auseinandergefallen, der Kerl unterhält sie, nicht mehr. An der Ecke hat ein neues Café eröffnet. Spaziergänger sitzen an kleinen Tischen und trinken einen Espresso. Sie recken das Gesicht der Sonne entgegen. Was sollte man auch schon groß erzählen? Es ist alles viel leichter, wenn man die Augen schließt und das Gesicht der Sonne entgegenreckt. Orangefarbener Glanz, der anfangs selbst noch durch die geschlossenen Lider dringt. Ein Betrunkener schreit, und Frank schaut, ob sich die Hose des Mädchens in ihre Fut schneidet.

Es wird bald Sommer. Frank steht auf, er muss noch arbeiten. Als er unaufmerksam die Marktstraße entlanggeht, die Sonne steht noch nicht hoch genug, als dass sich der Schatten in dem schmalen Straßenzug vertreiben ließe, spricht ihn eine Frau an. Etwas überrascht, er rechnete nicht damit, es ist Helga – Himmel! Er hat sie nicht vergessen, aber immer und immer wieder hat es sich einfach nicht ergeben, nicht ergeben wollen.

„Eigentlich wolltest du dich einmal melden!?"

Es tut ihm leid, es tut ihm sichtlich leid. Man hinterlässt den Menschen als einen Gegenstand, den man abgelegt hat, weil man ihn nicht mehr braucht. Er hat ihr eine Flasche zwischen die Beine geschoben, mit ihr einen Nachmittag verbracht und sie, abgesehen von dem kurzen, ungeplanten Zusammenkommen in Lillys Bar, nicht mehr gesehen, auch wenn er es versprochen hatte. Was ist er ihr schon schuldig? Was ist man überhaupt jemandem schuldig? Wir wollen es nicht, dass wir tot sind, während andere denken, wir leben, wir wollen nicht glücklich sein, wenn andere meinen, wir sind traurig. Was ist man jemandem schuldig? Wer weiß es schon? Wer weiß schon die Gedanken, die durch Mariannas Kopf gerauscht sind, wer kennt schon das Leben oder das Denken eines anderen Menschen? Wie ein Gegenstand, den er abgelegt hat, es tut ihm leid, er sagt es ihr.

Die Arbeit, er schiebt es auf die Arbeit, zögernd, dann fügt er noch die Wahrheit an. Es gehört viel mehr Mut dazu, die Wahrheit zu sagen. Es hat ihm der Mut gefehlt, er hat es oft vorgehabt, er hat es nie fertiggebracht. Oft zeigte seine Fingerspitze auf diesen silbern glänzenden Knopf. Aber nie drückte er die Klingel. Immer fügte er noch einen Spaziergang dazwischen, schon in der Hoffnung, es würde sich irgendeine weitere Ausrede ergeben.

„Eine Großstadt verschluckt die Menschen, selbst wenn sie nahe beieinanderleben. Man kommt einfach nicht zusammen! Man geht unter in dem Gewühl."

Wie oft hat er Marianna im Englischen Garten getroffen? Wie berechenbar war sie doch! Wo war da die Spur von einem Gewühl?

Helga ist ein Mysterium, sie ist Anwältin, sie hat Gesetzbücher in der Hand und hält Plädoyers. Frank schaut etwas kleinlaut auf die Bordsteinkante. Es ist vielleicht die Überraschung, er ist irritiert.

„Kaffee? Du weißt: Ich koche den weltbesten."

Vielleicht liegt es an dem Schuldgefühl. Es ist allemal klein. Was heißt schon „Schuld"? Schuld an sich ist etwas anderes, aber dennoch, vielleicht ist es etwas Ähnliches. Er stimmt zu, freudig, fast erregt.

„Kaffee? Klar!"

Dieser Zug von Lebhaftigkeit zieht eine Spur um seine Mundwinkel, vielleicht ist es auch diese seltsame, etwas falsche Unbefangenheit.

Er schaut die Straße runter. Die Arbeit, er denkt an sein Schachspiel. Es ist schon nicht so wichtig. Es hat schon nicht mehr die Brisanz von vorher. Eine andere Sache, die mit Helga, sie ist wichtiger. Er geht hinter ihr her. Der Bordstein ist zu schmal, als dass sie nebeneinandergehen könnten. Es sind auch nur ein paar Meter, und schon stehen sie an der Eingangstür. Es ist die Tür, an der Frank schon so oft gestanden und es nicht gewagt hat, den silbernen Knopf zu drücken. Schüchtern und stumm steigt er die Treppen hoch, hinter Helga her.

Die Wohnung ist unverändert. Sie ist Frank vertraut, selbst wenn er erst einmal hier gewesen ist. Er setzt sich auf einen Sessel, das Licht zieht eine harte, eigenwillige Linie auf das Parkett. Es ist der samtdunkle Vorhang, der das Sonnenlicht von dem Schatten trennt. Helga schleudert ihre Schuhe in eine Ecke und schlüpft in ausgetretene Latschen. Sie zieht sie hinter sich her, sie schleifen über den Parkettboden, wie sie mit dieser verspielten Art, fast mädchenhaft, in die Küche schlenkert.

„Du machst Musik, du kennst dich aus, alles klar?"

Ein ausgestreckter Zeigefinger, den sie zielgerade zu Frank streckt, ein keckes Auflachen. Es sind nur wenige Menschen, die mit einer barschen Art eine bezaubernde, freundliche Atmosphäre erschaffen können. Helga gehört zu diesen Menschen, ihnen gegenüber verliert man etwas von dem Zaghaften. Man tastet sich leise vorwärts, ohne zu viel Scheu. Frank merkt es erst jetzt, er hört sie an der Maschine hantieren, und dann das Wasser, das sich in die Glaskanne ergießt. Er dreht an dem Sender herum, von den Schallplatten will ihm nichts gefallen. Endlich hat er etwas gefunden, er schaut dem Staub nach, der unter der stillsten Bewegung von der Armlehne aufbricht und sich im Sonnenschein kräuselt.

Helga kommt mit der Kaffeemaschine an den Tisch, stellt die Tassen hin und lässt sich in einen Sessel gegenüber Frank fallen – wieder der Staub, der sich in dem blonden Licht kräuselt. Sie schlägt sich das Haar aus dem Nacken und lässt es über die Rückenlehne fallen.

„Du warst auch nicht mehr in der Bar."

Es ist dieses Lächeln, das man aufsetzt, wenn man voraus ist, ohne einen Nutzen daraus ziehen zu wollen. Das Lächeln, wenn man zeigen will, dass man nicht untätig gewesen ist und vielleicht sogar eine kleine Bestätigung erhalten will. So klein, dass selbst ein schneller, unerwarteter Lidschlag hierfür ausreicht.

„Nein. Aber woher ..."

„Woher? Von Lilly."

Die Maschine rumort laut auf dem Tisch, Helga schiebt sie etwas zur Seite und stellt die Tassen auf die Glasplatte. Kondensmilch und Zucker, sie richtet alles schön an, und ständig dieses Lächeln und dieser unerwartet schnelle Lidschlag von Frank, weil er nicht mehr richtig weiß, was vorgeht.

„Von Lilly?"

Er schlägt die Hände um ein hochgestelltes Knie und erinnert sich für einen Augenblick an das Mädchen mit der Schleife im Haar, dem die Beine unachtsam auseinandergefallen sind. Frank sucht verstört nach seinen Zigaretten und kramt eine leere Schachtel hervor. Helga schiebt ihm eine Packung zu, greift nach der Kanne in der Maschine, das Wasser ist bereits durchgelaufen, und gießt die aufschäumende schwarze Brühe in die Tassen. Es steigt Dampf auf, und Helga erzählt von Lilly.

Es war, als sie sich zufällig in der Bar getroffen haben. Es war noch früh am Abend. Helga hatte einen ermüdenden Tag hinter sich, einen Tag, nach dem man sich fragt, was man eigentlich macht und ob man das eigentlich jemals machen wollte, wenn nicht sogar, ob man das überhaupt machen will. Sie traf Frank, sie tranken dieses abscheuliche Zeug. Frank riet ihr ab und hinterließ sie schließlich alleine in der Bar. Er war zu müde, um länger zu bleiben. Lilly, die sich anfangs Helga gegenüber störrisch verhielt, war dann wohl doch etwas irritiert, als Frank so früh am Abend die Bar verließ.

„Was ist mit dem los?" Es schien sie so brennend zu interessieren, dass sie selbst alle Vorbehalte gegenüber Helga verlor und sie einfach danach fragte. Und „Wo will er hin?" und „Warum?". Lilly stellte sich zu Helga und ließ nicht mehr davon ab, auch wenn sie im Grunde keine Antwort geben konnte. Helga bestellte noch einen Drink. In der Bar war nicht viel los. Es war auch noch früh am Abend. Die Band hatte bereits begonnen. Sie spielten eine trockene Atmosphäre in den Laden, der in dieses orangefarbene Licht getränkt war, in dem sich Lilly mit ihrem streng nach hinten pomadisierten und schwarzen Haar selbstsicher bewegte.

Natürlich fragte sich Helga, wie weit sie gehen könne. Lilly war etwas verunsichert. Es lag an Helga, diese Verunsicherung auszunutzen oder abzumildern. Irgendwie brannte es ihr auf den Nägeln, sie hätte an manchen Stellen zu gerne gestichelt und Lilly auch mal gefoppt. Es lag wohl an dem Beruf, er bringt es mit sich, er zwingt einen, auch dann mal nüchtern zu blicken und ein trockenes Nicken oder Kopfschütteln aufzusetzen, wenn es kribbelt und brennt.

Frank schlürft an seiner Tasse, Helga gießt sich etwas von der Kondensmilch in die Tasse und rührt geistesabwesend und mechanisch mit dem Löffel um. Der aufsteigende Rauch, der sich über die harte Linie schlägt, die der samtene Vorhang über den Parkett zieht, vermischt sich mit den paar Bröseln des Staubes, die durch die Luft des Raumes wirbeln.

Schließlich, so erzählt Helga weiter, ist Lilly mit der Geschichte rausgerückt. Sie erstattete so nach und nach Bericht über die Sache mit Frank und ihr, und dann auch noch über die Sache mit ihrer Schwester Marianna.

„Nein, nein, Marianna und Frank? Nee, höchstens mal vom Sehen, hier in der Bar gelegentlich, aber ansonsten dürfte da nichts gewesen sein. Ich müsste es doch wissen, oder?"

Es ist ein Ausfragen und Aushorchen von Menschen. Sie merken es gar nicht. Sie registrieren gar nicht, dass sie längst nicht mehr zu denen gehören, die alles unter Kontrolle haben. Längst sind sie zu einer Melkkuh geworden, Saugnäpfe ziehen jede Information aus der Nase.

Lilly hat ihr Tablett gegen einen Oberschenkel geschlagen. Sie trug eine lange schwarze Schürze, die Brüste quollen ihr aus dem weit ausfallenden Hemd.

„Was heißt schon Liebe? Was ist das schon, ist es das, wovor mich mein Vater gewarnt hat? Er jedenfalls hat gesagt: Mädchen, mach es besser als dein Alter, zumindest anders!" Sie nahm sich eine der Flaschen aus der oberen Reihe und goss sich ein Glas voll. Es hatte einen traurigen goldenen Glanz, und es rann ihr aus den Mundwinkeln, als sie das Glas ansetzte und gezwungen schluckte. Sie schlug es auf den Tresen, zog aber das Glas gleich wieder zurück, gerade, als wollte sie sich entschuldigen, entschuldigen für das rüpelhafte Auftreten.

„Mach es besser, hat er gemeint, und: Dir bleibt nichts, als zu erkennen, dass du es gar nicht besser kannst. Jetzt bin ich tausend Kilometer weg von ihm, tausend Jahre meine ich, ihn nicht mehr gesehen zu haben, und jeden Morgen sehe ich ihn im Spiegel vor mir, gescheitert und flehend."

Sie griff zwei Gläser und stülpte sie auf die Bürsten, die aus dem Spülbecken ragten. Verbissen rieb sie die Gläser und spülte sie mit klarem Wasser durch.

„Was heißt schon Liebe? Etwa meine Liebe zu Marianna? Oder Mariannas Liebe zu der Welt?"

Sie stellte die Gläser ab und griff sich ein Tuch. Sie zog ihre Schultern hoch und meinte, als Antwort auf Helgas fragenden Gesichtsausdruck:

„Manchmal wünscht man sich nichts mehr, als dass es vielleicht so etwas wie einen Gott geben würde, einen Gott, der all diese Menschen entschädigen würde, denen das Leben alles genommen hat."

Sie trocknete die Gläser und stellte sie in das Regal hinter der Theke. Eigenartig, der Abend hatte erst begonnen.

„Aber man ruft in diesen Himmel, man schreit, und doch kriegt man keine Antwort. Er schweigt dir entgegen."

Helga gießt nach, sie nimmt die Kanne von der Warmhalteplatte, und der Kaffee dampft, wie er dumpf rasselnd in der Tasse aufsteigt. Frank stiert auf den Dampf, er vermischt sich mit dem Zigarettenrauch.

„Das hat Lilly erzählt?"

Er schüttelt verlegen den Kopf, und ein bisschen scheint er den Blicken von Helga auszuweichen. Er wischt mit den Fingerspitzen über die Armlehne des Sessels und wirbelt ein paar Staubkörner auf, als er dem starren Blick Helgas nachsetzt:

„Lilly? Kaum zu glauben, ich mein' ... ich hatte immer einen anderen Eindruck von ihr."

Er schlägt mit der Hand auf die Lehne und nimmt die Tasse, um von dem dampfenden Kaffee zu schlürfen. Helga zieht an ihrer Zigarette und erzählt weiter.

„Er schweigt dich an und schweigt und schweigt."

Lilly hat mit den Schultern gezuckt. Das tat sie zwar immer, es bedeutete immer alles Mögliche. Es bedeutete: „Lass mich in Ruhe!" oder „Wieso fragt ihr immer mich?" oder sonst etwas Ähnliches. Aber dieses Zucken hatte etwas Zweifelndes an sich. Es war dieses Zucken, mit dem man sich von dem schweigenden Himmel abwendet, wenn man geglaubt hat, dass man eine Antwort kriegen könnte, aber dennoch enttäuscht wird.

„Mariannas Liebe? Ihre Liebe und diese Welt! Oh, ich mein' nicht, dass man verzweifeln muss. Auch Marianna nicht. Aber wenn ich hier rausgehe", und sie deutet auf den Ausgang der Bar, der mit den wenigen Stufen auf die Straße führt, „wenn ich hier rausgehe, dann muss ich einiges verkraften können."

Sie wackelte zum Ende der Bar, weil zwei Kerle ankamen, die bestellen wollten. Helga rauchte mittlerweile. Dieses Gefühl, wenn sich jemand in dich ergießt, wenn man sich nur noch an zwei weiß lackierten Metallstangen eines Geländers festzuhalten glaubt, mit feuchten und zitternden Händen ... Man ist verunsichert, scheut es aber nicht, den nächsten Schritt abzuwarten. Was wird schon kommen, was kann überhaupt noch kommen? Es ist auch eine kleine Angst, eine Angst, dass es noch etwas gibt, das man noch gar nicht gekannt hat. Da lebt man dann und meint, alles durchschaut zu haben, glaubt, alles zu kennen, und unvermittelt tut sich dir eine neue Welt auf – in einer Bar, an einem Tresen. Wie wenig, wie verdammt wenig hat man doch gewusst und gekannt!

Es ist leicht, über eine Gesamtheit mit der notwendigen Nüchternheit zu referieren, wenn man einen Abstand einhält und den festen Glauben in sich trägt, dass man alle Einzelheiten erfasst hat. Es ist wirklich leicht! Mit feuchten Händen, vielleicht zitterten sie auch etwas, die weiß lackierten Metallstangen, fest klammern sich die Finger um das Metall, vielleicht das Geländer eines alten Bettgestells, vielleicht schmiedeeiserne Gitterstäbe. Du liegst auf dem Rücken und spürst, wie sich etwas in dich ergießt, wie es sich langsam in einer feuchten und warmen Spur über Falten und dünne Haut zieht.

„Weißt du, du musst ein Schachspieler sein!"

Sie gab den Kerlen zwei Drinks und kam wieder zu Helga, wo sie sich wieder eines der Gläser schnappte, um es endlos lange an dem Tuch zu reiben, bis sie es schließlich zögernd in das Regal stellte. Die Band spielte irgendeine jazzige Musik, es war etwas Fremdes, vielleicht eigene Kompositionen. Sie scherten sich nie viel um das Publikum. Sie experimentierten vom ersten bis zum letzten Ton.

„Du musst ein Schachspieler sein, experimentieren, Zug um Zug durchspielen, was heißt leben schon anders, als vom ersten bis zum letzten Tag zu experimentieren."

Sie schleuderte mit einem Mal das Tuch auf die Eloxalfläche, an der das Tropfwasser der gespülten Gläser ablief, und starrte auf das Geschirrtuch, während sie in einem verbissenen und aufbrausenden Ton ansetzte:

„Experimentieren! Jeden Tag, wieder und wieder. Und nichts findest du ... nichts! Experimentieren! Und dann ziehst du dir dieses Zeug in die Nase, weil du feststellst, dass die Welt dir sonst nichts bieten kann, dass die Welt nicht das hergibt, was du von ihr willst oder du dir von ihr erwartest. Ach, was heißt schon erwarten? Man erwartet sich doch gar nichts! Eigentlich ... man erwartet sich höchstens einmal, so etwas wie Gerechtigkeit zu erfahren, man erwartet sich, dass man nicht wieder angeschmiert wird, dass es dir nicht wieder ins Gesicht schlägt, man erwartet, endlich einmal übergangen zu werden, endlich einmal daran vorbeischleichen zu können, und dann stellst du fest, dass dir die Nase abfällt, und die Leute schreien dir ins Gesicht, dass du dich versteckst und dich verkriechst."

Sie riss das Tuch wieder von der beckenhohen Fläche, presste die Augen zusammen, als wollte sie Tränen daran hindern, über die Wangen zu laufen. Es zogen sich tiefe Furchen über das verzerrte Gesicht, und sie kaute auf der Unterlippe. Die beiden Gäste am anderen Ende der Bar hatten es wohl mitbekommen. Sie starrten stumm und etwas verlegen zu Helga und Lilly. Helga spürte diese Metallstangen in ihren Händen. Mit den Fingern konnte sie alle Unebenheiten abtasten, Läufer des unsauber aufgetragenen Lackes, Rostbeulen, der oxidierte Lack bröckelte knisternd ab. Dieses kalte Metall in den verschwitzten Händen, in den Fingern, an denen sich pulsierende Gefäße abzeichneten, die kringelten sich unter der dünnen Haut um die Gelenke, dieser nasswarme Saft, der in einer dicken und zähen Spur an der Innenseite des Oberschenkels abtropfte und sich dann in einer Hautfalte fing, die er schließlich entlangschlich – diese seidig dünne Haut!

„Es ist da nichts! Es ist da verdammt noch mal nichts!"

Eine Träne lief ihr über die Wange, die Unterlippe zitterte. Die Furchen lösten sich auf und das Gesicht fiel breit auseinander. Es war eine schwarze Spur, es war der Kajal, der sich in dieser salzigen Spur verlief und über eine Wange lief.

„Es ist da nichts!" Sie schauderte, sie krümmte sich etwas. „Nichts!" Sie führte die Fingerspitzen an die Nase, die Träne, sie zog sich in der schwarzen Spur über das ganze Gesicht. Sie berührte sie und verschmierte sie. „Nichts!" Sie starrte auf die Finger. Wie schwarzes, frisches Blut hing die salzige Schminke an ihrer Hand, wie das dunkle, blasenwerfende Blut, das sich über den Asphalt verteilt, wenn sich die Schädeldecke spaltet und aufbricht. Es verläuft sich erst in den Ritzen und Unebenheiten. Dann verharrt alles still, der offene Mund, die starren, offenen Augen und auch das Blut. Die letzte Blase zerplatzt, es steht alles still und trocknet ein.

„Nichts!" Sie wischte sich die Schminke unachtsam an die Schürze und stützte sich mit einer Hand an dem Spülbecken ab. Sie atmete schwer, sie holte tief Luft, in ihren Augen war diese Angst, diese Todesangst, sie hatten diese unheimliche Tiefe, diesen starren, durchdringenden Blick. Sie japste nach Luft, und endlich setzte sie wieder zum Sprechen an. Im Hintergrund spielte noch immer die Band. Die zwei Typen standen am anderen Ende der Bar und waren beunruhigt.

„Man ruft in den Himmel, und man schweigt dir entgegen, was sollte man also tun?"

Sie hielt ein Glas in der Hand, ein Glas, das sie von der Eloxalfläche nahm und das sie langsam in ihrer Hand drehte. Sie starrte es verbissen an. Sie schaute durch das gekantete Glas. Es brach sich die Wirklichkeit darin. Sie suchte die Struktur des Raumes hinter dem zerbrochenen Bild zu erkennen. Sie atmete schwer, und schließlich schleuderte sie das Glas gegen die Mauer hinter den zwei Typen und stieß brüllend hervor:

„Und dann schreit man diese Welt an, man schreit und schreit, und sie schweigt nicht, sie kann verdammt noch mal nicht ihre blöde Schnauze halten und kotzt dir ihr ganzes verdammtes Wesen in das Gesicht. Es läuft dir durch und durch, es ekelt dich an, es stinkt, es ist so hässlich, so abgrundtief hässlich, dass man es gar nicht erfassen kann."

Das Glas zersplitterte an der Mauer, die Scherben verliefen sich auf dem Boden, sie schlitterten unter die Tische und Bänke. Die zwei Kerle schreckten hoch und harrten aus. Selbst die Band, die sich von nichts von ihrem Phlegma abbringen ließ, unterbrach das Spiel. Plötzlich erstarrte der Raum in einem eisigen Schweigen. Es blieb nur das Schlittern der letzten Glasscherben hörbar, die sich unter den Tischen und Bänken verliefen, und vielleicht noch das Nachhallen der einen oder anderen Silbe, die Lilly in den niederen, von orangefarbenem Licht ausgefüllten Raum stieß.

Lilly aber brach in sich zusammen. Es ist dieser Schmerz, dieser stumme Schmerz, der deshalb so stumm ist, weil er erst einmal erkannt werden muss. Sie sackte zusammen und versank hinter der Theke in die Hocke. Helga stürzte zu ihr. Sie sprang hinter die Theke und hob sie etwas hoch, zumindest so weit, dass sie nicht mehr in der Pfütze des Spülwassers sitzen musste. Das eisige Schweigen dauerte an, die hastigen Schritte von Helga drangen durch den Raum, es war alles.

Die Musiker schauten irritiert. Der Frontmann richtete sich auf, eigentlich war er ein hochgewachsener Mann. Noch niemand hatte ihn so gesehen, stehend, mit langen Haaren, er war ein großer Mann. Lilly lehnte schluchzend und zusammengekrümmt in Helgas Arm – ein kleines Kind, das sich anlehnte, weil es Angst hatte. Sie war so klein und zerbrechlich, sie war ängstlich und so verletzlich. Helga brachte sie nach Hause. Lilly ließ sich führen, die zwei Kerle am Ende der Bar verschwanden schnell. Der Musiker bot sich an, den Rest des Abends die Bar zu übernehmen. Er würde es gerne tun, meinte er. Lilly solle sich nur ausruhen, sie könne sich auf ihn verlassen.

So führte Helga die Bardame nach Hause. Sie wusch ihr die Pomade aus dem Haar und auch die Schminke aus dem Gesicht. Sie zog sie aus und legte sie ins Bett und blieb bei ihr, die ganze Nacht. Lilly war stumm, sie sagte nichts mehr, seit sie das Lokal verlassen hatten, sie lief stumm neben ihr her, deutete nur an, wo sie wohnen würde. Es war noch gar nicht spät, eigentlich begann der

Abend erst, aber Lilly schlief schnell ein. Sie war müde, unendlich müde.

Helga drückt eine Zigarette aus, als sie mit dem Erzählen aufhört. Sie nimmt die Kaffeekanne und gießt noch einmal die Tassen voll. Ihre wird nicht ganz voll.

„Soll ich noch Kaffee kochen?"

Frank erschaudert, die Stimme erschreckt ihn auf einmal, sie ist so anders.

„Kaffee? Nein, lass mal." Er greift nach den Zigaretten und tut so, als würde er dem Radiosprecher zuhören. Es sind die Nachrichten, die gerade verlesen werden.

Helga nimmt den letzten Schluck aus ihrer Tasse. Der Kaffee ist mittlerweile kalt, sie stellt die leere Kanne in die Maschine und will sie gerade in die Küche zurücktragen.

„Hast du noch Kaffee?"

Frank stellt scheppernd seine Tasse ab und streckt die Beine unter den Wohnzimmertisch. Helga läuft in die Küche.

„Lilly? Ich kann es gar nicht glauben!"

„Was sagst du?", tönt es aus der Küche. Frank nuschelt vor sich hin.

„Ich mein', gut, Lilly ist irgendwo ein verschrobenes Mädchen und weiß Gott ... ach was, ich ... ich weiß nicht, was ich sagen soll."

Helga kommt mit der Kanne aus der Küche zurück und gießt Wasser in die Maschine.

„Du musst auch nichts sagen, du musst fast gar nichts, du musst nur die Augen offen halten. Das ist alles, was du tun musst."

Sie öffnet ein Fenster, der Vorhang bewegt sich, und die harte Linie schlängelt sich über das Parkett. Luft dringt in den Raum und mit ihr ein Stimmengewirr und das Geschrei der Kinder an der Münchner Freiheit; vielleicht auch die Stimmen und Schreie der Schachspieler. Wer weiß, vielleicht hat jemand gewonnen.

Sie bleibt am Fenster stehen und lehnt sich dort gegen den Mauersturz, um über die Dächer von Altschwabing zu blicken. Es ist ein sonniger Tag, und sicherlich wird es bald Sommer. Frank kauert sich hinter ihrem Rücken in den Sessel und raucht.

„Es wird bald Sommer, schön!" Sie schaut in das tiefe Blau am Himmel und sucht über den Dächern nach den Vögeln, die über den See im Englischen Garten kreisen.

Im Radio läuft wieder Musik, etwas Modernes, Frank und Helga trinken noch Kaffee. Erst am späten Nachmittag verabschiedet sich Frank. Er verspricht, sich bald wieder zu melden. Helga setzt ihm das Messer an die Brust, sie ist entwaffnend, man verliert viel Unnützes gegenüber Menschen wie sie.

Er läuft die Stufen runter und erinnert sich an Marianna. Die alten Stufen knarren unter seinen Schritten, und immer wieder sieht er erschreckt auf, immer wieder meint er, Marianna irgendwo zu erkennen. Es ist kühl im Treppenhaus. Als er aus der Haustür tritt, da durchströmt die warme Frühlingssonne die Straße. Ihr Licht fällt ihm vor die Füße. Er bleibt einen Augenblick stehen, schaut die Straße rauf und runter – keine Spur von Marianna. Er geht nach Hause – auch keine Spur von Tom, nur fremde Menschen, Menschen, die aus irgendwelchen Geschäften treten, die Kinderwagen vor sich herschieben oder einfach so gehetzt über die Bürgersteige eilen. Es wird Abend, und Frank geht nach Hause, er hat noch viel Arbeit vor sich, und vielleicht, so meint er, vielleicht geht er ja am Abend in die Bar, er ist schon lange nicht mehr dort gewesen.

2. KAPITEL

Wenn es in Altschwabing finster wird und die Nacht anbricht, dann schalten sich nach und nach die unzähligen bunten Lichter der Kneipen und Buden an und erleuchten das Viertel. Schillernde Reklamelichter, Cocktailbars, die mit neonfarbiger Werbung locken, an allen Ecken und Enden herrscht die Illusion eines hellen Tages. Jede Bar, jede Kneipe sucht sich mit ihren grellen Lichtern zu behaupten.

Auf den Gehsteigen stehen dicht gedrängt die Menschen, junge Burschen und kecke Mädchen. Sie rauchen, haben viel zu große Hosen an, deren Saum sie hinter sich auf dem Boden nachschleifen und zertreten, und sie schreien den Kerlen in den Autos nach, denen, die viel zu schnell über das Kopfsteinpflaster rasen, denen, die mit ohrenbetäubender Musik an den zahlreichen Passanten vorbeifahren.

Wenn es Nacht wird und die Sonne längst untergegangen ist, wenn die Lichter bereits alle eingeschaltet sind und die Gläser für die Gäste allemal bereitstehen, dann liegt dieser Geschmack von Unternehmensgeist in der Luft von Schwabing. Es tummeln sich überall zuhauf Menschen, es geht drunter und drüber. Nur Lillys Bar bleibt verschont. Sie ist ein Unikum, sie fällt aus dem Rahmen, weil sie nicht dem allgemeinen Trend nachzieht. Besoffene, die am frühen Abend über den Bordstein schwanken und den Mädchen nachpfeifen – es ist Schwabing, es hat einen Hauch von einem Jahrmarkt.

Es ist langweilig, wenn man es jeden Tag erlebt. Man wird müde davon. Frank ist dessen längst überdrüssig. Nur gelegentlich zieht er noch durch die Straßen und nimmt das Gedränge als ein Übel hin. Er zwängt sich an den Schultern vorbei und sucht sich seinen Weg. Er ist gelangweilt von den Lichtern, von den Menschen und auch von der Musik. Er geht in eine Bar und vertrinkt sein Geld. Es ist alles, was er will.

Wie stupide und gleichförmig doch alles wird! Wie unoriginell und wenig überraschend sich die Welt zeigt, mit wie wenig muss man sich doch zufriedengeben!

Frank drängt sich durch die Massen. Er sucht sich im Schein der Lichter den Weg zu Lillys Bar. Es ist noch früh am Abend, erst kürzlich ist er von Helga verschwunden. Die Geschichte ließ ihn nicht mehr los. Lilly soll nicht wissen, dass er alles weiß, dass Helga mit ihm gesprochen hat. Er fiebert danach, sie zu sehen. Er erwartet sich gar nichts. Was sollte er auch schon erwarten? Es brennt ihm auf den Nägeln, er will Lilly sehen, er will sie anschauen und sich dann die ganze Geschichte noch einmal vergegenwärtigen. Es hat ihm zu denken gegeben, Lilly erscheint ihm als fremder Mensch, als ein anderer, vielleicht neuer Mensch. Er wollte sich jedenfalls ein Bild von diesem neuen Menschen machen. Also ließ er das Schachspiel stehen und rannte los – eigentlich spielte er gar nicht, er konnte keinen ernsthaften Gedanken daran verschwenden.

Nur ein bescheidenes Licht kündigt die Bar an, die, ein paar Stufen tief, im Souterrain liegt. Still erahnt man die Musik, die für Schwabing ungewohnt jazzig klingt und die Stufen hochkriecht. Die alte Holztür ächzt, ein Kieselstein hat sich wohl verfangen, er reibt sich an dem Asphalt und ritzt einen knirschenden Viertelkreis in den Boden.

Es sind nur ein paar Gäste in der Kneipe. Lilly ist hinter dem Tresen. Sie sucht in ihrem Regal nach irgendeiner Flasche, den Rücken zur Tür gekehrt. Die Band unverändert, es sind die gleichen Jungs und auch die gleiche Musik. Es scheint alles unverändert. Lilly, die Musik, das Licht in der Bar, die wenigen Gäste. Er braucht sich nur noch zu setzen, einen Wink mit der Hand zu tun, es würde ein Glas vor ihm stehen, und die Zeit schiene nicht vergangen zu sein. Keine Minute, nicht einmal eine

Sekunde. Wer ist Marianna, was war das mit Helga? Alles wäre vergessen, alles nicht geschehen, so erscheint es, und dennoch ist es anders. Es ist sehr viel anders.

Er setzt sich auf den Hocker. Lilly hat die Flasche gefunden, dreht sich zur Theke um und erkennt Frank. Sie schrickt etwas auf, erstaunt über das plötzliche Auftreten des seltenen Gastes, vielleicht auch erstaunt über das Fehlen der Zeit. Diese Zeit, die vergangen ist, seit er eben auf diesem Barhocker gesessen hat. Es ist lange her, mit einem Mal aber scheint die Zeit überlistet, in einer Schublade verstaut.

Aber sie freut sich, sie freut sich aufrichtig. Ein breites Lächeln wischt ihr über das Gesicht. Was ist mit Lilly los?

„Ich komm gleich, ich bediene nur schnell die Gäste dahinten."

Sie zeigt mit dem Kinn in die hintere Ecke der Bar, es ist etwas Weiches in ihrer Stimme, ein räuspernder Unterton. Sie lässt die Silben nur langsam und eindringlich über den Kehlkopf gleiten. Die Worte fallen auf den Tresen, man kann ihnen zusehen. Frank zwinkert, es hat sich etwas verändert. Er merkt es und weiß nicht, ob er es will. Er weiß auch nicht, ob Lilly es will. Er sieht ihr nach, sie bringt ein Tablett mit Gläsern an den kleinen Tisch im Eck. Sie hat sich so nicht verändert, immer noch dieselbe schwarze Schürze, das streng am Kopf geglättete und glänzende Haar. Selbst die Bluse fällt noch immer so weit. Sie hat auch noch diese Angewohnheit, sich mit einem Unterarm unter der Brust zu reiben, es quillt dabei das Fleisch hervor. Es liegt etwas Kesses in ihren Bewegungen.

Frank dreht den Aschenbecher in seiner Hand und drückt seine Finger in die Mulden, die eigentlich die Zigaretten halten sollten. Es ist diese Unsicherheit, er hat sich auf ein Wagnis eingelassen und wartet nun, wie man auf seinen Zug reagiert. Dass er verblüfft hat, steht allemal fest, es bleibt nur die Frage nach dem nächsten Zug.

Er raucht und schaut die langen Reihen der Flaschen durch, die sich durch das Regal ziehen. Lilly ist noch immer bei den Leuten im Eck. Sie halten sie in Beschlag, erzählen irgendwas, was Frank nicht versteht. Die Musik ist dafür zu laut. Er schaut zu Lilly und sieht, wie sie sich nach ihm umdreht. Sie hat eine Hand in die Seite gestützt und zwinkert etwas, spreizt auch etwas die Finger der abgestützten Hand, kaum wahrnehmbar, sie will vermeiden, dass es die Gäste merken. Es ist nur Höflichkeit, weswegen sie noch immer bei ihnen steht und sich die Geschichten anhört, die sie sich selber nicht mehr erzählen können, weil sie sich diese wieder und wieder erzählt haben. Sie sind ihrer so überdrüssig.

Frank winkt versteckt, als verstehe er ihre Anspielung, und reibt sich die Nasenwurzel. Die Band fängt mit einem neuen Lied an, es hat etwas Experimentelles an sich. Gelegentlich kommen Leute in die Bar, sie bringen die frische Abendluft mit in das Lokal, schauen sich verstört um und verschwinden wieder. Lilly hat die Geldbörse in der Hand, die Gäste zahlen gleich. Endlich kommt sie wieder an die Bar, sie schiebt sich die schwere Geldtasche

hinten in die Hose und stellt ein Tablett neben das Spülbecken.

„Und?" Sie atmet erleichtert aus, das Lächeln kehrt wieder zurück, sie fügt noch an, weil Frank stumm bleibt
und nur etwas verdutzt vor sich hinschaut:

„Warst schon lange nicht mehr hier!?" Sie kratzt sich etwas Schwarzes unter einem Fingernagel hervor und
schielt zu Frank, der immer noch versucht, seine klobigen Finger in die Mulden des Aschenbechers zu drücken.
Endlich lässt er das Ding los und stützt sich die Hände
links und rechts in die Wangen.

„Nein. Hat sich nicht ergeben, war immer eine Menge
los."

Lilly zieht ein Glas heran, greift nach einer der Flaschen
in der obersten Reihe des Regals und lässt eine golden
schimmernde Flüssigkeit in das mit Eis gefüllte Glas
sprudeln. Es knistert.

„Weißt du, ich habe manchmal daran gedacht, bei dir
einfach mal anzuklopfen. Aber irgendwie wollte es nie
so recht klappen. Wie würde er es aufnehmen? Ich stellte
mir die Frage wieder und wieder, und außerdem: Er
würde sich schon melden, wenn ... wenn ... na ja, wenn
dir halt danach wäre."

Sie stellt das Glas auf den Tresen und blickt scheu zu
Frank. Ein angedeutetes Zucken mit den Schultern, ein
Zucken, in dem diese Verlegenheit steckt, wenn wir eines
dieser Bekenntnisse von uns geben, die so schwerfallen,
dass man dabei nervös die Zehen auseinanderspreizt
und den Fuß auf dem Ballen reibt, wobei man höchstens

mal aus den Augenwinkeln einen verstohlenen Blick fallen lässt. Für Frank ist sie ein neuer Mensch, auch wenn sie sich an sich kaum verändert hat – an sich. Nur diese etwas verspielte Kindlichkeit ist ihm fremd. Er nimmt das Glas und nippt daran, ohne Lilly aus dem Blick zu verlieren. Sie merkt es und stößt hervor:

„Du hast mit Helga gesprochen!"

Für einen Augenblick scheint alle Kindlichkeit vergessen, für einen Augenblick ist jede Bewegung erstarrt.

„Ja."

Er nimmt einen großen Schluck, einen zu großen, er presst die golden schimmernde Flüssigkeit durch die Kehle.

„Du weißt also über alles Bescheid?"

Er reibt sich mit einer Hand am Hals.

„Über alles."

Lilly greift sich einen Lappen und wischt über die Eloxalfläche, auf der sonst die Gläser abtropfen. Für einen Augenblick stumm, es scheint all das Kesse verloren, ein verklemmtes Zucken der Mundwinkel, eine kleine Verbitterung. Offenbar denkt sie an diesen Abend mit Helga, an diesen Abend, an dem sich diese Szene abgespielt hat. Sie scheint sich für eine Weile zu erinnern, für eine Weile das taube Gefühl, das Strampeln nach Luft noch einmal zu spüren. Der Lappen fällt auf die spiegelnde Fläche, sie starrt Frank an und meint:

„Na ja. Es war ein beschissener Tag, kann mal passieren, oder?" Und als wenn sie um eine Entschuldigung bitten würde, schlenkert sie mit ihren Schultern und neigt den Kopf etwas zur Seite.

„Du brauchst dich doch nicht zu entschuldigen!"

„Warum siehst du mich dann so vorwurfsvoll an?"

„Nein, nein, ich werfe dir nichts vor, höchstens die Sache, dass du nicht angeklopft hast." Er dreht den Aschenbecher in einer Hand. Lilly schaut ihn mit einem Mal streng von der Seite an.

„Wieso bist du wirklich gekommen? Du wolltest nur mal sehen, wie eine Verrückte aussieht, stimmt's?"

Sie nimmt den Lappen wieder in die Hand und wischt über die glänzende Fläche. Stumm verreibt sie ihre Anschuldigung und kratzt sich unter der Brust. Frank starrt sie an. Er verfolgt ihren gesenkten Kopf. Ihr Haar löst sich hinter dem Ohr, es fällt nach vorne und streicht über ihre Wange. Sie schlägt es mit Zeige- und Mittelfinger nach hinten und reißt den Kopf wieder hoch.

„Stimmt doch, oder? Du hast mich aufs Kreuz gelegt, mehr wolltest du nie! Und wie du gemerkt hast, dass es schwierig werden könnte, weil ich meine Schwester verloren habe, da hast du dich aus dem Staub gemacht. Und jetzt hast du von dem einen Abend gehört und bist neugierig geworden. Ich habe doch recht, oder?"

Sie stützt eine Hand in ihre Seite. In der anderen Hand hält sie den Lappen. Das Gewicht auf ein Bein verlagert, so schaut sie Frank scharf und mit einem frechen Zug um ihre Mundwinkel herum an.

„Oder hast du ein schlechtes Gewissen bekommen? Hast du geglaubt, es könnte mit dir zu tun haben? Hast du vielleicht tatsächlich geglaubt, ich könnte durchdrehen, weil ich dich nicht mehr um mich habe oder weil du mir den Verstand geraubt hast?"

Sie verlagert das Gewicht auf das andere Bein und schiebt sich ein Glas heran, wirft Eiswürfel hinein und gießt sich schließlich von der golden schimmernden Flüssigkeit in das Glas. Es knistert wieder etwas. Frank schweigt, er hört es leise. Lilly nimmt einen Schluck, die Eiswürfel schlagen gegen das Glas. Sie spricht weiter:

„Da muss ich dich enttäuschen. Das war es sicherlich nicht. Diesen Stellenwert hast du nicht, den wirst du nie haben! Ich mein' ..."

Sie streckt beide Hände hoch, in der einen Hand das Glas, in der anderen den Lappen.

„... ich bin völlig normal, ein Ausrutscher war es. Du kannst dich an mir sattsehen, ich habe keine Schwierigkeiten damit. Ihr Kerle seid doch alle gleich. Ihr wollt uns nur alle pimpern, und dann lasst ihr uns fallen, und zu guter Letzt meint ihr dann auch noch, dass wir wegen euch aus allen Wolken fallen."

Sie lässt den Lappen los, er fällt, nachdem er sich drei- oder viermal in der Luft um sich selber gedreht hat und auch auseinandergefächert ist, auf die spiegelnde Eloxalfläche und stößt ein Glas um, das dort steht.

„Nein, Lilly, das ist es nicht."

Frank zieht sich eine Zigarette aus dem Päckchen, das vor ihm liegt, und steckt sich den Stängel in einen Mundwinkel.

„Weißt du, Lilly, es gibt nur wenige Dinge auf dieser Welt, um die es letztendlich geht. Es ist schwer, sie zu erkennen. Ich hoffe, du glaubst mir, aber all das Zeug, das du mir an den Kopf wirfst, das hätte mich nie wirklich interessiert, damit hätte ich mich nie wirklich aufgehalten. Weißt du, diese wenigen Dinge, die haben nichts mit Neugierde, nichts mit Neid oder mit Scham zu tun, das Leben an sich ist schwer genug, wieso ... wieso, verdammt noch mal, sollte man es sich unbedingt noch schwerer machen, als es eh schon ist? Wieso sollte man sich gegenseitig ein Bein stellen? Wieso sollte ich dir ein Bein stellen wollen? Ich weiß nicht warum."

Er holt Streichhölzer aus seiner Jackentasche, es flammt auf, zwei Gäste vom Ende der Bar drehen sich erschreckt herum, als die Flamme aufzischt, und starren zu Frank. Er zieht an der Zigarette und schüttelt das Streichholz aus.

„Ich weiß es nicht. Aber eines, Lilly, eines weiß ich ganz genau."

Er stützt einen Ellbogen auf den Tresen und richtet die Spitzen von Daumen und Zeigefinger aufeinander.

„Und das ist die Tatsache, dass du nur kaputt machst, wenn du dich mit den unwesentlichen Dingen aufhältst, du machst deine Umgebung kaputt und dich selber. Du verlierst gegen das Leben, du verlierst an dem Sinn des Lebens."

Er bläst den Rauch unter den Lampenschirm und nippt an seinem Glas. Ein betretenes Schweigen tritt ein. Lilly starrt vor sich hin. Ihr Blick schweift über das helle Holz

des Tresens hin zu dem Abtropfblech neben dem Spülbecken und schließlich zu den Gästen am Ende der Bar.
Einer von den Kerlen ruft und winkt mit einem Arm. Lilly lässt von dem Spülbeckenrand los und entschuldigt
sich kurz, indem sie ihr Kinn rasch in die Richtung des
drängenden Gastes wirft.

„Ja, natürlich, mach nur!" Frank drängt sie.

Als Lilly zu den anderen Gästen wackelt, beginnt die
Band mit einem Stück. Frank dreht sich nach den Musikern um und hört ein bisschen zu. Es ist eine Ballade, die
die Männer spielen. Der Frontmann, ein groß gewachse-
ner Kerl, hat eine Akustikgitarre vor dem Bauch hängen,
neben ihm sitzt auf einem kleinen Hocker, in einem orangefarbenen Scheinwerferlicht, ein weiterer Gitarrist. Sie
zupfen an den Saiten, es ist ein sehr melodisches Stück.
Es handelt von einem Lastwagenfahrer, der sein Leben
damit verbringt, dass er an der Ostküste der Vereinigten
Staaten entlangfährt, rauf und runter, wieder und wieder. Sie erzählen von den Stationen, von den Kneipen,
die auf seinem Weg liegen, den Kumpels, an die er alles,
was er hat, verspielt. Sie singen auch von den kleinen
Ortschaften, durch die er seinen Truck lenkt, den Schu-
len, aus deren Fenstern scheu die Kinder winken, wenn
er seine achtunddreißig Tonnen über den Asphalt schlittern lässt. Diesen Kindern, die davon träumen, auch einmal einen solchen Truck lenken zu dürfen. Sie singen
auch von den Huren, die ihm einen blasen und die ihm
alles Schöne, was das Leben bieten kann, versprechen.
Zum Schluss singen sie auch noch von diesem Felsen, an

den er seinen Truck stellt. Es ist eine ruhige, eine abgelegene Straße, nicht viel los, der Felsen etwas abseits. Eigentlich ein Wunder, dass er ihn sieht. Er steuert seinen Truck darauf zu. Der zweite Gitarrist spielt zum Schluss hin auf einer Mundharmonika. Aus dem dunklen Hintergrund hört man einen Bass. An und für sich ist es eine sehr originelle Band. Der Truck zerschellt an dem Felsen.

Lilly hat zwei Gläser in Arbeit, geschäftig wirft sie Eiswürfel rein, holt mehrere Flaschen aus dem Regal und auch aus dem Kühlschrank, schlägt mit den Flaschenhälsen gegen die Gläser und trägt sie schließlich zu ihren Gästen. Wie sie wieder an die Bar kommt, da stülpt sie, vorerst stumm, zwei benutzte Gläser über die Bürsten in dem Spülbecken und blickt dann zu Frank hoch.

„Wieso sollte man es sich unnötig schwermachen?"

Sie zuckt mit ihren Schultern, fragend ... fragend, ohne eine Antwort zu erwarten. Sie antwortet:

„Wieso also sollte ich mich nicht auf den Rücken legen und das Wenige genießen, das Wenige nämlich, mit dem ich glücklich bin? Wieso sollte ich mich nicht in die Sonne legen und die Zeit verstreichen lassen?"

Sie hebt wieder fragend die Schultern, die Gläser stellt sie ab und sucht nach einer Reaktion in Franks Gesicht. Sie tastet mit ihrem Blick seine Gesichtszüge ab, Furche für Furche, die Züge um den Mund herum, die faltige Haut um die Schläfen und auch die Augenringe, starr und faltig.

„Weil es dir durch die Finger rinnt. Du stehst da und siehst zu, wie dir alles, was man dir in die Hände gibt, wie Sand durch die Finger rinnt." Er hält seine klobigen Finger ausgestreckt vor seine Brust, die Arme angewinkelt, und spricht weiter:

„Weil du irgendwann dastehst und erkennst, dass da nichts mehr ist, dass da überhaupt nichts ist, vielleicht eine Urkunde, die im Gang hängt. Was soll sie bedeuten? Oder Marianna. Du kannst nichts mit dir anfangen, du bist hilflos, versagst am Leben." Er nimmt einen großen Schluck, es läuft ihm etwas von der schimmernden Flüssigkeit aus den Mundwinkeln. Es verhängt sich an den nachgewachsenen Barthaaren. Ein paar Tropfen fallen auf den Tresen. Er wischt mit dem Unterarm darüber und setzt fort:

„Und irgendwann schweigst du den Menschen entgegen, willst dich vielleicht artikulieren, es kommt aber nichts. Du sitzt da und schweigst, du zuckst mit den Schultern, weil du etwas sagen möchtest, es aber nicht kannst. Deine Lippen zucken fett auf und ab, es fällt aber nichts heraus, du bringst nichts hervor. Weil du etwas tun willst, es aber nicht fertigbringst. Du bringst nichts zustande, weil du es nie gelernt hast."

Lilly glotzt betreten vor sich hin, sie sucht nach Worten, es ist ihr deutlich anzusehen. Die Zunge schiebt sich immer wieder hervor und bleibt einen Augenblick zwischen den Lippen zusammengepresst. Sie streicht sich das ständig hervorfallende Haar hinter die Ohren und gießt Frank nach, wie sie wieder ansetzt.

„Wenn ich auf die Uhr schaue und erkenne, dass mir … sagen wir … vielleicht noch dreißig Jahre bleiben, dann geht es doch nur darum, wie gut ich über die Runden komme. Dann zählt doch nur, wie lange ich in dieser Zeit auf dem Rücken lag. Alles andere ist doch nur diese Angst, ein gewöhnliches Leben zu führen, diese furchtbare Angst, in einem Meer von Gleichgültigkeit und Normalität zu versumpfen und zu treiben."

Sie stellt das Glas vor Frank auf das helle Holz, er greift sich ihre Hand, die gerade das Glas loslassen wollte, und beugt sich zu ihr vor, als wenn er ihr etwas in das Ohr flüstern wollte. Er setzt mit durchdringender Stimme zum Sprechen an.

„Kein Mensch kann diese Normalität ertragen. Und es ist nicht Angst, wenn man ihr davonläuft, es ist Mut. Angst ist es, wenn man sich auf den Rücken legt und sich still hält. Angst ist es, wenn man sich treiben lässt und hofft, dass man gut über die Runden kommt."

Er lässt ihre Hand los. Sie wagt es nicht, sie wegzuziehen, und so legt sie ihre Hand auf seine Schulter. Die raue Stimme schlägt ihr mit dem feuchten und warmen Atem durch den Körper. Sie verharrt, ruhig an den Tresen gelehnt, und starrt auf das Glas, das Frank in seine Hand nimmt und mit zwei oder drei schnellen Schlucken leert. Er wischt sich mit dem Unterarm über den Mund und steht auf. Die Hand Lillys fällt von seiner Schulter auf die Bar, sie schlägt dumpf auf das Holz, die Frau erschrickt. Frank greift in eine Hosentasche, legt einen Geldschein auf die Theke und kehrt Lilly den Rücken zu. Er wirft noch einen Blick auf die Band, der Frontmann erscheint ihm größer als jemals zuvor. Und schließlich nimmt er die paar Stufen, um aus dem Souterrain auf die Straße zu gelangen.

Die Lichter der Stadt schlagen durch die Straße, neonbunt und grell werben sie für die Bars und Kneipen. Schatten fallen auf die Gehwege, Schatten von den Häuserflanken, Schatten von Passanten, die aus dem Dunkel hervortreten und stumm hinter einer der Türen verschwinden. Frank haucht eine Wolke in die Luft. Es wird bald Sommer, nachts aber zieht noch immer die Kälte des Winters durch die Straßen. Er will nach Hause, er ist müde. Müde, weil er enttäuscht ist, weil er so tief unbeeindruckt ist. Er sucht in ihren Gesichtszügen, er sucht nach irgendwas Greifbarem. Es ist da nichts, es ist alles schwammig, alles so oberflächlich, dass man es loslassen möchte, weil man sich davor ekelt. Man kann es nicht ertragen, diese Banalität, diese Naivität. Wo ist das Kitzeln, das Brennen auf den Nägeln? Es ist da nichts mehr, es hat seinen Reiz verloren. Wo ist das, das lohnenswert ist, gelebt zu werden? Es ist verstrichen, wie Sand durch die Finger geglitten. Zurück bleibt nur ein müdes Zucken mit den Schultern, weil man kein Verständnis aufbringen kann, weil man es nicht verstehen kann. Man schlägt die Augen nieder, wischt mit den Fußspitzen in den Sand, der auf dem Boden liegt, und sucht nach einem Muster, das man gedankenverloren in den Staub schreibt, damit es dann von dem nächsten Luftzug verwischt und verschmiert wird – weg und verloren, wie die Erwartungen, wie die Eindrücke, die man von einem Menschen hatte und erkannt hat, dass sie nicht mehr sind als ein kurz aufflammendes Feuer, das sich rasch wieder legt, wie die Sandkörner, die von dem Lufthauch fortgetragen werden, und jedes Muster, das sorgsam, wenn auch gedankenverloren, in den Sand gezeichnet wurde.

Frank geht nach Hause. Es ist nicht weit, er streicht die Gehwege entlang, müde und gemächlich, er hat es nicht eilig. „Was wird mit Lilly? Wie ähnlich sie doch Marianna ist", denkt er noch und erinnert sich an Lillys Schwester. Er schließt das Tor zu seinem Hinterhof auf und bleibt noch eine Weile in der Kühle der Nacht stehen. Im Hinterhof ist es ruhig, nur dumpf klingt die Geräuschkulisse Altschwabings durch das Tor. Das Licht der Straße schmiert sich etwas über das Dach des Hauses, verliert sich aber dann schnell im Dunkel. Es bleibt nur die ruhig und schwarz erscheinende Kastanie im Hof, zwischen den frisch aufgesprungenen Knospen an den Enden der Zweige sieht man in den klaren Sternenhimmel. Was könnte das Leben doch alles bieten!

Frank bleibt ein paar Minuten in diesem Hinterhof, lehnt sich gegen eine rau verputzte Mauer und sinniert über dieses und jenes. Es ist die Ähnlichkeit zwischen Marianna und Lilly, die ihm durch den Kopf spukt, und damit eine kleine Angst, die Angst nämlich, nicht die Augen offen gehalten zu haben.

Wenn man meint, so weit weg zu sein, so fern, dass kein Ziel auszumachen ist, dann kauert man sich irgendwo in eine Ecke, an einem Straßenrand, an einer Stelle, wo man einen Überblick hat, wo man die Straße rauf und runter sieht, wenn man sich nur etwas vorbeugt, wo man aber nicht gesehen wird, wenn man sich nur zurücklehnt. Man kauert da in einer Mauernische und spürt das kalte Pflaster, die Kieselsteine, die ihre Form in die Haut drücken. Kalt und spitz der raue Mauerputz, an den sich der Kopf anlehnt. Müde, aber sich gegen den Schlaf wehrend, fällt der Kopf immer wieder seitwärts. Mit aufgerissenen Augen, weil man den Schlaf fürchtet, stiert man dann wieder vor sich hin, lugt die Straße hinab, drückt sich wieder an die Mauer, das Kreuz durchgestreckt. Man darf nicht schlafen, es darf nicht sein, man muss doch suchen – wo kann es sein? Es kann doch nicht so weit sein, es war doch immer da! So kramt man dann in den Worten, in den Gesichtszügen, man kramt in den Gesten, in der Mimik. Leer, es ist alles so leer, es ist da nichts, es scheint nichts von dem geblieben, von dem man sich mal alles erwartet hat, dem man mal alles zugetraut hat. Leer und regungslos – wenn man es antippt, es würde umfallen, wenn man es nur mit der Fingerspitze anrühren würde, es würde umfallen, wie ein nasser Sack, regungslos und plump. Es ist nichts mehr da, man sucht hinter jedem Wort der Gesprächsfetzen, die sich Silbe für Silbe wiederholen, hinter jedem Aufblicken, hinter jedem Blick. Es ist da nichts mehr. Wo ist es hin? Wo ist diese Spannung, die in derartige Gleichgültigkeit verfallen ist? Wo ist das Kitzeln, das Brennen auf den Nägeln? Abgestumpft, es hat sich in der Bedeutungslosigkeit verloren.

Frank hat unruhig geschlafen, er ist mehrmals aufgewacht, hat nach der Uhr gesucht, als ob es eine Bedeutung hätte, wenn er wüsste, wie spät oder wie früh es war. Er sah aus dem Fenster. Es war eine helle Nacht. Den Mond konnte er nicht sehen. Er zwang sich zum Schlaf, irritiert wälzte er sich hin und her. In seinem Kopf rumorte es. Irreales spielte sich ab. Es hatte keinen Sinn, wollte aber um alles in der Welt durchdacht werden. Es vollzog sich Satz um Satz, Handlung um Handlung, es konnte nicht abgeschaltet, nicht beendet werden. Aber es schien kein Ende nehmen zu wollen, und erst nach langer Zeit gelang es Frank, wieder für eine Weile zu schlafen, für eine Weile, eben bis er wieder von einem beunruhigenden Gedanken geweckt wurde. Er schlug den Unterarm auf die Stirn, stierte in den nur etwas beleuchteten Raum und suchte im Halbschlaf nach einem ruhigen Gedanken, nach einem Gedanken, der ihn wieder schlafen lassen würde, der ihn in den neuen Tag hineintragen würde.

Es ist bereits hell. Die Sonne steigt, von Wolken verhängt, an seinem Fenster hoch. Frank liegt auf der Seite, er ist längst wach, die Augen offen, er blickt über das weiße Betttuch hin in den Raum, durch die Tür in das Wohnzimmer. Der Wecker soll erst in einer Stunde läuten, er wartet nicht mehr darauf und kriecht langsam aus seinem Bett heraus.

Diese Trägheit, dieses stumpfe Gefühl, verbunden mit einer Furcht, einer Furcht, dass sich am Horizont ein düsterer Tag abzuzeichnen beginnt. Orientierungslosigkeit, das Gelb des Nachbarhauses erscheint in einer fremden Fahlheit, in der man die Welt von sich weisen möchte, weil man nichts mit ihr zu tun haben will. Sie bietet nur Enttäuschung, sie verspricht nur Verheißungen, erfüllt sie aber nicht, denkt gar nicht daran, sie zu erfüllen.

Frank setzt mechanisch den Kaffee auf. Jeder Handgriff tausendfach erprobt, es bietet nichts Neues. Der Weg ins Bad, er findet ihn blind. Immer dieselbe Prozedur, immer dasselbe. Er uriniert, der Strahl trifft auf den Rand. Er schmiert sich den Rasierschaum in das Gesicht und schabt mit dem scharfen Messer über das Gesicht, ohne sich anzusehen – er kann sich nicht sehen, er hasst seinen Anblick, er ekelt ihn an. Dieser Blick, dieses Aussehen, dieses zerdrückte Gesicht, in dem sich eine Falte des Betttuches findet.

Er mag diese Augen nicht. Diese Augen, die diese Welt sehen und sie ihm zeigen. Er mag diese wirren Haare nicht, diese grauen Haare. Er verabscheut diese Falten um die Augen, die Tränensäcke. Er fixiert das Rasiermesser, er fixiert es und führt es sicher über die Wangen, die Oberlippe, das Kinn und den Hals, es rasiert hörbar die starren und zum Teil grauen Stoppeln weg. Mit fließendem Wasser spült er sich den restlichen Schaum vom Gesicht. Es fällt in schweren Tropfen in das Waschbecken. Ein Handtuch, das er sich auf das Gesicht presst, parfümiertes Rasierwasser, er klatscht es sich blind auf die Haut. Der Duft, er hat ihn noch nie interessiert.

Der Kaffee ist durch, die Tasse vom Tage zuvor steht noch da, er gießt sich den aufschäumenden Kaffee ein. Er setzt sich auf den Platz, auf dem er jeden Morgen sitzt, und stiert aus dem Fenster, aus dem er jeden Morgen stiert. Er schlürft an der Tasse und sucht nach seinen Nachbarn, dem jungen Pärchen, das ihn mal eingeladen hat. Aber es brennt kein Licht in ihrem Fenster. Sie scheinen noch zu schlafen. Frank ist auch eine Stunde zu früh. Es ist alles anders, aber doch irgendwie gleich. Es ist nur eine Stunde mehr, eine Stunde, die er zusätzlich unterbringen muss, es wird ihm schon irgendwie gelingen. Eine Stunde früher, und doch ist alles gleich!

Das Blechdach des Nachbarhauses ist feucht, es glänzt, ein eigenartiger Glanz. Frank schlürft an seinem Kaffee. Von weit entfernt hört er ein gleichmäßiges Aufklatschen von schweren Tropfen, die sich anscheinend in einem Rinnsal ansammeln und dann überschwappend auf das Pflaster plätschern. Der Geruch von dem Rasierwasser steigt in die Nase. Er schlägt unvermittelt mit der geballten Faust auf den Tisch. Die Tasse wackelt, etwas von dem Kaffee spritzt über den Rand. Er schwappt über das dunkle Holz des Tisches und setzt sich in einer Pfütze fest. „Das darf doch alles nicht wahr sein!" Es rinnt ihm zögernd über die Lippen, er verschränkt beide Arme und legt sie auf den Tisch, in die Pfütze aus Kaffee, und legt seine Stirn auf die gestreckten Unterarme. „Das darf doch alles nicht wahr sein!" Für einen Augenblick meint man, ein Schluchzen zu hören. Erst nach einer Weile richtet er sich wieder auf, starrt in seine Hand, die Finger gespreizt, diese klobigen Finger, viel zu kurz und viel zu dick. Er starrt sie an und wieder spricht er mit sich selbst. „Es ist so weit weg, es ist so unendlich weit weg ... es ist unerreichbar, wenn ich nur wüsste ... wenn ich es nur ahnte ... aber ich weiß nichts, nein ... ich ahne nichts." Er schaut wieder aus dem Fenster. Die Hand formt er langsam zu einer Faust und versteckt sie unter dem Tisch. Er will sie nicht mehr sehen. Er mag seine Finger nicht, diese klobigen und verunstalteten Dinger, mit denen er sonst die geformten Figuren über das karierte Brett schiebt. Es ist so unbedeutend, es ist so unwichtig, das meiste ist so unwichtig und unbedeutend. Er nimmt die Tasse mit seinem Mund, er kippt sie etwas um, sie steht auf ihrem Rand, unsicher wackelt sie zwischen seinen Lippen hin und her. Er vermeidet, seine Hände zu gebrauchen, und schlürft an dem Kaffee.

Am Horizont zeichnet sich ein neuer Tag ab. Das Licht im Nachbarhaus geht an, es ist die Frau, die im Morgenrock in der Küche hantiert. Sie ist noch müde. Sie streckt sich und schiebt den Vorhang etwas zur Seite, damit sie in den wolkenverhangenen Himmel sehen kann.

Der Tag hat begonnen, Frank schluckt den Rest Kaffee, der bittere Geschmack verteilt sich in seiner Kehle, in seinem Rachen, er liegt ihm auf der Zunge.

Müde und unkonzentriert setzt er sich an das Schachbrett auf seinem niederen Wohnzimmertisch. Es ist eine längst gespielte Partie, nur ein paar Züge, und Weiß wird aufgeben müssen. Er setzt eine Figur, nimmt sie aber gleich wieder zurück, stiert einen Augenblick aus dem Fenster. Was für ein Tag könnte sein?

Es verstreicht Stunde um Stunde, schließlich der Vormittag, gegen Mittag bricht endlich die Sonne durch den wolkenverhangenen Himmel und schüttet etwas von dem grellen Licht in den Hinterhof. Frank richtet sich von seinem Brett auf. Es ist ein sinnloses Spiel gewesen, zwei oder drei Züge, die er doch wieder zurückgenommen hat; es hat sich nichts getan. Aus dem Restaurant, über dem er seine Wohnung hat, dringt ein süßer Geruch zu ihm durch das gekippte Fenster. Er hat keinen Appetit, es ekelt ihn etwas vor diesem Süßen.

Am Himmel zeichnet sich ein tiefes und gleichmäßiges Blau ab, Frank lehnt sich etwas an den Mauersims und entschließt sich, in den Park zu gehen.

Es ist eine Art von Ohnmacht. Alles stockt und staut sich. Frank ist unfähig, sich etwas zuzuwenden, er ist völlig irritiert, geschlagen von einer Taubheit, die schreiende Münder hören will, aber dazu außerstande ist. Wenn es denn nur gelingen würde, mit spitzen Fingern in das Fleisch der Wangen zu fassen, um nach den Hörorganen zu suchen!

Er schnürt sich die Schuhe und schlendert die Treppen runter, wobei er die Stufen zählt. Ein pfeifendes Mädchen kommt ihm entgegen, sie schmettert ihm ein „Hallo!" entgegen. Es ist die junge Frau, vermutlich eine Studentin, aus dem dritten Stock, sie lebt in der Wohnung von Frau Pretzl. Wie lange das alles schon her ist! Er grüßt sie freundlich und sieht ihr ein paar Stufen nach. Es ist dieses Temperament, mit dem sie die Stufen nimmt, das er sich eingesteht zu beneiden, zumindest für diesen Tag – er fühlt sich alt, er fühlt sich am Ende des Lebens. Dann nimmt er die restlichen Treppen, und wie er aus der Tür tritt, da blendet ihn das grelle Licht. Er hält sich eine Hand vor.

Es sind nur wenige Straßenzüge. Ein paar Ecken, ein paar alte Häuser, die der Krieg nicht zerstört hat, ein alter Viereckhof, dann mündet der Teer in ein grobes Kopfsteinpflaster, das über eine steinerne Brücke führt und sich schließlich in einen breiten Sandweg weitet. Es ist etwa in der Höhe des Kleinhesseloher Sees im Norden des Englischen Gartens. In den Pfützen schimmert öliger Glanz, es bricht sich in den Farben eines Regenbogens. Ein Radfahrer, der sich vollspritzt und flucht. Sanft brechen junge Knospen an den Bäumen auf, ein frisches und zartes Grün, es ist Frühling.

Frank kommt an dem Zaun vorbei. Es sind gerade Handwerker damit beschäftigt, das Provisorium abzureißen. Es soll ein dauerhafter Zaun errichtet werden, die Fläche ist neu begrünt. Der Weg führt ihn am Ufer des Sees entlang. Es ist verhalten ruhig, kaum ein Mensch, der am frühen Nachmittag am See ist. Die Parkbänke leer, nur gelegentlich sieht man junge Menschen, die ihre Mittagspause nutzen, um von den Büros in einem der nahe gelegenen Bankhäuser Abstand zu finden. Gelegentlich sieht man alte Menschen, die stolz ihre Enkel in einem Kinderwagen vor sich her schieben, oder einen von diesen Jungs vom Kiosk, die auf der Suche nach einer schnellen Mark sind, um sich den nächsten Schuss zu sichern.

Enten, Schwäne, das ganze Geflügel tummelt sich im See. Fett und überfressen schwappen sie über die Wasseroberfläche. Wieder eine Oma, die ihre Brotreste in das Wasser wirft, um dem Enkelkind zu zeigen, wie beliebt sie ist.

Frank setzt sich auf eine Bank. Die Sonne scheint ihm ins Gesicht. Es ist nicht sonderlich warm, die Luft noch kühl vom Regen der Nacht, die Pfützen unangenehm, schlammig die Wege, nur das Geschnatter des Geflügels. Er lehnt sich in dem wärmenden Sonnenstrahl zurück, die Arme weit ausholend auf die Rückenlehne der Parkbank gelegt. Der Strahl tastet die Form seines Gesichtes ab, er streicht über die Wangen. Frank wird müde. Gelegentlich taucht die irreale Welt des Traumes in seiner Empfindung auf, wie im Halbschlaf, wenn man sich noch wachhalten will, es aber nicht mehr vermag und die schweren Lider niederfallen – unaufhaltsam.

Weich kehrt eine andere, eine leichtere Welt ein. Sie setzt sich mit ihrem runden und fülligen Wesen neben dich auf die Bank und tastet mit ihren fetten Fingern in deiner Wange nach Metall und Knochen.

Frank schrickt hoch und hält sich ängstlich die Hände vor das Gesicht. Unscharf nimmt er die Gestalt seiner Finger wahr, blickt dazwischen durch und erkennt junge Knospen an einem Baum, ihm schräg gegenüber. Er nimmt die Hände wieder runter und schaut den Sandweg entlang, erst nach rechts, dann nach links. Erst unkonzentriert, dann aber starrt er auf diese Frauengestalt, die er näher kommen sieht. Sie trägt ein Kostüm, so einen Zweiteiler, es hat etwas Vornehmes, der Rock sehr kurz, sie trägt es in einem beigen, einem zarten Farbton. Die Bewegung, die Gestalt, es erscheint ihm alles bekannt, er hat es schon einmal gesehen. Unsicher wetzt er auf seiner Bank hin und her. Unsicher kramt er in seiner Erinnerung und sucht nach diesen Bildern, in denen wir unsere Vergangenheit aufbewahrt haben. Die Frau ist schon sehr nahe, ihr Schritt sicher und zielstrebig. Auch wenn der erste Eindruck vielleicht irritieren möchte, sie ist nicht diese geschäftige und strenge Frau, in deren Hülle sie sich versteckt; viel eher ist sie ein sehr zartes, ein direkt zerbrechliches Wesen, das gelernt hat, sich in dieser Welt durchzusetzen. Sie ist eine sehr hübsche Frau, und beinahe wäre sie an Frank vorbei, als er unsicher und mit einer etwas zitternden Stimme dieses „Mon...ja?" von sich gegeben hat. Sie hat es nicht gehört, Frank ist viel zu leise gewesen, viel zu zögernd sind ihm die Silben über die Lippen gefallen. Er merkt es, und plötzlich stößt er es hart und laut hervor. „Monja!" Sie erstarrt für einen Augenblick, schließlich dreht sie sich herum und erkennt Frank, der kleinlaut auf dieser Parkbank sitzt und mit einer gewissen Beklommenheit im Ausdruck ihr hinterherschielt. Sie ist es! Was für eine Erleichterung! Es ist eine Erinnerung an etwas Außergewöhnliches, es ist eine von diesen Erinnerungen, von denen wir nicht genug kriegen können, eine von jenen, von denen wir den Verdacht haben, dass sie zu den wesentlichen Dingen des Erlebens gehören. Sie haben sich mit dieser unzähmbaren Gewissheit im Gedächtnis verankert, dass sie nichts mehr vertreiben kann, für immer bleiben sie, nicht auslöschbar, nicht korrigierbar.

Monja erkennt Frank, dieses kurze Erschrecken, diese Frage „Was jetzt?" und vor allem die Frage „Was war eigentlich damals?", weil sich Frank zwar an Monja erinnern kann, wie auch an diesen einen Abend, den er zusammen mit Monja und Tom verbracht hat. Der Rest dieses Abends aber, der ist ihm bisher ein Geheimnis geblieben. Selbst die Frage, die er damals an Tom richtete, blieb unbeantwortet. Ein Lachen – „Das weißt du nicht mehr? Kaum vorstellbar!" –, es ist alles, an das sich Frank erinnern kann. Der Abend aber oder die Nacht, sie blieb im Dunkeln, und jetzt steht er dieser Monja unsicher gegenüber. Unsicher deshalb, weil er nicht weiß, was sich ereignet hat. Er tritt vom linken auf den rechten Fuß, vom rechten auf den linken. Monja tritt zaghaft näher, den Kopf etwas gebeugt, schielt sie aus den Augen hoch, stumm und mit einem verhaltenen Lächeln. Sie ist eine einnehmende Frau, grazil, scheu und liebreizend in ihrem Erscheinen. Um ihre Nase herum spielen Sommersprossen, auch auf ihren Lippen, sie haben etwas Sinnliches. Die Unterlippe bebt etwas, wie sie unsicher zum Sprechen ansetzt.

„Hallo! Frank? Der stumme Frank, wenn ich nicht irre?"

„Nein, äh ... ja ... ich mein', du irrst ganz und gar nicht, es war nur ein paar Meter weiter, da vorne ..."

Er beugt sich etwas vorneüber und deutet den Weg entlang. Monja schaut seinem Finger nicht nach, sie weiß es noch sehr genau und schabt mit dem exklusiven Schuh ein Muster in den sandigen Boden.

„Es ist schon wieder eine ganze Weile her, nicht?"

„Ja." Frank schaut ihrem Fuß nach, der parallele Streifen in den Sand schreibt, die schließlich von einem weit ausholenden Kreis durchbrochen werden.

„Wo ist der Mann mit dem Prosecco? Der mit dem unerschöpflichen Vorrat!? Sie schluchzt auf, ein Lachen bricht hervor, ein Lachen, das sie verschämt hat zurückhalten wollen, es aber nicht vermocht hat. Frank stimmt mit ein und wagt, etwas zögernd, ihre Hand zu nehmen. Er führt sie an die Parkbank und bittet sie schweigend, Platz zu nehmen. Sie setzt sich.

Monja: „Teufel, es war ein lustiger Abend!"

„Das war er!" Teufel! Und er hat diese Lücke. Was ist bloß in dieser Nacht gewesen? Seine Stirn runzelt sich. Monja schüttet ihr Haar über die Rückenlehne und reibt sich den Nacken. Der wärmende Sonnenstrahl fällt weich über die beiden, die sich scheu auf der Bank an diesen Abend erinnern, der schon wieder so lange vergangen scheint, viel zu lange vielleicht. Ein befangenes Kratzen mit dem Schuh im Sand, die Kiesel, die sich aneinanderwetzen und den scharrenden Ton über den schmalen Weg legen, eine Knospe, die an dem gegenüberliegenden Wegrand aufbricht. Ein Blatt fällt ab, es wedelt in der Luft, dreht sich und landet schließlich in einer Pfütze, in der sich das Licht bricht.

Du bist unschuldig, wenn du träumst! Die Welt kommt zu dir, diese Welt aus Farben und Verlangen, die sich über dich ergießt, zu der du aufschaust wie ein kleines Kind, das von einem Clown einen Ballon überreicht bekommt, der einen lang gehegten Wunsch erfüllen kann, wenn man ihn nur steigen lässt und seine runde und bunte Form in der Entfernung verschwinden sieht. Du bist unschuldig, wenn du träumst! So wie du von diesem Geruch träumst, diesem Geruch von glasierten und mit Schokolade überzogenen Früchten, diesem süßen Geruch, der sich über dem schmalen Weg verliert und in die Nase stößt. Auch diese Versprechen, die du tust und die du nicht einhalten kannst. Du bist unschuldig, wenn du träumst, egal ob du ein Herz brichst oder ob du es bleiben lässt. Ein Traum, er stülpt sich wie Plastik über dich und hält dich in jeder Bewegung starr, lenkt dich, macht dich zu einem willenlosen Wesen. Unschuldig und versklavt trägt man diese Welt aus Bildern, diese Welt aus Farben und Verlangen mit sich, in sich, sie lässt sich nicht verleugnen, nicht niederschlagen – es ist da, unleugbar, unbestreitbar!

Frank streift mit seinen Fingern an den Latten der Parkbank entlang. Warm spürt er den Sonnenstrahl auf der glatt rasierten Wange. Er ist etwas ängstlich, zaudert arg, weiß nicht so recht, wie diese Spannung gehalten werden kann, fürchtet, dass sich alles in ein plattes und naives Geplätscher verliert, in dem nichts Anregendes mehr liegt, in dem nichts mehr von einer Kühnheit zeugt, alles geglättet, alles reizlos. Monja hat die Beine übereinandergeschlagen, sie trägt Strümpfe, an manchen Stellen treten dickborstige Haare durch das fein gemusterte Gewebe. Sie wischt mit einer Hand über den glatten Oberschenkel, legt den Kopf in das Genick und genießt für einen Augenblick die Stille, in der diese Bank gelegen ist, und unvernehmbar taucht die Erinnerung an eine glückliche Zeit auf. Eine Zeit, in der sie in einem Zug den Träumen nachgeeilt ist. Sie legte tausend Kilometer und mehr zurück, der Traum nahm sie mit. Sie vertrank all ihr Geld, tanzte auf Tischen und in Bars, und, so seltsam es auch klingt, sie will nicht nur keine Minute davon missen, sie liebt jede einzelne Minute. Sie erinnert sich an ihre Abreise, den schmalen Koffer, den sie niemals hat vergessen wollen, der neben ihr auf dem Bahnsteig gestanden hat, wie der Zug einfuhr, vollgepackt mit allem, was sie besaß, allem, woran ihr lag, den sie dann auf die Gepäckablage geladen und dort vergessen hat. Ein Zug, der sie überallhin getragen hat, wohin sie nur wollte, sie erinnert sich. Sie erinnert sich an diese Abstürze, an diese Menschen, mit denen sie durch die Straßen gezogen ist, es erschien ihr manchmal, als wären es tausend Kilometer, die sie da ging. So weit weg, so fern von allem, so fern von dem, was man unter Realität versteht.

Das Licht steht still, unbewegt die Knospen, beklommen und zurückhaltend die Unterhaltung der beiden. Etwas irritiert sitzen sie nebeneinander, wissen nicht so recht, wie es weitergehen soll. Die Fingernägel, die borstigen Haare, die Zeichen, die von den Schuhen in den Sand gegraben werden – sie alle haben mehr Bedeutung als alles andere, als alles, was sich zwischen Menschen abspielen kann.

Fahl fällt der Schatten eines vom Wind bewegten Astes über die beiden. Ein momentanes Ausbleiben dieser anheimelnden Wärme. Eine Stimme, die sich über die beiden senkt. Sie kommt von rücklings. Sie kriecht tief räuspernd über die Schultern der beiden, in den Schoß, sie fängt sich in den schnell hochgerichteten Händen, diesen Händen, die sich furchtsam vor den Leibern ausstrecken und jedes Wort sammeln. Es ist Tom, der sich mit beiden Händen auf die Rückenlehne stützt und sich über die Schultern von Frank und Monja lehnt.

„Da gebe ich einen Augenblick nicht acht, und schon ... und schon werde ich ... übergangen? Nein!"

Ein gestreckter Zeigefinger, den er in die Luft streckt und den er gespannt mit seiner überspitzten Unbefangenheit fixiert.

„Nein. Ich will gar nichts hören, keine Entschuldigung. Ich weiß es doch ..."

Er beugt sich etwas vorneüber, hält sich eine Hand vor den Bauch, wie eine Verbeugung, er mimt Elegantes.

„Ich weiß es doch. Hättet ihr gewusst, dann ... ja dann
..."

Und ein lautes Lachen bricht hervor, die Furchen in seinem Gesicht ziehen eine tiefe Spur über seine Wangen,
ein strahlendes Lachen, diese glänzenden Augen!

„Dann ... ich weiß es doch! Ich weiß es doch!"

Er geht um die Parkbank herum, hält sich an der Rückenlehne wie an einer Tanzpartnerin, die er auf eine
Tanzfläche führt, er schlenkert etwas in der Hüfte, leicht
und mit einer aufgesetzten Lehrerhaftigkeit.

„Wenn du durch den Park läufst, dann musst du ganz
fest aufpassen, du musst genau schauen, schauen hinter
jeden Baum, hinter jede Bank. Denn wie leicht kann es
passieren, dass du dich allein auf einer Bank wähnst,
höchstens ein paar Menschen, die vorüberschlendern,
während du doch von tausend Augen beobachtet wirst!"

Er greift mit einer Hand in seine Sakkotasche, nachdem
er sich seine Sonnenbrille mit dem gestreckten Zeigefinger weiter auf die Nase geschoben hat.

„Tausend Augen! Schau!"

Er reißt die Hand aus der Sakkotasche und schleudert
sie zum Himmel, er deutet auf die Möwen, die da in
Schwärmen ihre Kreise über den nahe gelegenen See ziehen und wieder hinter den Baumreihen verschwinden,
gleich aber wieder hochkommen und sich schließlich für
einen Moment wieder auf der Wasseroberfläche niederlassen.

„Schau!"

Und er öffnet zögernd die Hand, die er zum Himmel hochstreckt, und aus ihr fallen still weiße Federn, die sich gemächlich durch die Luft winden, als wäre es der Himmel, der herumfällt und auf dem sandigen Weg weich landet. Ruhig gleiten die samtigen Federn umher und werfen einen schmalen Schatten auf das helle Kostüm von Monja. Wie weiche Finger, die sich auf das Fleisch legen und darin versinken, um sich darin zu langweilen. Sie streichen ihre Form nach, die Brust, die Schenkel, die sie übereinandergeschlagen hat, sie umspielen diese Sprossen, diese zarten Pigmentierungen ihrer Lippen, seidig fallen sie in diesem blonden Licht umher und werfen ihre Schatten.

Tom umkreist die Bank, es ist nicht die Frage, was er sagt, sondern nur die, wie er es sagt. Frank und Monja sitzen auf dieser Bank im Englischen Garten, und dieser Kerl, dieser Tom umkreist sie wieder und wieder und entführt sie in eine fantastische Welt, von der sie nie geahnt haben, dass es sie gibt. Völlig wehrlos, gerne wehrlos, verweilen sie dort, dort im Norden des Parks, dort an diesem kleinen See, wo es am Nachmittag nicht viel zu sehen gibt. Vielleicht einmal eine Oma, die ein Enkelkind in einem Wagen vorbeischiebt, vielleicht einmal ein Geschäftsmann, der seine Mittagspause nutzt. Und dann dieser Tom, der aus seiner Sakkotasche diese Federn zieht und sie durch die Luft tanzen lässt, wie die Möwen, die aus unbestimmtem Grunde von dem Wasser aufbrausen, eine asymmetrische Runde über den See fliegen und sich schließlich wieder unter heftigem Flügelschlagen auf der Wasseroberfläche niederlassen – keiner weiß, warum.

Frank verbringt den ganzen Nachmittag im Englischen Garten, erst spät am Abend kehrt er heim. Auf dem Schachbrett immer noch die vage Partie, er schiebt sie vorläufig zur Seite, morgen, so sagt er sich, morgen vielleicht.

4. KAPITEL

„Treten Sie nur ein, treten Sie heran! Scheuen Sie sich nicht, nur näher getreten, meine Dame, mein Herr! Ja, Sie da, Sie, genau! Treten Sie nur herein! Die Kinder, alle, Sie werden es nicht bereuen! Das müssen Sie gesehen haben, das ist das Leben! Sie sehen Herkules, den Mann mit dem Bulldoggesicht, Sie sehen Hitlers Gehirn, die Frau mit den zwei Köpfen. Meine Damen und Herren, was auch immer die Welt hervorgebracht hat, Sie sehen es hier! Treten Sie nur ein, scheuen Sie sich nicht!"

Wieder dieser kleine Wicht mit Zylinder und Frack, er schreit sich die Lippen rot, sie treten blutig aus dem bleichen Gesicht hervor und schlagen auf und ab.

„Menschliche Entartungen, das Höchste der Menschheit, auch das Niedrigste! Wir servieren es, Sie brauchen nur noch davon zu nehmen, nehmen Sie!"

Es fällt ihm Speichel aus dem Mund, er bleibt an den kurzen Bartstoppeln hängen, bis er ihn verreibt.

„Wie auf einem Tablett, so servieren wir Ihnen die Welt. Treten Sie nur heran, auch die Kleinen, auch die Damen, die Unschuldigen und auch die Jungfrauen. Treten Sie ein, die Dicken und die Alten, treten Sie ein, die Schuldigen und die Dummen! Sie werden es nicht bereuen, keinen Augenblick!"

Und dabei schlägt er mit seinem Spazierstock auf das polternde Holzpodest, auf dem er steht, und neigt sich etwas vorneüber, wie er sich mit dem Ärmel des Fracks über die blutigen Lippen schmiert.

Frank ist müde, als er am frühen Nachmittag an der Münchner Freiheit erscheint. Auf dem Platz, der mit seinem Beton, seinen Pflastersteinen und Stufen und Schrägen die Menschen anlockt, herrscht ein reges Treiben. Zur Straße hin die Penner, die sich an den Bierdosen halten und sich anbrüllen, in der Nähe des kleinen Cafés die jungen Mütter, die ihren Kleinen auf dem Spielplatz zusehen. Und dann die Schachspieler. Sie stehen auf dem karierten Feld, die Zuschauer im Viereck rundherum, auf den Bänken, vor den Bänken oder auch im Spielfeld.

Klug, klüger als die Spieler, brüllen sie ihre Kommentare hinaus, drängen sich schon auf das Spielfeld, um die Figuren zu übernehmen, scheuen sich aber dann doch, wenn sie nur im Feld stehen und alle Augen auf sich gerichtet sehen.

Frank setzt sich auf den Betonsockel beim Spielplatz. Die Sonne scheint ihm warm in das Gesicht, er überschaut den Platz. Woher all diese Menschen diese Zeit haben? Diese ganze Zeit, die sie mit sich herumschleppen und auf die sie einschlagen, die sie totschlagen? Als würde der Rest der Welt schlafen. Er reibt sich den Nasenrücken, zieht eine Zigarette aus der Innentasche der Jacke hervor und steckt sie sich an. Mit einem Fuß reibt er auf dem asphaltierten Boden, ein paar Kiesel reiben über den Teer und kratzen helle Spuren in das dunkle Grau. Das Scharren dringt bis zu den Schachspielern. Es drehen sich ein paar Leute zu ihm und starren Frank verwundert an, als er auf den Boden stiert und die Spuren betrachtet, die er unbewusst mit seinem Reiben gezogen hat. Auf dem Spielfeld entbrennt eine stille Diskussion, Erwägungen, Überlegungen, die Leute schauen immer wieder mal zu Frank, manche deuten sogar mit dem Finger auf ihn, andere schütteln den Kopf, und im Zuge der Diskussion entbrennt schon mal gelegentlich ein „Niemals!" oder ein „Bestimmt!".

Eine Kinderstimme, die über den Zaun des Spielplatzes brüllt, eine Mutter, die ihr Kind zurechtweist. Der Lärm der Straße, immer wieder mal die Sirenen von Notarztwagen, die in dem dichten Verkehr stecken bleiben und nicht weiterkommen. Über die gerillten Schrägen, die für Rollstuhlfahrer gedacht sind, rattern Jungs mit ihren Skateboards, die Penner brüllen sich an, sie streiten sich wegen einer Dose Bier und wegen der Frage, wie weit eigentlich der Mond von der Erde entfernt ist. Nur unter den Bäumen, unter denen das Feld für das Schachspiel auf das Pflaster gezeichnet ist, kehrt immer mehr Ruhe ein. Es ist eine beratende Ruhe, die Figuren, das Spiel an sich ist aus dem Interesse der Männer gerückt, immer wieder schauen sie aus den Augenwinkeln zu Frank und schütteln oder nicken mit dem Kopf.

„Aber ganz bestimmt ist er das!" Ein Mann, der mit einem harten Handschlag alle Nichtüberzeugten noch einmal überlegen lässt.

An den kleinen Tischen vor dem Café sitzen junge Menschen und lesen Zeitung. Die Beine übereinandergeschlagen, Intellektuelle, sie reiben sich am Unterschenkel. Einer der Männer, die sich beratend um das Spielfeld versammeln, geht schließlich auf Frank zu, die andern schauen ihm nach. Frank überschaut den Platz, überrascht von dem Mann, der ihn unvermittelt anspricht.

„Wir überlegen nun schon lange ..."

Frank schrickt etwas auf, er schaut den Mann fragend an.

„Entschuldigung, ich wollte Sie nicht erschrecken, aber ... wie ich schon sagte: Wir überlegen nun schon lange ..."

Er deutet dabei rückwärts auf das Spielfeld. Frank beugt sich etwas zur Seite, um an ihm vorbeisehen zu können, und erkennt die fragenden Gesichter, die alle in seine Richtung starren und geduldig auf seine Reaktion warten.

„Kurz: Wir haben uns gefragt, ob Sie nicht dieser Schachspieler sind, dieser K."

Frank schaut noch einmal zu dem Spielfeld und erkennt diese alten und ausgemergelten Gesichter, diese Köpfe, die, in den Nacken gezogen, sich zu ihm drehen und auf sein Nicken oder Kopfschütteln warten.

„Ja, das bin ich!" Er nickt etwas, fast unmerklich.

Die Menge um das Spielfeld herum versinkt in ein Gesprächsdurcheinander, Bekundungen, Vorwürfe, es geht drunter und drüber.

„Ja, wenn Sie dieser K. sind, dann werden Sie nicht mit uns spielen, oder? Ich mein', dann sind Sie ja ein Profi, das heißt, Sie kriegen ja Geld fürs Spielen", gibt dieser fremde Mann unverhohlen von sich und schaut Frank K. auch noch erwartungsvoll an.

„Das stimmt schon! Das heißt aber nicht, dass ich nur für Geld spiele. Ich meine, ich spiele gut Schach, so gut, dass ich Geld dafür kriege, aber ich bin nur deshalb gut, weil ich es gerne tue!"

Er tritt die Zigarette aus, die er zu den Spuren auf den Teer geworfen hat. Der Mann in dem leichten Mantel tritt von einem Bein auf das andere, er rechnet bereits mit Frank.

„Aber auch wenn ich für gewöhnlich gerne spiele ... heute nicht, Sie müssen mich entschuldigen, heute ist mir nicht nach Schachspielen!"

Und wie Frank die Schultern hochzieht und das Gesicht zu diesem „Nein!" verzerrt, da verschwindet wieder all diese anfängliche Freude in dem Gesicht dieses fremden

Mannes; auch die Leute um das Spielfeld herum ahnen es wohl. Sie sammeln die Figuren auf dem Spielfeld ein und stellen sie für eine neue Partie auf, eine Partie, die sie mit einem Profi haben spielen wollen, der aber nicht bereit ist, gegen sie zu spielen. Das Gesicht des Mannes fällt breit auseinander. Er ist enttäuscht. Als er sich umdreht, um wieder zu den anderen Männern zu gehen, da steckt er beide Hände in die Taschen des Mantels und schlägt sich etwas auf die Oberschenkel, als hätte er einen Bus versäumt.

Frank bleibt noch eine Weile sitzen, er sieht den Männern aus der Entfernung zu. Sie diskutieren heftig und beginnen eine neue Partie, das Spiel geht in dem Geplauder fast unter. Er raucht noch eine Zigarette, ein Schatten, der über den Platz zieht, eine Frau, die sich den kurzen Rock hochzieht, um sich in einer Falte zu kratzen. Ein bisschen Stolz, man hat ihn erkannt, man kennt ihn als einen Profi, er schaut wieder zu den Männern. Über den Platz kommt Helga, sie erkennt ihn und setzt sich neben ihn auf den staubigen Betonsockel.

„Wir treffen uns immer unvorhergesehenerweise, wenn wir mal das im Supermarkt vergessen!"

„Hey! Meinst du etwa, das war vorhergesehen? Das war es nicht!"

Dieses Wuchtige liegt in Helgas Natur. Es quillt alles aus ihr hervor. Wenn sie einen Anfang tut, dann ist man entwaffnet. Sie setzt dir die Fingerspitze auf die Brust und fordert dich auf, alles fallen zu lassen. Das Einzige, was bleibt, ist der Augenblick, dieser eine momentan gelebte Augenblick. Jeder trübsinnige Gedanke an das Vergangene, jeder furchtsame Blick auf das Kommende wird banal, versinkt in völliger Belanglosigkeit.

Helga überschaut den Platz, als wäre sie zum ersten Mal hier. Mit einem frechen Lachen starrt sie hinüber zu den Schachspielern.

„Ich komme jeden Tag an den Kerlen vorbei, manchmal denke ich dabei auch an dich."

Sie reibt mit ihren eleganten Schuhen auf dem Teer und trägt einen dunklen Zweiteiler, der Rock kurz, seidig dünne Strümpfe.

„Und dann schaue ich mir die Kerle genauer an, weil ich sehen will, ob du darunter bist. Und weißt du was?"

Sie wirft einen flüchtigen Blick zu Frank, Schatten hält eine Seite ihres Gesichtes dunkel, sie lacht auf und wischt sich mit einer Hand über einen Oberschenkel und überprüft die Strümpfe, ob sie nicht irgendwo eine Laufmasche ziehen.

„Dann bin ich immer ganz froh, weil du nicht dabei bist."

Sie löst den Blick wieder von den in der Sonne glänzenden Strümpfen und schaut in die Luft. Ein blauer Himmel lacht ihr entgegen, das junge Grün der Bäume, das aus den Zweigen bricht und im Sommer diesen angenehmen Schatten auf diesen betonierten Platz wirft, über den sie jeden Tag kommt, weil hier der Weg zur Kanzlei vorüberführt. Die Penner, die zur Straße hin an ihren Dosen nuckeln, sind ihr alle längst bekannt. Sie kennt jedes Gesicht. Es sind immer die Gleichen, nur selten, dass ein neues Gesicht auftaucht, und wenn, es hat in kürzester Zeit etwas Vertrautes, es hat sich eingelebt, sich angepasst, aufgedunsen, dreckig und angeschlagen. Gelegentlich passiert es, dass ein Gesicht ausbleibt. Es erscheint nicht mehr, von der Bildfläche verschwunden, für immer ausgelöscht. Es scheint keiner zu merken. Nur Helga scheint aufzumerken. Sie kennt sie alle, sie kommt jeden Tag vorbei und hält die Augen auf.

Die Schachspieler sind anders, die Gesichter wechseln öfters, die wenigsten sind Dauergäste, es sind Streuner, sie streunen durch die Stadt und spielen, wo sie ankommen, wo es sich ergibt. Helga kennt diese Menschen alle, sie kennt auch die Intellektuellen, die ihre schwarzen Socken zeigen, wenn sie ein Bein über das andere schlagen, während sie an den kleinen Tischen sitzen und in einer Zeitung lesen. Sie kennt auch die Mütter, die schreckhaft ihren Kindern auf dem Klettergerüst des Spielplatzes zusehen und nervös an dem Eis lecken, das sie sich schnell, ohne das Kleine aus den Augen zu lassen, an dem kleinen Stand am Eck gekauft haben. Aber in all den Jahren, die sie hier vorbeigekommen ist, hat sie noch nie auf diesem Betonklotz gesessen und den Platz überschaut. Sie hat auch noch nie neben einem Schachspieler gesessen, dem sie gesagt hat, dass sie ganz froh wäre, dass er nicht Schach spielen würde.

Die Sonne sticht ihr ins Gesicht, und sie fragt Frank, ob er Lust auf einen Kaffee hätte; sie käme gerade von der

Kanzlei und wäre müde. Ein Kaffee würde ihr guttun. Sie legt sorgsam ihre Hand auf den Oberschenkel von Frank und schaut ihr nach, wie sie langsam über den abgetragenen Jeansstoff streicht.

Frank nimmt ihre Hand, spreizt seine klobigen Finger zwischen die ihrigen und schaut Helga von der Seite für eine Weile an. Dann besinnt er sich wieder auf die Finger. Er betrachtet diese verspreizte Skulptur von allen Seiten, dreht ihre Hand mit der seinen, neigt den Kopf nach allen Seiten und meint, nachdem er sich geräuspert hat:

„Ein andermal, jetzt geht es nicht ..."

Er deutet mit dem Kinn zu den Schachspielern, die sich wieder in ein Spiel versteift haben – kaum einer, der sich noch nach Frank umdreht –, und nuschelt dabei in seinen Bart:

„Ich habe ein Spiel vereinbart, ich habe es vorher schon ausgemacht, diese Kerle warten auf mich."

Er löst seine Finger wieder aus Helgas Hand und starrt auf den Boden vor sich, als wollte er Helgas Blick ausweichen. Er stößt einen kleinen Stein mit der Fußspitze an, er fällt über das Pflaster, fällt über die Treppen, springt und springt.

„Ich bin Schachspieler, was also sollte ich schon tun?" Er zuckt mit den Schultern, als wenn er es nicht verstehen würde, dass er sich entschuldigen müsse, als wenn er ahnte, dass er sich entschuldigt und es gar nicht erfassen kann, dass er gar nicht nach einer Entschuldigung gefragt worden ist. Er schlägt die Beine übereinander und streicht mit einem gestreckten Finger über die seidigen

Strümpfe von Helga. Sie zieht schnell das Bein zurück und steht unvermittelt und erschreckt auf. Sie kaut auf ihrer Unterlippe und starrt unbewegt in eine Ecke aus Beton, in der sich dunkel Urinspuren der Spieler abzeichnen. Es schaut gerade ein Spieler zu Frank, sie sieht es.

„Gut, wenn du nicht anders kannst, dann ... dann ... ach was!"

Sie dreht sich um und verschwindet. Frank hat das nicht gewollt, er steht auf und blickt ihr nach. Es bleibt aber dabei, er ist stumm, kein Wort fällt, nur eine Hand, die sich vor ihm ausstreckt, eine Hand, die er Helga hat anbieten wollen, die sie aber nicht mehr gesehen hat und vermutlich sowieso ausgeschlagen hätte, zumindest so lange, wie er stumm vor ihr gestanden und keine Silbe hervorgebracht hätte.

Helga ist weg. Frank steht etwas hilflos an der Münchner Freiheit und stiert zu den Spielern, nachdem sie hinter einem Eck verschwunden ist. Er greift in die Innentasche und holt eine Zigarette hervor, schaut zu den angetrunkenen Pennern, die sich immer noch anbrüllen und es anscheinend genießen, und geht schließlich Richtung Spielfeld, während er sich die Zigarette ansteckt, die ihm im Mundwinkel hängt.

Um das Spielfeld herum wird es ruhiger, umso ruhiger, je näher Frank ist. Wie er am Rande der karierten Fläche steht, da dreht sich endlich der Mann mit dem leichten Mantel um, dieser Mann, der ihn vorher angesprochen hat, und er erkennt ihn. Er steht auf dem Spielfeld und hält eine Figur in seinen Händen, die er gerade schräg über das Feld hat setzen wollen. Als er aber Frank sieht, da setzt er die Figur ab und meint:

„Eine neue Partie, kommt, helft mit aufstellen!"

Aber weil sich keiner rührt, wirft er ein fragendes Kopfnicken zu Frank, als ob er erwarten würde, dass dieser alles übernehmen würde.

„Eine neue Partie? Okay!" Kaum, dass Frank es sagt, richten alle an den Figuren, tragen sie zu ihrer Ausgangsstellung und ziehen sich erwartungsvoll auf die Bänke um das Spielfeld herum zurück. Eine bedächtige Ruhe, die sich über die Gegend des Spielfeldes senkt. Es war wohl noch nie so ruhig. Sie gehören alle zusammen, egal, wie fremd sich der Haufen auch ist, egal, wie viele Streuner darunter sind. Ein Los entscheidet. Frank macht den ersten Zug. Es ist seine übliche Methode. Er stiert seinem Gegner, dem Mann mit dem leichten Mantel, in das Gesicht und macht den Zug mit dem Bauern.

Es ist nicht schwer, einen Eindruck zu hinterlassen, zu verblüffen, wenn man Profi ist. Es ist dann auch nicht schwer, im Rampenlicht zu stehen, wenn jeder seine Augen auf dich richtet, jeder dich fixiert. Wie leicht ist es doch, den Menschen etwas vorzumachen, wenn man sich nur geschickt im Licht der Scheinwerfer zu bewegen weiß! Du kannst alles verkaufen, du kannst alles loswerden, es unter die Leute bringen, sie nehmen dir alles ab, und das Ganze für bare Münze. Jeder Zug, den Frank tut, er wird gekauft, beinahe ungesehen. Dieses Rampenlicht wie von Schaufenstern, das stumm auf die Wege fällt und verkauft. Diese Lichter der Kneipen und Bars, die neonbunt und erschreckend hell die Menschen von der Straße locken. Diese Lichter der Großstadt, unter denen man einschläft. Diese Lichter, die einem die Illusion eines hellen Tages vorgaukeln, die einem vom Leben erzählen, als wäre es eine Kristallkugel, hinter deren trüber Oberfläche alles klar und durchsichtig wäre. Diese Laternen, die an den Straßen stehen, die einen Lichtkegel auf den dunklen Teer pressen, als hätte die Nacht nichts zu verstecken, als gäbe es nichts, was man verstecken sollte. Die erste Figur fliegt, sie steht einen Augenblick im Schein der Lichter, aber gleich konzentriert sich wieder alles auf Frank. Er trägt die Figur sachte vom Spielfeld und stellt sie behutsam vor die Füße der Zuschauer, wie eine Katze, die einen toten Vogel vor die Tür legt und auf eine Anerkennung wartet.

Der Fremde ist bedrängt, von allen Seiten schiebt sich Frank vorwärts, sicher, er führt seine Figuren aalglatt über das Feld, er bietet nicht die geringste Griffigkeit, nichts, woran man sich halten könnte, um es für einen Angriff zu verwenden. Frank kennt das Spiel, er kennt auch seinen Gegner, zumindest sein Spiel oder seine Spielweise; sie ist unsicher, manchmal sogar planlos. Zögernd schleppt er eine Figur über das Feld, stellt sie dann aber doch zurück, ein unmittelbarer, nicht durchdachter Zug bekommt Vorrang, wird mit felsenfester Überzeugung getan. Für Frank ist es ein Leichtes, Bauer um Bauer zu nehmen, es erstaunt schon gar nicht mehr. Erst wie er mit seinen Händen den Hals eines Springers umfasst und ihn vom Feld trägt, erst dann kehrt unter den Zuschauern wieder eine andächtige Stille ein. Ein bemitleidender Blick, den sie für den Fremden in dem leichten Mantel erübrigen. Sie sind still, geben keine Tipps. Sämtliche Zwischenrufe bleiben aus, nur gelegentlich hört man das Knacken, wenn eine Bierdose geöffnet wird.

Frank ist sich auf seiner Bühne sicher, das Spiel, dieses Gefühl von Vertrautem, er sieht Zug um Zug sich abspielen, es ist sein Plan, er lenkt alles, es ist da nichts Bedrohliches, nichts, wovor man ängstlich die Augen abwenden wollte, weil man sich vor dem Kommenden fürchtet, weil man meint, dass man nicht damit zurechtkommen könnte. Sorgsam ausgelotet sucht man jede Angst zu umgehen, sich um sie herumdrücken, indem man sich in eine irreale Welt flüchtet, an den Rand einer Stadt, wo man sich eine rosarote Brille aufsetzt und in den Himmel schaut, aber keinen Blick vor die Tür wirft. Es ist da nichts. Frank setzt einen Turm vorwärts, es ist das erste „Schach", es ist das Wort, das er seit dem Beginn des Spieles sagt. Im Hintergrund knackt es. Für viele scheint die Partie zu Ende, dem Fremden gibt keiner mehr eine Chance. Mehrere fangen an, sich intensiv über das Schachspiel an sich zu unterhalten, andere wollen es nicht versäumen, einem Profi auf die Finger schauen zu können, es ist zu einem Schauspiel geworden. Einem Schauspiel, in dem der Fremde seinen König rettet und einen Turm dafür opfert.

Frank steckt sich eine Zigarette an und schaut zu dem Betonsockel, wo er vorher erst noch gemeinsam mit

Helga gesessen hat. Für einen Augenblick meint er, sie dort zu erkennen. Er sieht diese Frau mit diesem Zweiteiler, es ist nicht Helga, es hätte auch etwas Seltsames. Es ist so, wir wollen dabei beobachtet werden. Es hat alles nur einen halben Sinn, nur die halbe Freude, wenn sie so unzerteilt und schwer wie ein Klotz auf uns liegt. Wir wollen das nicht, es ist nur schwer erträglich. Still und heimlich zerschneiden wir es und verteilen Stück um Stück, kaum merklich, kaum, dass wir es selber merken. Es ist nicht Helga, es ist eine fremde Frau, die auf dem Betonsockel sitzt. Es ist auch keine Frau um das Spielfeld herum, kein bekanntes Gesicht. Streuner und Spieler, Männer mit Bierdosen, Männer mit angeschlagenen Gesichtern und blutunterlaufenen Lippen. Frank raucht, und wie er wieder auf das Spielfeld sieht, da trägt der Fremde gerade einen Läufer mit beiden Händen weg. Er hat die Figur genommen, die Frank unvorsichtigerweise ungeschützt stehen gelassen hat.

Ein Rempeln und Stoßen geht durch die Zuschauermenge. Alle starren auf den Fremden, der die Figur mit endloser Befriedigung zu den anderen stellt, zu den vielen anderen. Frank ist irritiert, für eine Weile. Wie ein Kurzschluss, wie ein Tagtraum, aus dem man erwacht. Eine Lücke, die sich in seiner Konzentration aufgetan hat, eine Lücke, die ihm einen Läufer genommen hat. Schnell zieht er mit einer Figur. Er hat seinen Plan, er ist entschlossen und will das Spiel unnachsichtig seinem Ende zuführen.

Ein Rempeln und Stoßen wie auf einem Jahrmarkt, wie vor einem Zirkus. Rufe und Schreie, Schreie von Kindern, die sich protestierend vor den Ständen mit der Zuckerwatte aufstellen. Grölende Männer, die den Huren zutrinken, die ihnen das Feuchte zwischen den weit gespreizten Beinen entgegenhalten. Schreie wie von Wahnsinnigen, denen Wasser über den Kopf rinnt, das schwer auf die Plastikwanne einer Dusche fällt. Speichel, der vor dem Mund schlägt, der an die Fliesen klatscht und mit dem Wasserstrahl weggewischt wird. Schreie, die durchdringend und hallend durch alle Türritzen dringen, die sich über jede Schwelle wagen und alles erfüllen, alles durchdringen. Schreie aus diesen offenen Mündern, diese glänzenden Augen, diese völlige Unzurechnungsfähigkeit. Der Kopf, der gegen die Glastür schlägt, wieder und wieder, bis sich eine blutige Spur an dem Glas verteilt und verwischt wird. Ein Körper, der verzweifelt in sich zusammensinkt. Tränen, die salzig und mit Blut über die Wangen kriechen. Zwei Hände, in denen sich der Kopf hält.

Frank ist am Zug, der Fremde hat eben mit beiden Händen seine Dame vom Feld getragen. Er ist nervös. Nun hat er seine Dame verloren. Er hat sie aus den Augen verloren, er hat nur an den schnellen Schluss gedacht. Ein Flüstern geht ringsum, ein Flüstern und Blicke, die abwechselnd auf den nervösen Frank und auf den Fremden fallen. Die Konstellation der Figuren verschwimmt vor seinen Augen. Diese Anordnung, an die sich sein Spiel hält, sie ist undeutlich, sein Plan nutzlos, es kommt selten so, wie man es sich erhofft. Er nimmt einen Springer und setzt ihn ziellos vorwärts. Er weiß nicht mehr, was er tut, den König im Auge, das Ziel, aber es verwischt alles andere, alles, was eine Bedeutung hat. Eine Frau, bei der man viele Abende verbringt, in ihrer Bar, meint, sie zu kennen, meint, jeden Zug tun zu können, alles geplant, alles überschaubar. Es verwischt zu einem grauen und nebulösen Schleier, undurchsichtig, unendlich verwoben. Ein fremder Mensch, ein neuer Mensch, der neue Mensch. Sie blickt dir verhalten entgegen, und dein Interesse ist so gering, dass du Angst hast zu verletzen. Wie ein naiver Haufen Schrott liegt eine Existenz vor dir, und alles, was man unter den Trümmern findet, ist die Frage, wo denn alles geblieben sein könnte.

Verschwommen und undeutlich nimmt man vielleicht noch die Reste wahr, so wie Frank gerade noch wahrnimmt, wie der Fremde einen Turm von Frank vom Feld trägt und dieses „Schach" ausspricht. Sein erstes Wort, seit dem Beginn der Partie.

Wie hat es passieren können? Frank hat Angst, Angst zu verlieren. Es ist nicht allein dieses Spiel, das er verliert. Er verliert viel mehr. Erschrocken schaut er über das Feld. Erschrocken betrachtet er die Zuschauer, die ihn verständnislos anblicken, weil sie schon längst von seinem Sieg überzeugt gewesen sind und nun einen scheiternden Menschen sehen, dieser Mensch, der so sicher im Schein der Rampenlichter über das Feld gewankt ist, eine Zigarette in der Hand gehalten und Figur um Figur vom Feld getragen hat. Überall Unverständnis, überall dieser zweifelnde Blick. Frank zittert unter der Anspannung. Er will nicht mehr in diesem Rampenlicht stehen. Er sucht zu fliehen, sucht sich einen Weg aus dem Scheinwerferlicht. Unsicher setzt er eine hölzerne Figur. Er will gewinnen, vergisst es aber für einen Augenblick. Der Zug ist sein Untergang, er weiß es aber anscheinend noch nicht.

Die Zuschauer wissen es. Sie stöhnen auf, als er die Figur auf den Pflasterstein setzt. Der Fremde zieht schnell mit dem Läufer nach, er steckt die Hände in seine Manteltaschen und schlägt sich auf die Oberschenkel. „Schachmatt." Es ist das letzte Wort.

Frank nimmt es gar nicht mehr wahr. Er hat damit gerechnet, seltsam, manchmal scheint man den Untergang auf sich zukommen zu sehen, aber man vermag nicht im Geringsten dagegensteuern zu wollen.

Es ist für Frank an der Zeit, die Hände tief in die Taschen zu stecken. Er ist ein Verlierer. Er drückt sich eine Zigarette zwischen die Lippen und verschwindet – es ist nicht leicht.

Ende